·读心卷·

韩小蕙

主编

光明日报出版社

图书在版编目（CIP）数据

人间小暖，岁月闲长：读心卷 / 韩小蕙主编. --
北京：光明日报出版社，2024.3
（四读年选）
ISBN 978-7-5194-7762-2

Ⅰ.①人… Ⅱ.①韩… Ⅲ.①散文集－中国－当代
Ⅳ.①I267

中国国家版本馆CIP数据核字(2024)第038594号

人间小暖，岁月闲长——读心卷
RENJIAN XIAO NUAN, SUIYUE XIAN CHANG —— DU XIN JUAN

主　　编：韩小蕙
责任编辑：谢　香　孙　展
封面设计：李果果　　　　　　　　责任校对：徐　蔚
版式设计：谭　锴　　　　　　　　责任印制：曹　净
出版发行：光明日报出版社
地　　址：北京市西城区永安路106号，100050
电　　话：010-63169890（咨询），010-63131930（邮购）
传　　真：010-63131930
网　　址：http://book.gmw.cn
E－mail：gmrbcbs@gmw.cn
法律顾问：北京市兰台律师事务所龚柳方律师
印　　刷：河北朗祥印刷有限公司
装　　订：河北朗祥印刷有限公司
本书如有破损、缺页、装订错误，请与本社联系调换，电话：010-63131930
开　　本：145mm×210mm
字　　数：220千字　　　　　　　印　　张：8.75
版　　次：2024年3月第1版　　　印　　次：2024年3月第1次印刷
书　　号：ISBN 978-7-5194-7762-2
定　　价：58.00元

百年来的薪火相传

四读年选·序

韩小蕙

相比于其他门类的跌宕起伏，我认为散文这些年过的还是平实日子。

不过平实是平实，散文的写作却从来不缺乏激情，就像初春时节的枝头，看似没多大动静，却一天天在变绿、含苞，乃至于忽然一夜春风来，千树万树的花儿就竞相绽放了。特别是优秀的散文写手们，于探索创新，于拓展散文的写作手法等方面，从来就没有满足过，从未停下攀登的脚步。

古代的太遥远就不提了。自白话文时代始，一批批大家筚路蓝缕：梁启超、鲁迅、胡适、朱自清、梁实秋、沈从文，茅盾、刘白羽、杨朔、秦牧等。新时期启程后，散文和随笔像满天的彩霞，像漫山的杜鹃，像沙漠里的金沙，像大海里的浪花，有一段时期甚至几乎所有的作家、艺术家、学者、教授、工程师乃至会写字的人，都拿起笔来写散文，一大批名篇名作如银河泄水，喷涌而出，到处奔腾在报刊、广电、互联网、手机、书店、图书馆乃至所有文化场合。太阳对着散文微笑，散文对着世界微笑，轰轰烈烈的散文写作真是惊涛拍岸，卷起千堆雪；真是大海狂涛，一片汪洋知向天际线。

这滚滚滔滔的扬波中，后浪推前浪，旧浪推新浪，当然是历史的必然，社会的必然，文学发展的必然，也是人性不断求新、求变、求发展、求前进的必然。世上智者何其多，才俊何其多，每个人都在努力耕耘，争取写出别出心裁、与众不同的佳作。

于是，一代代的积累，就有了《少年中国说》（梁启超）、《野草》（鲁迅）、《背影》（朱自清），就有了《白杨礼赞》（茅盾）、《夜走灵官峡》（杜鹏程）、《茶花赋》（杨朔），就有了《赋得永久的悔》（季羡林）、《不悔少作》（金克木）、《负暄三话》（张中行），就有了《过不去的夏天》（张洁）、"燕园系列"（宗璞）、《流向远方的水》（谢冕），就有了《文化苦旅》（余秋雨）、《我与地坛》（史铁生）、《清洁的精神》（张承志）……

于是，一代代的求索，就有了"狂飙散文""革命散文""现实主义散文""浪漫主义散文""先锋实验散文""在场主义散文""非虚构散文""哲理散文""心灵散文""诗性散文"，乃至"微信散文""AI散文"……

于是，一代代的传承，就仍有着"百万雄师过大江"一般雄壮的散文队伍，仍在日日不辍、孜孜矻矻地行进在散文的康庄大道上；就仍有着热心乃至痴迷的万千读者，不离不弃地随行。

作为一个散文工作者，我是看见好文章就走不动道儿的职业病患者，老想把自己读到的一篇又一篇佳作，分享给天下所有人；并且还老想着应该为社会、历史和后人，留下这些属于我们这个时代的印记。因此，尽管自己写文章的感觉更爽，但我终究还是舍不下编辑散文集的事业——我觉得这是我自己的人生必须做、而且是必须做好的一项重要工作。

所以我就自讨苦吃，与光明日报出版社合作，每年编辑出版这套"四读年选"丛书。"四读"者，谓读风、读史、读人、读心（兼及读书）也。丛书不求字数多，但求文章好，但求记录下我们这个时代走过的脚迹。

我听见鸟儿在树上啁啾歌唱。我听见绿叶和花儿在喁喁私语。我听见麦子稻子在拔节生长。我听见牛儿羊儿在喊叫。我听见风儿在拍抚一只蝴蝶。我听见两只蚂蚁在传递消息。我听见海浪在拍打礁石。我听见太阳在驾车前行。我听见老屋在哼唱旧歌。我听见动车在急速奔跑。我听见苹果和梨子在树上荡秋千。我听见炊烟在送出红烧肉的香味儿。我听见快递小哥在紧张中喘息奔跑。我听见学子们在读写吟诵。我听见超市里的商品在轮转。我听见成千上万个二维码在快乐地蹦跶。我听见飞机在飞。我听见云儿在飘。我听见动物园里在打闪腾挪。我听见各个战线上的劳动者们在艰苦奋斗、顽韧不息、咬紧牙关、不舍不弃，豁出命来为一家老小的好日子挥汗苦干着……

这就是我们的生活。

这也是我们经历的散文。

2023.7.22 初稿，8.15 定稿

于北京西城燕草堂

目 录

胸 臆

经　纬

书案

胸臆

王巨才

凛凛高风访故园

离开南泥湾机场，一路眺望延河两岸整洁的村庄、簇新的楼群和桃花飞红、群山绽绿的撩人景色，我又重回延安，回到暌违既久、时时念兹在兹的精神故园。

陕北高原，山河苍莽，天旷地古，中国共产党早期党员、西北红军和陕甘革命根据地创始人谢子长、刘志丹就诞生在这块血沃寒凝、正气沛然的土地上。

刘志丹将军出生入死，为劳苦大众翻身解放"一心要共产"，以及体恤民情、爱护战士、深受群众拥戴的故事，见诸党的文献和民间传说，已广为人知。而他在长期革命斗争和党内生活中襟怀坦白，光明磊落，顾全大局，屈己奉公的崇高风范和坚强党性，尤为令人敬佩。这次到志丹陵吊唁，顺路到毗邻的甘肃华池县参观了南梁革命纪念馆。纪念馆所在的梨园堡，正是当年陕甘边苏维埃政府建立的地方。1934 年秋，陕甘边工农兵代表大会在梨园堡召开，正式选举产生了苏维埃政府，21 岁的习仲勋当选政府主席，刘志丹任军委主席，在多年共同奋斗中，两人建立了深厚的友谊，习仲勋视刘志丹为"老大哥"，对他的才干和人品十分敬重。在纪念馆陈列大厅，看到习仲勋写的一篇回忆文章，讲到刘志丹当年遭受诬陷，坦然以对的往事，读之感慨良深，令人动容。

1935 年 8 月，在根据地进行的错误"肃反中"，贯彻"左"倾路线的领导人以莫须有罪名决定逮捕刘志丹，他们采取欺骗手段，以开会名义，要正在前线作战的刘志丹速回根据地首府瓦窑堡。当志丹走到安塞县真武洞时，迎面碰见从瓦窑堡过来的通信员，说有一封急件要送给第 15 军团，因志丹就是第 15 军团的副军团长兼参谋长，便顺手交给了他。志丹打开一看，原来是逮捕自己和其他人员的密令，他虽十分震惊和愤慨，但考虑大敌当前，为了不致党和红军公开分裂，不给敌人造成可乘之机，便不顾个人安危，神情自若地把信仍还给通信员，要他直送军团部，并让告诉军团首长，说自己已去瓦窑堡了。他原打算到中央驻西北代表处申诉，不想一到瓦窑堡便被投入监狱。所幸不久中央红军到达陕北，在毛泽东直接干预下，"刀下留人"，冤狱平反，被捕人员全部释放。刘志丹出狱后，毛泽东、周恩来接见他，他除衷心感谢党中央的英明处理外，没有丝毫怨言，并在多个场合向当地干部反复强调，革命利益高于一切，必须绝对服从中央领导，听从中央调遣，诚心诚意地到各自岗位上为党工作，为人民效力。1936 年 4 月，刘志丹率部东征时不幸牺牲。"有志竟成千古业，丹心一片付工农"（续范亭）。噩耗传来，军民痛悼。1942 年，毛泽东曾深为惋惜地写道："我到陕北只和刘志丹同志见过一面，就知道他是一个很好的共产党员。他的英勇牺牲，出于意外，但他的忠心耿耿为党为国的精神永远留在党与人民中间，不会磨灭的。"

党中央到达陕北驻跸瓦窑堡时，谢子长已负伤牺牲 8 个多月。但毛泽东从地方党组织的文献和汇报中，从干部群众的深情言说和到处传唱的歌谣中，知道作为刘志丹生死不渝的战友，谢子长一生身先士卒，驰骋疆场，胜不矜功，败不丧志，以及全家 17 人参加革命，9 人牺牲的事迹，曾为之题词"民族英雄""虽死犹生"，并亲笔撰写碑文，详述他 1925 年在北平加入共产党，"即以共产主义为解放中国人民之道路，创办农民讲习班，组织农协，领导人民参加反帝反军阀运动"的经历和他在大革命失败后发动清涧起义，参加渭南暴动，奔走西北、华北各地的顽强精神。1946 年，边区政府修建的"子长陵"落成，瓦窑堡举行两万多人的移葬公祭，中央领导多人参加。西北局的挽联上写着"一生为人民创造红地，百姓到如今叫你青天"。

两位英烈去世 80 多年，雄伟的"子长陵"、"志丹陵"芳草萋萋松柏森森。肃立陵园，仰望纪念塔顶端耀眼的红星，一个庄严的叩问在脑海油然闪现：当人们的心地一旦播进信仰的种子，将会产生怎样的精神裂变，使灵魂变得如此高尚，纯洁，强大和伟岸！

2019 年 5 月 8 日，周三，晴，农历己亥年四月初四。

中央电视台"朝闻天下"头条新闻：革命圣地延安所有贫困县宣布"摘帽"，二百多万老区人民整体告别绝对贫困。当天人民日报和各大报纸都用大号标题刊登这一喜讯，字里行间，兴奋之情难抑。

是啊，这是一个需要特别记载的日子。从改变贫困面貌、解决温饱问题到实现整体脱贫、全面小康，数十年来不只延安人民砥砺生聚自强不息，它同时也牵动全国上下多少人的神经，令他们时时记挂，寝食不安。

1949 年 10 月 26 日，毛泽东主席给延安人民复电，希望延安和陕甘宁边区的人民继续团结一致迅速恢复战争创伤，发展经济建设和文化建设。

1973 年 6 月 9 日，周恩来总理叮嘱延安地委、行署负责同志"要三年变面貌，五年粮食翻一番"，说你们粮食翻番了，我一定再来延安。

2015年2月13日，习近平总书记在延安主持陕甘宁革命老区脱贫致富座谈会，要求各级党委和政府聚精会神抓好扶贫攻坚工作，确保老区人民同全国人民一道进入全面小康社会……

记忆的屏幕上，与这些画面叠加闪过的，还有许多普通人的身影，一些平凡的共产党员，包括安全同志。

安全，陕西绥德人，1940年入党，1945年到鲁艺学习，先后在绥德分区文工团、延安陕北行署文工团、陕西省歌舞剧院、陕西京剧院工作，是党一手培养下成长起来的文艺战士。1964年春，为汲取创作灵感和题材，他主动到延安县蟠龙公社纸房沟村深入生活，没想一进村竟被社员生活的极度贫困所震撼，被他们改变现状的强烈愿望所感染，从此一起摸爬滚打，一干二十多年，直至去世。

20世纪80年代我在延安市工作，与老安有过几次不算深的接触。那时他大约五十左右年纪，身体壮实，待人热情，言谈举止带有文艺界人士惯常的爽直甚至单纯。有时来办公室聊天，谈到某些部门门难进脸难看事难办，他总觉得莫名其妙："政府机关，公仆嘛，咋能是这样呢！"考虑到他是省上下来的干部，县团级，有时进城办事没个落脚的地方，市委在办公大院为他安排了一孔窑洞，但很少见住。有次我去蟠龙下乡，想带他一起去队上看看，他一听连连摆手，说："我可不能坐你的小车，否则老乡会把我当外人看的，再说现在也没甚看头，等真搞出个样样了，会请你们去检查。"此后不久我便离开市上。及至这次专门去纸房沟，听了原支部书记屈绳武等人的介绍，我才意识到过去对老安的了解何其浮泛，并对没能给予他更多帮助深为内疚。

我不知安全把生活基地选在蟠龙是否与毛主席辗转陕北时指挥青化砭、羊马河、蟠龙三大战役取得重大胜利有关。而他去扎根的纸房沟，是一条离蟠龙镇尚有十多华里的拐沟旮旯，全村 38 户人家，破门烂窗，沿沟散居，每家 3 亩地，亩产不到百斤，粮食根本不够吃，是全公社最穷的村子。把社员心力凝聚起来激发出来的，是安全因屙不出来三次洗肠仍与大家一同吃糠咽菜的行动，和“不改变面貌绝不回去，改变面貌更不会离开”的誓言。为了解决当时的困难，他一方面动员社员搓麻绳、砍镢把卖给供销社，一方面到城里搞回豆渣、麻渣，使全村通过生产自救度过严重春荒。此后，他和党支部一起，带领社员植树造林，打坝造地，修道路，架电线，发展畜牧，兴办工厂，到 1985 年，全村实现了人均 2 亩基本农田，千棵树，千斤粮，千元钱，村里有了汽车、拖拉机、推土机等大型农机具，还利用集体积累，统一规划，统一施工，修建了大队部、学校、党员活动室和 187 孔崭新的砖窑，社员全部搬进新居，一个昔日破败落后的“烂包村”变成了远近闻名的富裕村，省地县三级命名的文明村。

“为纸房沟，老安可是把罪受扎了”。老支书屈绳武说：“他完全把老百姓的事当自家的事办，甚至顾不得身家性命。”1975 年，安全把儿子安军也带到纸房沟插队劳动。这一年，村上决定创办机械加工厂，老安带着安军和队里的另外 6 名年轻人去西安学习制造技术，为期半年多的时间里，他们就一直和老安的其他家人吃住在一起。老安的爱人白秉权也是西北文艺工作团走出来的著名歌唱家，不仅毫无怨言，还把自己的工作室腾让出来。建厂过程中，遇经费不足，他们又把女儿从部队复员时的安置费也贴补进去。

纸房沟现任党支部书记李庆东就是那次去西安学习的 7 名青年中的一位。提起白秉权老师，他满脸敬重，说我们是亏欠着人家的。大约 1980 年前后，安全拿自己的工资和部分集资款给队上买回四匹马，经几年繁殖发展到二十多只，办起饲养场。有一次饲养场的一头骡子不见了，老安急得团团转，几天睡不着觉，村里村外到处想辙寻找。正在这时，他爱人病重住院，发电报要他火速回家。"队上出这么大的事，咋能说走就走。"老安给家里打电话，要孩子们精心服侍，并请单位暂时关照，等队上的事处理完马上回去。对此，他爱人和孩子们好长时间都埋怨他不近人情，老安除再三道歉外，向他们解释：知道一头骡子多少钱吗，那可是队里一份贵重家当啊。

长期的艰苦操劳换来丰硕成果，也损伤了安全的健康。1993 年 7 月，安全突发脑溢血在延安病逝，终年 68 岁，延安各界举行了隆重的告别仪式。遵照他生前意愿和群众请求，部分骨灰安葬纸房沟，乡亲们自愿捐款，为他修建了陵园，竖立了塑像。成立于 1938 年，曾得到毛主席等中央领导高度赞扬和捐款支持的延安民众剧团，根据安全生平事迹创作了民歌剧《魂归纸房沟》，在城乡巡回演出，受到热烈欢迎。人们从这位可敬的文艺战士身上看到了什么是共产党的宗旨，以及什么叫"全心全意""完全""彻底。"

那天回到宾馆，朋友带来一本书，说是黄根品写的，没事时可以翻翻。黄根品我当然知道，做过延安市郊林场场长，地区林业局副局长，说来也算熟人。书名《树魂》，薄薄的 180 多个页码，看上去并不起眼。出乎意料的是，当我躺在床上打开这本已被翻得很旧的书本随意浏览时，那些娓娓道来的翔实文字和文采斐然充满激情的笔调立刻抓住眼球，一个意气风发的建设年代、一种理想绽放的精彩人生展现眼底，竟让我联翩怀想，彻夜难眠。

由于自然灾害和战争破坏，新中国成立之初我国因生态环境严重恶化，成为发展经济和社会事业的一大瓶颈。为响应毛主席"绿化祖国"的号召，1956 年 3 月 1 日至 10 日，共青团中央、国家林业部、黄河水利委员会在延安联合召开"西北五省（区）青年造林大会"，来自全国 27 个省（区）、16 个民族及部队、铁道、文教系统的 1204 名代表参加会议。开幕当天，团中央第一书记胡耀邦宣读了中共中央的贺电，并作了题为《青年们：把绿化祖国的任务担当起来》的报告，贺电与报告以强烈的鼓动、感召力引起热烈反响，全场掌声雷动，一片欢呼。正是在这样的气氛中，来自浙江的代表黄根品怀着无比激动的心情，向主席团递交了要求留在延安，为绿化革命圣地贡献力量的申请。大会期间，延安南关广场举行了"绿化延安动员大会"，各地代表与延安青少年近万人在宝塔山、清凉山、凤凰山和杨家岭植树 3.5 万株，胡耀邦和林业部副部长罗玉川、陕西省委书记白治民等与青年们一起参加劳动。3 月 10 日闭幕式，当大会主席宣读浙江省委同意黄根品留在延安的批复时，全场再次响起经久不息的掌声，一群延安青年将黄根品举起来，簇拥着上了主席台。面对代表们热切赞许的目光，他只说了两句话："从现在起，我就是一个延安人啦。我要为绿化延安奉献青春，决不辜负'青年'这个光辉的字眼。"

这次隆重热烈、影响深远的大会引发了延安乃至全国第一次大规模的造林运动，也开启了黄根品扎根延安 23 年，从一名热血青年成长为共产党员和领导干部的人生之途。

黄根品原在杭州市园林管理处工作。从西子湖畔到黄土高原，生活环境和工作条件产生巨大落差，气候，饮食，风俗习惯等一时都难以适应。但正如他日记里写到的："最能激发人经久不息的热情的，不是别的——那就是事业。"以往，延安山上的植被大多是灌木和荒草，每到冬季一片枯黄，见不到一点绿色。为着"让革命圣地四季常青"，他经过调研，提出从外地"冻土移植松柏"的建议，因此前从未干过，担心气候和土壤无法适应，遭到一些人的反对。为用事实说服大家，他顶风冒雪，去到二百公里外的黄龙山，在工人师傅帮助下钻进深山老林，挑选了 33 棵 10 年以上树龄的野生油松，经细心挖掘包扎，完好保留了根部冻土，然后装上马车昼夜兼程运回延安，分别栽种在杨家岭和宝塔山用镐头开挖的一米多深的树坑里，通过一个严冬和春旱考验，这 33 棵松树不仅异地扎根，而且长势喜人。此后他们又从富县购进人工培育的油松幼苗，就地繁育，获得成功。延安的松树栽植从此年复一年，数量不断增加，面积不断扩大。

冻土移植成功，鼓舞了黄根品开拓进取的勇气，也赢得同事们的信任。从 1959 年起，他又开始引种和培育名贵树木花卉的工作。延安市区的南门外原有一块 20 亩的滩地，长期闲置，在地县领导支持下被辟为林业实验基地。黄根品和同事们多年努力，先后从南方引进银杏、雪松、水杉、七叶树、合欢、皂角、红枫等名贵品种，其间的酸甜苦辣自不待言。值得一提的是，那块地后来经简单规划设计，平整了地面，修建了温室和亭台廊道，成了延安第一个城市花园；再后来，又添置了游艺娱乐设施，成了延安第一个儿童公园。只是当人们（包括我自己）在园内消闲休憩或路过南门坡听到里面传来的欢声笑语时，往往想不到这一切与那个从杭州来的身材瘦弱的技术干部有什么关系。

熟悉情况的人都知道，在黄根品为理想奋斗的不算平坦的人生历程中，无论工作还是生活，顺境还是逆境，都曾得到一个人无私的支持、鼓励和爱护。这个人就是胡耀邦同志。1956 年那次大会宣读的浙江省委批复，就是他亲自打电话催促协调的结果。时隔 4 年，他又托人从北京给黄根品捎去一本纪念册，扉页上亲笔题字："谨将这本纪念册转赠给热爱祖国林业事业，1956 年五省造林大会标兵，志愿留在革命圣地从事绿化工作，已经做出贡献并且定会做出更大贡献的战友和同志黄根品同志。"1964 年，当得知黄根品身体不好时，他让人把他接到北京亚非学生疗养院疗养。1984 年，黄给耀邦去信，提出因身体衰弱想调回浙江，信中并讲到如果干部调动能够做到既鼓励出去，又允许回来，就会鼓励更多年轻人去支援和参加边远贫困地区的建设。信是 5 月 22 日从杭州发出，6 月 6 日便接到林业部电话，说已经看到耀邦同志批示，正加紧办理。黄根品后来看过批示复印件，非常具体，连回去的工作安排、待遇、住房等都提出建议，并请林业部报告办理结果。耀邦同志逝世后，黄根品在悼念文章中深情写道："从他身上我真正体会到党和国家领导人对青年一代的极大关注和爱护，体会到一个无产阶级革命家的宽阔胸怀。他赢得人民的爱戴和拥护是很自然的。"

这是一个年轻干部与老一辈革命家、普通党员与最高领导人为共同事业深情交往、真诚相待的故事。这样的故事无论战争年代、建设时期还是改革开放以来都不鲜见。在我看来，这也许正是我们党能够以巨大凝聚力团结和带领全国人民在前进道路上不断开创新局面，取得新胜利的原因之一。

与这个故事相关联的是，那次西北五省（区）青年造林大会还有一个附带收获，即我国当代文学史上脍炙人口的诗歌经典《回延安》。作为延安走出的诗人，贺敬之跟随耀邦一道去了延安，"白羊肚手巾红腰带，亲人们迎过延河来""十年来革命大发展，说不尽这三千六百天"都是他真实的见闻和感受。文学界同去的，还有青年作家萧也牧，他为大会写作的"少先队员献词"如一首优美的散文诗，激情澎湃，博得代表赞扬，也成了媒体宣传的一大亮点，至今常有人提起。

星移斗转，山河日新。六十多年前那次大会发出的"绿化黄土高原，控制水土流失""让祖国河山更加美丽"的倡议在延安已变为现实。近二十年来，在国家政策扶持下延安大力实施退耕还林和治沟造地工程，取得显著生态效益、经济效益、社会效益。全市森林覆盖率达到百分之五十三，林草覆盖率达百分之八十，空气质量优良天数连续五年都在三百天以上，昔日黄土裸露灰尘弥漫的贫瘠山区已变作国家园林城市、国家卫生城市、全国文明城市，真让人难以想象。这次回去走马观花看了六个县市，见到的同事和亲戚朋友都以延安现在的"天蓝地绿，山清水秀"深为自豪，并真心实意动员我"回来养老。"让我既欣喜，又感动。

做过安塞县和宜川县副县长的市作协主席霍爱英有过一篇《有一种绿叫延安绿——谨以此篇献给延安退耕还林 20 年》的文章，里面写延安绿，是"一镢一掀挖掘出来的绿，一山一峁织就的绿，一沟一壑连成的绿，一点一滴汇成的绿，一笔一画大写的绿，一年一年积攒的绿。"亲力亲为，深中肯綮，我自有同感，而且也像她一样深信：有了这种久久为功的毅力，在全面建设社会主义现代化强国的新征程中，延安一定会以更大的作为、更出色的成就为党争光，为时代添彩。

延安人民的生活一定会更幸福，更美好。

原载《中国作家》2021 年第 7 期

陈世旭

无名广场

南方滨海城市。

我穿过峡谷般的楼群去看海。却在不期然间,见到这座广场。

高大发亮的灌木带后面,绵长的花圃,硕大的花朵在冬日里烂漫如火。广阔的大草坪,边际的尽头似乎遥不可及,让巨型建筑失去了高度。

大草坪海浪般起伏,是一片会呼吸的土地。旋转喷头肆意迸发的水雾,让生命的气息喷薄而出。

一个又一个微微隆起的草坡上,匍匐着粗粝的巨石,像是时光的背影。珍贵的亚热带树木,独立的一株,或是相拥的一簇,挺拔,豪迈,满满的自信。人们满怀希望,播下饱满的种子,而今拔地而起,成为耀眼的存在。

远远近近,散落着白色的敞开式帐篷,让人想起就要远航的船帆,想起银河系的船帆座,想起希腊神话:伊阿宋乘阿格号去找金羊毛,带着众多船员——双子座的卡斯托尔和波吕杜克斯,乐师奥尔普斯,建船者阿尔戈斯,后来连赫拉克勒斯也加入了旅程。

红砖铺就的小径,一对踽踽的老人在咀嚼沧桑,他们曾经手牵手，在彼此的目光中温暖相拥，走过春夏秋冬。肩膀扛着一世的风雨，心里藏着生活的热念，纵使脚下步履蹒跚，依然迤逦前行。回忆总是没有尽头，多少日子在瞬间逝去，在心头烙下满满当当的刻度。相扶相伴的身姿，成为广场上的行为艺术。

坡下的石凳，在回忆燃烧的海誓山盟，散发爱和被爱的温度。迷茫的星光浮现于半空，激流在血脉里奔腾，爱神隐形的翅膀，无声地飞翔。当第一声鸟鸣冲破天际，玫瑰铺满了整个蓝天。

浓密的树丛中飞出彩色的皮球，紧跟在后面跑出欢叫的儿童，他们是城市的未来。有谁在召唤：去吧，去吧！去接受海涛的祝福；去吧，去吧！前面有无穷的无穷！

回廊上有一个漫游的旅人，严肃而潇洒。他俯首倾听大地奔放的声音，用目光丈量广场的辽阔和纵深。说不定哪天他会成为歌者，为一个不是故乡的城市代言。

隔着广场，与城市相对的另一面，是海。碧绿的堤岸、洁白的浪涌、蔚蓝的天际线，是阳光与海风的织锦。荏苒如梭的光与影，是穿梭在五线谱上的音符，演绎出一曲曲生命的交响。成群的海鸟，忽而蹁跹在林立的桅杆；忽而在空中恣意翻飞；忽而箭一样划过。没有恐惧，没有拘束，没有犹疑，没有瞻前顾后，王者般地炫耀飞翔的自由。

一切都是绝对自然地呈现。草与树，花与石，高天的流云与大海的波涛，皆用自己的语言说话。整个广场，没有文字，没有广告，没有画幅，没有劣质歌舞的噪音，没有煞费苦心的表白与宣扬。唯一看到的刻意，是在一个僻静的角落，几只俊美羞怯的铜雕小鹿。

如果一定要赋予这座广场一个主题，那就只有一个选项：自然。

城市，顾名思义，因城而市，或因市而城。最原始的形态是"内之为城，外为之廓"，"日中为市"（《管子·度地》）。是具有相当面积，集中相当住户，产生规模经济的连片地理区域和网络系统，是人群和房屋的结合体，欲望与利益的共同体。个人在其中并不是作为一个完整的人而为人所知，而是属于一个庞大的集群。坦途与坎坷，追求与失落，欢乐与悲伤，智慧与愚蠢，奋发与颓废，成功与失败，美好与丑陋，光明与阴暗，善良与邪恶，温暖与冷酷……构成无数人各各不同的命运图景。

岁月承载了历史的脚步，城市积淀了文明的精华。高塔入云，大厦如林，车水马龙，熙熙攘攘，衣袂蔽日，挥汗如雨，人面千般，风情万种，文化多元，水火兼容。千百年来，城市不知打动了多少敏感的心灵，留下了多少天才的篇章。

谁家玉笛暗飞声，散入春风满洛城。

——李白《春夜洛城闻笛》

晓看红湿处，花重锦官城。

——杜甫《春夜喜雨》

烟笼寒水月笼沙，夜泊秦淮近酒家。

——杜牧《泊秦淮》

姑苏城外寒山寺，夜半钟声到客船。

——张继《枫桥夜泊》

渭城朝雨浥轻尘，客舍青青柳色新。

——王维《送元二使安西》

日暮汉宫传蜡烛，轻烟散入五侯家。

——韩翃《寒食·寒食日即事》

东南形胜，三吴都会，钱塘自古繁华。

烟柳画桥，风帘翠幕，参差十万人家。

——柳永《望海潮·东南形胜》

山外青山楼外楼，西湖歌舞几时休？

——林升《题临安邸》

……

人群会流动，城市一直在原地。它承载集体的记忆，留下个人的足迹。风物人情，历史掌故、情感印象，连接起一卷卷人文简牍。

城市广场蕴涵的诸多信息，为人类生活提供了足够丰富的物质线索，因而成为城市空间的华彩部分。作为一种城市建设类型，一种公共艺术形态，一种城市构成的重要元素，城市广场既承袭传统和历史，也传递美的韵律和节奏。

广场，是一个城市的脸庞。广场的品质，就是这座城市的品质；广场的气度，就是这座城市的气度。

曾经走过许多城市，曾经见识许多广场，曾经置身无数雷同的"广场八股"：低头是铺装，平视见喷泉，仰脸看雕塑，台阶加旗杆，对称中轴线，终点是大楼。空间尺度比例失调，配饰植物艳俗不堪。脱离了所处的自然环境，丧失了属于自己的独特风格，看不到地域特征，抹杀了人文背景，千篇一律，千部一腔。终至背离了广场的本质，与大众隔膜疏离。

在这座并不显赫的边陲城市，竟然意外惊喜地邂逅这样一座广场——静穆地偏安在城市的一隅，仿佛是一则古老的寓言，一个现代的桃花源，一种悠远的几乎被遗忘的文明。不施粉黛，却丰姿绰约，端庄大气。让城市喧嚣的万丈红尘退避三舍，让身心获得彻里彻外的安宁，让人有一种冲动，想要在现时代里复活古圣先贤、唐诗宋词，以哲学和诗歌的名义标榜一方净土。

当时忘记打听这座广场的名字，回到住地，问当地朋友，因为我说不出所属的地名，回答语焉不详，各不相同。

对我来说，这是一个无名广场。

无名广场的一切都显得那么不经意，但我知道，一切又绝对是精心的营造。名字并不重要。重要的是这营造体现出的城市美学，以及由此显示出的对人的尊重。

原载 2021 年 4 月 24 日《人民日报》(海外版)

李美桦（彝族）

金沙江畔的春色（节选）

——驻村扶贫札记

春潮涌动，情暖大地。

位于川滇交界的贫困村红格拉，暖阳高照，和风习习。镶嵌在金沙江畔大山皱褶中的农舍，房前屋后黄灿灿的玉米，红彤彤的辣椒，圆滚滚的南瓜，籽粒饱满的花生，粉中透红的番茄，以及群众朗朗的笑声，构成了一年里最为喜悦的丰收画卷。在驻村工作队的帮扶下，一个个忙碌的身影，一双双勤劳的手，让这片贫瘠的土地孕育着勃勃生机。

少了5只羊

我们一早吃了点东西，就驱车往二队赶。

山里的太阳舍不得睡懒觉。我们才出红格拉村委会大门，太阳就已经把金沙江对岸的山头涂上了一层金，嫩嫩的，柔柔的，看上去有几分惺忪和慵懒。

昨天下午得到消息，贫困户余华富家前几天羊少了5只。

这可不是个小数。一头羊 2000 来块，万把块钱的收入说没就没了，对于贫困户来说是一笔不少的损失。同行的几个女同事叽叽喳喳，用内心的担忧演绎着这几只羊的运势。

只有村支书不当回事，嘿嘿笑道："问题不大，过两天自己就回来了！"

对于村支书的麻木和淡定，大家都持怀疑态度。

余华富家离村子远，单家独户，房前屋后绿树成荫，一条通往云南姜驿的公路从他家房后经过。年近 70 的余华富，和老伴相依为命，过去主要靠低保维持生活。如今，在村里的帮扶下，他家黑山羊养殖规模扩大到 150 只，每年出栏 30 来只。老两口今年种了 20 多亩玉米，7 亩番茄，养了几头肥猪。更重要的是，他把新修的房子租给成都、昆明的老板收番茄，每年还有好几万的收入。

老汉很辛苦，日子却过得很滋润。

院子里，堆着一大堆新鲜水灵、又红又大的番茄。一大群工人正在翻捡、装筐、打包、装车，各种声响在宁静的山谷里越发显得清脆。

和前几次一样，一见到他，老汉就摇着脑袋向我们诉苦：

"啊哟，太苦了！"

驻村第一书记张富银笑呵呵地说："不苦不苦。你再去弄点地种上，就更不苦了！"

"嗨，你晓得的，我这人闲不住啊！"余华富摇着花白的头，嘿嘿嘿地笑："今天早上，我 5 点不到就醒了，起床一看天黑蒙蒙的。我心里着急呀，跳起脚咒那狗日的天耽搁老子做活路！前后起来 3次，才勉强看得见路，你说我有啥法？"

"你这房子租给他们，一年有多少收入？"

"不多，一年五六万块钱。"老汉说得很轻松。

"可以了嘛！你家里就两老口儿，用得完吗？"大家都在笑。

"钱倒不稀奇。别的不说，就是卖圈里的羊粪，一年我老两口都吃不完。那死东西，金贵得很，很多人种果树、种蔬菜都离不得。16块一袋，还是自己出力来装！"老头子日子好过了，说话嗓门也比前几年大了一些。

天空被早起的那丝风擦得蓝莹莹的，就像一面幽深的大镜子。几束阳光透过房后的树梢，斜斜地照射下来，让余华富家的院子明亮了许多。

门前停着一辆大货车，工人师傅冒着热汗，正一筐一筐往上面装番茄。这车番茄今天夜里就要运往成都，明天就要在市场上向顾客销售。

"这几天行情还不错，好的3块多钱一斤！这个地方气候热，光照足，番茄质量相当不错。你看嘛，番茄自然熟，颜色好，也不怕摔……"老板拿着一个小碗大的番茄，在我们眼前晃来晃去，说："我们准备引点辣椒过来。冬春季节地荒着可惜，可以种些辣椒，到时候我们来收购，这又是一笔收入嘛！"

从余华富的脸上，看不出半点遭受过损失的迹象。果然，当我们问到那5只羊，老汉说根本没在乎："第二天就回来了！"

"自己回来的？"

"这么多羊，我哪有时间去管？早上放出去，下午吃饱自己就回来了！"

"你那些走丢了的羊，就在山上过夜……"

"一般不在山上，到别家去了。前天我家的羊回来，一数又多了七八只！"

"嘿,安逸嘛!"大家都笑。

"哟嗬,昨天一数,又有12只不见了!"

"哎,可惜了嘛!哪个把你吆去卖了,就是2万多块钱哩!"

"不怕不怕,现在没得哪个要!"老汉摇着头,朗朗地笑道:"中央搞的扫黑除恶好得很,没得哪个敢乱动!"

领导派车来接我

天气晴好,阳光仍然明媚。

太阳从东边的山上露出了笑脸,金色的阳光渐渐溢满金沙江大峡谷沟壑纵横的山坡,几个放羊的人赶着牛羊正往山上走,羊儿咩咩的叫声和老牛的声声低鸣,在空旷的山谷里回来荡去。

我们从五队走访回来,有人站在公路中间,双手不停地挥动。我们的车还没停稳,这个汉子就扑过来,呼地拉开车门,不容分说就往车上挤。

"快点快点,我我……迟……迟到了!"汉子重重地关上车门,急促地说。

这是五队的贫困户罗玉富。村里给了他一个公益岗位,每个月有几百块的收入。护林防火期间,村上在路口设了一个哨点,他就负责对上山人员进行宣传,不允许大家携带火种上山。

"早上我去看地里的水,回来把门前扫干净才弄饭吃。哦嗬,时间就耽搁了!"罗玉富喘着气,大声说:"我和你们挤一挤。如果我跑过去,那些放羊的人就要上山了……"

罗玉富是村里出名的懒汉,一天就知道抱着酒瓶子喝酒。酒一喝醉,就在家里睡大觉。他的女人有些弱智,半天说不清楚一句话,平时老受罗玉富的欺负，更是拿他没办法。儿子20多岁了，读过几年书，但算不清账，也不知道钱多钱少，在攀枝花给一个老板放羊。一家人没有更多的经济收入，日子过得艰难。

驻村工作队来了以后，想办法给资金，给项目，给种羊，给猪仔，给鸡苗，帮助大家发展致富产业。张富银到他们家无数次，掏心掏肺的话说了几大箩，在对他们家进行帮扶的时候，约法三章：

不喝酒、不睡懒觉、不打老婆！

罗玉富拍着胸脯，千保证万保证一定把烂脾气改掉。在村组干部的监督引导下，睡懒觉和打老婆这两件事收到了很好的效果。关键是罗玉富一喝酒就上脸，偶尔偷偷喝口酒，那张关公脸就把他出卖了。村组干部碰上，免不了要批评他几句。说的次数多了，罗玉富也会瞪着眼睛顶牛：

"张富银书记说了的，下班还是可以少喝点。我喝一口解解乏，又没有喝醉！"

罗玉富觉得很委屈。

作为村上的公益岗，罗玉富平时会扛着扫把，公路沿线，村前村后，打扫卫生，捡拾路边的白色垃圾。时间一长，罗玉富变了个人，村上安排的大事小事他都跑得很快。如今，他把护林员的蓝色马褂一穿，再戴上红袖套，住路口帐篷边一站，就相当精神了。

罗玉富在哨点上执勤，专门检查盘问进山的人带没带火机、火柴，反复提醒大家不要在山上生火，烧荒，抽烟。这件看似稀松平常的差事，在婆婆妈妈的聒噪中，多少有些得罪人。

过去的懒惰，为罗玉富的工作带来了后患。村里很多人看不起他，不买他的账，给他的工作增加了难度。

罗玉富上了车，不仅不关车窗，还把胳膊伸出窗外，用力夹住车门，时不时伸出脑袋和遇上的行人打招呼。

好事做到底，我们一直把他送到检查点。罗玉富下了车，小跑到车的前面，站直了身子，举起手向我们敬了一个礼。

懒汉罗玉富蹭了我们一回车，我们没当回事，村里的乡亲更不会说三道四。

可是，整个红格拉演绎的却是另外一个版本：

罗玉富给村里的乡亲说："领导见我要迟到，专门派车接我上班！你们说，防火宣传这事重不重要？"

罗玉富话题一转，对上山的人说："你几个老实点！哪个敢带火进去，把山烧起来，我分分钟就把他弄去坐牢！不信，你们试试看！"

罗玉富铁着脸，理直气壮，口气咄咄逼人。

村里人都很纳闷：这个龟孙子，以前喝了酒总是病蔫蔫的，现在哪里来这么大的底气？

低调的邵永红

邵永红家的房子很多。七拐八弯到他家院子里，邵永红正在整理圈舍。见我们进来，忙着招呼我们进堂屋里座。

话题是从邵永红家房子开始说起的："你这房子，就像迷宫一样，好多啊！"

"噫，不多，就几小间。"邵永红笑眯眯地说。

"你在忙整圈舍，现在还有好多猪呀？"

"只有几小个。7小个母猪，还有2小个公猪。现在农闲，不把圈舍整一下，老母猪下崽就没法了。"

"你去年猪卖得多呀！"

"卖了 4 个大点的，还卖了几小窝猪仔。其他的猪，卖的卖，宰的宰，过年以前就处理完了。"

"你家牛也多嘛，好像有 10 多条！"

"不多，现在只有 7 小条。"

"你去年买了 4 条啊！"

"哎哟，几小条牛，卖不成啥子钱。"

"你不是一条就卖了 1 万多吗？"

"大点那小条，才卖得 1 万 6 千 8。其他那几条小的，一条只有一万零点，害羞得很！"

金黄的阳光从屋顶斜斜地照过来，均匀的洒在院子里。邵永红的父亲，安详地坐在屋檐下，静静地吸着邵永红递给他的纸烟，笑眯眯地听我们摆龙门阵。一缕淡淡的青烟，从老人拿着香烟的手上袅袅升起，弥散在如酥的阳光里。

老人今年满 80。年前，邵永红就安排妥当，准备乘正月间农闲的时候，把老人的寿宴提前办了。谁知，开年就遇上了新冠肺炎疫情，各级要求丧事简办喜事延办，这事儿就搁下了。

"不办了。"邵永红摇摇头，说："本来各级组织就不许办。把三亲六戚招呼过来，万一传染了疫病，自己脱不了手，还要给组织上添麻烦。何必呢！"

显然，对于给老人做寿这件大事儿，一家人经过深思熟虑。邵永红说："我们想通了，也给老人做好了工作，今年就干干脆脆的不办了！老人生日那天，去镇上订了个蛋糕，让老人家高兴就行了！在那农忙时节，请人来吃饭，也是给人家增加负担！"

院子里很安静，小羊羔咩咩的叫声显得特别清脆。吃过早饭，邵永红家的母亲已经赶着羊上山去了，就剩几只小羊羔在家里。用邵永红的话说，他家的羊也不多，才 30 多只，还要花费一个劳动力，有些不划算。

邵永红家里家电齐全，屋子收拾得干净整洁。我们去看它的圈舍和厕所的时候，有了新的发现。他们家不仅养了一群鸽子，还有几只兔子，这些都是孩子们喜欢的东西。

"这些兔子好漂亮，有十几只吧？"

"不多，就 20 来只。娃娃喜欢啊，她们要弄起来喂，我有啥法？"

所有这些，都是张嘴货。再加上他们在地里种番茄种玉米，还要供两个孩子上学，光靠邵永红两口子那双手，确实不容易。不过，邵永红不这样看。他说："农村人，就只有这个条件。就是政策再好，自己不去苦，钱也不会从天上掉下来！"

邵永红家的楼上，堆着苞谷和喂牲口的草料。横梁上，横七竖八挂满的腊肉，显示着一家人的富足。

我们在拉家常的时候，邵永红的妻子一直在屋檐下站着，脸上有几分羞涩，不时绞着她的手指。

农舍里的笑声

我们到 5 队的时候，天色已晚。从大山皱褶里氤氲出来的暮色，正在缩短着夜晚的距离。热烘烘的风中，掺杂着阳光焦躁的味道，和路边牛粪羊粪的气息。

上次到贫困户杨会林家，百多只鸡在院子里跳来跳去，院子里蚊蝇乱飞，地上到处是鸡屎，让人难以下脚。女主人红着脸，说老公回来一定把鸡圈弄好，绝不会让这些畜牲丢她的脸。

村口，有一户人家的门大大地开着。得知我们要去杨会林家，里面的笑声更响亮了："你们不消去了，他老倌就在这里！"

杨会林正坐在凳子上乘凉。当我们问起他家的鸡事，老汉抱着一只膝盖，身子往后翘了两下，嘿嘿笑道："鸡圈窄了。到处摆些鸡屎不说，下几个蛋，自己就啄吃了！"

"呸，几个蛋还不够你吃哩，还有给鸡吃的？"

"一天百十个蛋，吃得完吗？"老汉抱着膝盖又往后翘了几下："只是，那些蛋不大，全是子母鸡下的。"

大家又笑了："大点小点有啥关系，哪个又不去吃你的！"

老汉赶紧岔开话题，对我们说："鸡圈改好了，你们到我们家住嘛。现在条件好了，吃住都没问题，洗澡也方便。顺便，你们去看看鸡圈……"

这是5队起队长家。一村的人白天跟他去山上埋水管，回来在他家乘乘凉。

"一户出一个人埋水管，已经干了四天！看样子，还要干三天才搞得定！"一说起水，起队长就兴奋不已。

"这么长时间，大家会不会有怨言啊？"

"莫得莫得。"

"说明你工作做得好呀！"

"没办法，家家都要吃水哩！"起队长叹了口气，说："这个地方好得很，土地宽，土地肥，气候好，种啥都有好收成，就是缺水！"

大家都感慨一阵，起队长说："一会我领你们去瞧，上面一根总水管下来，下面有几十根支管，一家一个活接头，扯过来接起就是。生活用水，按小户算，一个小时一户。生产用水又不一样，从沟渠里放出来，按人头算，半个小时一个人……"

第一次接触这种新鲜事，大家都觉得很惊奇。在常人看来，农村人都懒散惯了，哪有这么强的时间观念，就问："你说按小时算，哪个来监督管理？"

"啊啵啵！"起队长笑了，嘴里啧啧叹道："你放心。时间一到，人家一板锄就从沟里挖过去了。家家都要吃饭，用不着你提醒，就是睡到半夜三更，也不会差分毫。"

"那还得排轮子？"

"要的。"

"这轮子哪个排？"

"我来排班。这么多年，一直都是这样的！"

"说明民风好嘛！"

"家家都要吃饭，有啥法！"起队长摇摇头，笑了一下："还是有不听招呼的。村里就有一家，不耐烦去挖沟。我给他男人说，男人不敢开腔。他们家是婆娘作主，一个女老将，满嘴的歪歪道理，一说就跳起八丈高。打不可能打她，讲道理她又不听，水还不能不给她吃。遇上这种脑壳不开花的，你说咋整？"

起队长苦笑着，又摇了摇头。

…… ……

王
兆
胜

文气内外（节选）

随着年岁增长，人文学者越来越喜欢静心，喜欢用目光在心中垂钓诗意，以及那些颇似光影的闪烁明灭。书中的文字、笔筒里的笔、手上的扇子都会飞动幻化，随着季节和文气一起流转。希望一个个精灵，进入生活的梦境做梦，还能将悠长的秋声与冬夜的寂寞纺织成锦绣山河。

——题记

字的家族

中国汉字很难学，这让许多外国人望而生畏。

事实上，中国人自己学起来也不容易，否则中国古代就不会有那么多文盲。

不过，中国汉字是象形文字，也是一种特殊文化，还是不可多得的哲学。所以，如学来得法，就会非常有趣，也容易得多，否则，一定会事倍功半，甚至让人头痛。

我们先从"人之初"的"人"字开始。一人为"人"，二人成"从"，三人成"众"，于是显示了作为"人"的特性：从小到多、从个体到整体乃至群体的关系。"人多力量大"，才能成为大众，如果是社会底层，就变成"劳苦大众"；反之，在"人"的下面加个"竖一"，就成为独立的"个"，中国古人讲"慎独"，指的是一个人"在独处时能谨慎不苟"。当然，从众之人也要注意，弄不好会变得稀疏松散。所以，在"从"的下面加个"横一"，变成"丛"，有利于集聚；由"众"变为群众、合众以及众志成城，就不会变为一盘散沙。在中国古代，"众"字的写法是三个人头上顶着一只大眼睛，也是讲在大庭广众之下，要有敬畏之心，因为一直有一只大眼睛——天地之目——在紧紧盯着你看呢！

"日"字很重要，单字为"日"，三字为"晶"。日与夜相对，是光亮之意；三个日成"晶"，有"精光"闪现，就像星星闪动，有亮晶晶、晶莹剔透等说法。日的组字、组词也值得一提，左边加"一竖"成"旧"，下边加"一横"为"旦"，在"日"的右边加"月"为"明"、加"寸"为"时"、加"未"为"昧"，将"日"置于"九"之上为"旭"，放在"门"内为"间"，还有日子、日月、日期、日记、日夜、日光、日历、日用、日照、日出、日落、日本等说法。从这个意义上理解，中国古人说的"苟日新，日日新，又日新"，还是挺值得琢磨的。

"又"字，让人想到衣领，或小学生对折的红领巾。在中国古代，"又"是"手"的象形字，也让人联想到"握手"。它的原意是"继续"或"重复"，这样就产生重叠的感觉。问题是，两个"又"为"双"，三个"又"为"叒（ruò）"，四个"又"为"叕（zhuó）"。还有，由多个"又"组成的字，这就可见与"又"相关的果实累累般的字，如"桑""叠""掇""辍""缀（zhuì）"字。更有趣的是，在"又"字上随便加点什么，就有新字出现，里面加一点成"叉"，头上加一只"爪子"为"受"，脚下有"土"成"圣"，左加一"耳"为"取"，右加一"鸟"成"鸡"，上加"亦"字为"变"。小时候，我最讨厌一种小虫子，它咬人吸血，让人非常难受。后来，从字典上查到它叫"蚤"，这是一个与"又"紧密相关的字，是在"又"字中加了"点"，仿佛是只"眼睛"，虫子就在它的下面，让人感到很不舒服。再说"难受"两字，它们竟然都有"又"。看来，同样是"手"样的"又"，在不同的字中又不相同，既有温暖又有难受。还有，将"马"与"蚤"放在一起，变成"骚"。表面看，这是个更不好的字眼，与"蚤"的咬人吸血相比，"骚"味儿太浓了，更让人受不了；不过，中国有部伟大作品却是屈原的《离骚》，按东汉代王逸的解释，"离，别也；骚，愁也"，这个"骚"又让人同情，于是生出很多敬意。

还有"水"与"心"，也有一个"家"，一个大家族。"水"加两点成"冰"，三个水成"淼"，四个水为"㴇"，还有"淼淼"的说法，"水"越多就说明水势愈加浩大。当然，带"水"的字更多，可以说，天上、地下、人间无处不含"水"，它弥漫广大，无远弗届，那本《水浒传》只看名字就知道有很多"水"。另外，"心"在草木中，一心为"芯"，三"心"为"蕊"，都是核心的核心。还有"文心"，有刘勰的《文心雕龙》，"勰"字在三个"力"的强大作用下，有"心"用"思"，方能成就"刘勰"和他的经典名著。

"王"与"子"更可繁衍出一个大家族。"王"加一点为"玉"，但这个点加在中横画上面，就成了"玍"，是有瑕疵的玉。由"王"可扩为"珍""珠""闰""国""金""鑫"等。另如"子"，可组成"孙""孔""李""季""好""存""孕""孟""学""孩""好""孬""孱""孺"等，还有与"子"相近的"孑""孓"，从字形上看就不舒服，其"孤独"和"跟屁虫"的意思更不怎么样。不过，在中国古代与"子"

相连的人往往都非常了不起，像老子、孔子、孟子、孙子、荀子、墨子，他们都是受人尊敬的称谓；连一些名人给自己起的"字号"都离不开一个"子"字，像子云（扬雄）、子长（司马迁）、子美（杜甫）、子瞻（苏东坡）、子畏（唐寅）、子清（曹寅）等都是如此。

"耳"字也很值得关注。中国古代有"耳学"，是指一个人只靠"耳朵"听来的一些知识并不可靠，有贬低之意。所以，在《文子·道德》中有言："故上学以神听，中学以心听，下学以耳听。以耳听者学在皮肤，以心听者学在肌肉，以神听者学在骨髓。"不过，老子与庄子则认为，真正的智慧要在"闭目塞听"，只有这样才能得到天籁与大道。如果这样看，"耳听"与"心听"和"神听"都比不上"闭目塞听"来得高明。老子，名耳，字聃，都与"耳"有关，可谓有双耳也。为《义勇军进行曲》作曲的聂耳则有四只耳朵，除了能看到的两只，还隐藏了两只，因为"聂"字在古代被写成"聶"，是三只耳朵。从事音乐需要多只耳朵，在此的聂耳有四只，再加上自己身上长的，共有六只，比老子还多两只。

我常将"缘"与"绿"字放在一起比较。两字看上去极像，差别在于右边，而且即使是右边的部首也不易分辨，这让我感到中国文字的神妙。

还有"力"与"九"。两字的第二笔都是一撇，强劲有力；第一笔的横、弯也是一样的，差别只在那个"钩"，朝左为"力"，向右为"九"，可见细微差别所导致的巨变。常言道："失之毫厘，谬之千里。""千里之行，始于足下。"讲的就是这个道理。

因此，学习、工作、为人、处事，敢不认真吗？

不过，即使这样，在中国汉字的家族中，完全可以将这些似而不是、形近神异者列入其间。

我们每个中国人都生活在基于血缘亲情而组建的家庭中，也离不开这些由文字构成的家族的森林。

我们就像森林里跳跃的小猴子，吸吮树上的果浆，享受来自高天的阳光雨露，在地上、树木的枝杈间如烟似雾般穿行。

扇子的语言

"扇子"这两个字很特别：与"窗户"有关，与"羽毛"相连。两个"习"字仿佛让人感到"凉风习习"，快意自生。

中国古代早有扇子，只是那时主要是"团扇"，即用蒲草或丝绸做成的圆形或方形扇子。在庙堂为威仪权力的象征，于民间则用来清凉。

小时候，家里就用蒲草剪裁成圆形，以布条饰边，手握其蒲草柄，在夏天用来纳凉。大人用这种最普通廉价的团扇不停扇动，为锅底的火扇风助燃，为孩子赶走蚊子和暑气。

生长于乡间，几乎没人不熟悉这种扇子，平时它被随意扔在床上、放在桌椅上、挂在墙上和门上，是每个家庭中的老物件。

年岁渐长，开始认识不同的团扇。如在《三国演义》中，智慧人物诸葛亮用的就是一把羽毛团扇，于是有了"羽扇纶巾"的风流倜傥和谈笑风生。

团扇有一只柄，它可以握在手里，有提纲挈领和一剑在手的关键作用。

团扇的圆或半圆取圆满之意，像开在扇柄上的一朵大花儿。

高级的团扇两面可用绘画等方式装饰，扇柄也可以雕刻，但整体上是直白朴素的，从不隐讳自己的心事。

宫廷的团扇以精致为主，除了画面精美，还饰有坠子，让人想到秀雅的少女的姿容。

"折扇"的出现较晚，主要是城里人或文人雅士的手中物，它是由扇面、扇骨、扇钉组成。由于可折叠，可随意开合，还由于材质和以书画装饰得更加多样的关系，深受人们喜爱。

它像窗户一样可随意开合，便于携带，既可拿在手上，又可插入腰间或脖子后面，还可拢在宽大的袖子里。

在金庸等人的武侠小说中，铜筋铁骨的扇子甚至可做兵器应敌，发挥携带方便、随意取用、锐利无比的作用。

扇面可用各种书画装饰，扇骨可进行更复杂的雕刻，尽显折扇的丰富多彩与灵活多样。在消夏之余，可一览艺术之高妙。

有一种女士折扇，材料用象牙等名贵材料镂空雕刻而成，再施以香料，一股脂粉气扑面而来。

如是女子的物件，此类名贵扇子多少有些娇揉做作；一个大男人握在手上，就显得有些滑稽。

儿子小时候做过一个轻巧有趣的折扇，至今记忆犹新。

他将吃冰糕余下的木片留下来，在一端扎上孔，再在另一端画上朵朵小花儿，然后用铁丝串起，一把折扇就做成了。工艺上虽比较粗糙，但一个几岁的孩子能有如此奇思，善于动手功夫，也很难得。

当然，若选用湘妃竹，再有艺术大师的雕工与书法，那就是一把名扇。

湘妃竹折扇的上面，不只有斑斓的湘妃泪，更有一种历史的沧桑岁月，还有打造出来的精致典雅。它如一个仕女也像一位雅士，尽得文化的风度。

有人在折扇的扇面上绘出仕女、花草、鸟兽虫鱼，有的则将山水高士、十八罗汉、诗词歌赋描绘其间，还有人画的是《江山万里图》，只要打开扇子就可尽情领略天地之宽、万物幽微。

与团扇相比，折扇不论在内容上还是形式上都有了质的飞跃。

如果说团扇直来直去，将所有的语言都写在"脸"上；折扇则颇有城府，更多时候将话藏在心里，藏在那些可以随意开合的皱褶中，也可以说是在岁月的皱纹或记忆里。

团扇虽可绘制很多内容，但远没有折扇来得丰富、含蓄、内在、超然。折扇让人想到孙悟空的如意金箍棒，可随意变化，充满神奇和神秘。

一把折扇被折叠起来，可置于手中随意把玩。或揉或搓、或捏或捋、或左或右、或上或下、或动或静、或敲或打、或旋或转，或抛或接，久而久之，竹子或木质做成的扇骨就会变得盈然而富有光泽，温润如玉。

折扇也因性格的内敛、包裹了心事，变得充实富足。

一旦打开一把折扇，那是别有一番韵致的。

有如徐徐拉开帷幕，也像打开一个宝藏，尽情欣赏折扇中的《江山万里图》，倾听其间山川鸟兽发出的秘语，从而显示咫尺天涯之妙。

有人用一种特殊技巧，手、腕、指在与扇骨的巧妙配合下，抖然地打开折扇，在一声脆响中轻摇扇面，凉风徐来，沁人心脾，这是人们往往难以理解的天地的声音，也是文人雅士透出的一种风骨和潇洒。

此时，扇子与人合二为一，心气相通，互相诉说衷肠，以及彼此间的理解与知音之感，也奏响天人合一的美好乐意。

某种程度上说，打开的折扇发出的是人之声，也是人这棵树上开放的花朵；反过来，人也可以被理解为扇子的扇柄与骨骼，是具有根本性的存在；当然，还可以将人理解成为天地的花朵，当一把折扇被打开，人也一定心花怒放，其肢体语言也如扇面般打开，形成可以让人心领神会的喜容。

其实，除了窗户与扇子有关，风箱、风扇、空调、肺腑、人心都包含了扇子的原理。它们关闭后是一个不为人知也难以理解的秘密，一旦打开就有一呼一吸也有内在的语言传出，向人与天地诉说。

还有一棵树、一条河也都让我们想到扇子：树干与河流是扇柄，枝繁叶茂和冲积平原是扇面。

特别是面对天空和大海时，树木与河流以扇子的形式在诉说着什么，伴着云雨雾气和潮起潮落，生命的秘语不断传达出来，这需要静心去听和用心体悟。

炎炎夏日，扇子会给这个世界送来阵阵清凉，人在其中，如在梦里，如痴如醉。

当秋风凉了，再摇动扇子，已不是为了消暑，而是为秋叶伴奏，听树木这把扇子将黄叶般的语言音符纷纷摇落。

其实，往大处想，天地何尝不是一把更大的扇子？

春天用微风将一片片细雨摇醒，夏天用暴雨的扇面扇起雷电，秋天以长风的扇子萧瑟万物，冬天使巨大的扇子合上寒冬的珍藏。

晨曦将万丈金光洒满东方，那是一天的扇子打开。

夜幕降临，天地的折扇关合。

与此同时，梦的扇面打开。于是，一个个熟悉而又陌生的语词，有意无意、有声无声地从心底跃然而出。

原载《广州文艺》2021 年第 7 期

彭
程

你自己的靶标

对于一名写作者，写什么当然至为重要。千言万语，归纳为一句话：找到最属于你的内容。

那些总是在你灵魂中萦回不去、无法躲避逃离、纠缠如毒蛇执着如厉鬼一样的……情绪和感受，意念和思想，应当成为你的首选。

举两个例子。

一个无人不知，是史铁生的《我与地坛》。作家 21 岁双腿瘫痪，从此人生被绑缚在轮椅上，看着世界生机勃勃，看着人们奔跑跳跃。作者自嘲"生病就是我的职业"，作品都是完成于病痛的间隙期，所以他将自己的一本散文集命名为《病隙随笔》。地坛公园安静而空旷，在这里他的感知和思考都抵达了一种极致。思绪尽管散漫飘荡，但离不开核心的几点：在这样的痛苦和绝望中，要不要活下去？如果决心活下去，理由是什么？残疾能否以及如何获得拯救？……他的一系列作品，不论是长是短，是小说还是散文，是在这篇之前还是在这篇之后，其实基本上都是此一主题的延伸和变奏。

另一个所知者不多，有必要多说几句。不久前读到一本书，获得 2005 年美国国家图书奖的《奇想之年》，深受触动。作者琼·狄迪恩，是美国著名记者和作家。在她七十岁那年，相伴四十年的丈夫突发心脏病去世。打击猝不及防，震惊之后是持续的灵魂煎熬。自那一刻起，整整一年中，她都是在哀伤和思念中度过的。全部的情感和意念，都专注于这一件事情。深度的专注和沉湎，让奇特的想象纷至沓来。亡者生前和她一同去过的地方，接触过的物体，总之留下两人的共同印迹的东西，都时刻把她卷进一个回忆的漩涡里去，难以摆脱。"整整一年，我都用去年的日历来记录时间：去年的这一天我们都在干些什么，我们在哪里吃晚饭；去年的这一天，我们是不是在金塔纳的婚礼结束后坐飞机去了檀香山；去年的这一天，我们是不是从巴黎坐飞机回来。"想起了一句古诗词——"记得绿罗裙，处处怜芳草"，这是怎样的痛切和眷念，才能让人产生并执着于这样不合常情和逻辑的想象。

自身的疾病，爱人的去世，分别成为了两个作者生命中的重大事件，时时处处，念兹在兹，仿佛患上强迫症一样。杜鹃啼血，蚌病成珠，当他们把自己充分而深入的感受和思考诉诸文学时，便获得了特别的成功和报偿。

一个人的一生，经历过的生活内容堪称丰富，但其实多数如同烟云过眼。无论是经历本身，还是从中产生出的感受和想法，真正给他的精神世界打上鲜明烙印的，其实并不多。具有这样一种性质的事件、遭遇等等，当其到来时，或者像重锤击打一样猛烈，或者如同钝刀割肉一样煎熬。它们都是些什么样的事件，因为什么原因产生，因人而异，折射出的是生活的广阔和幽深，这里不做深入的探讨。但共同点是，它们都成为了当事人生命中的中心事件，对他的人生走向和人生观的确立产生了关键作用。

"刺激—反应"作为行为心理学的基本原理，一样可以用来解释写作。如果一位写作者长期执着于对某一个或者某一类这样的内容对象的观察和思索，当诉诸文学表达时，就更容易具有新意、深度和质感，从而避免了沦入千人一面的泛泛之辞。

在这个意义上，英特尔前董事长兼首席执行官安德鲁·格鲁夫的名言"只有偏执狂才能生存"，适合技术和商业的拓展，也同样适合于文学写作。在后一种语境中使用这种说法，更接近于一种修辞，旨在让人明确地认识到专念于合适的目标的重要性。

又想到两个例子，两部名作。契诃夫的中篇小说名作《没有意思的故事》，写的是一位著名教授晚年的苦恼困惑。因为他感觉自己缺乏一个"中心思想"，缺乏"一种重要的、非常重大的东西"，"可是如果缺少这个，那就等于什么也没有"，活着也"没意思"，生活的意义和价值也变得飘忽而模糊了，为此他痛苦不堪，以致患上了严重的神经衰弱症。与之相比，舍伍德·安德森的《小城畸人》（又名《俄亥俄，温斯堡》）则展现了某种坚定和清晰。这部短篇小说集写的是美国中北部一个小镇上的众多人物，他们都是专注于内心中某个意念的人，虽然意念因人而异。这是他们的真理，是生命意义之所维系，尽管有些时候也如作家所说，真理过了头就成了谬误。这未尝不可以看作是一种反方向的运动：作品启示了作者，结果中寄寓了行为的某种本质。

当然，人类的经历以及相关言说都已经浩如烟海，鲜有写作者不曾触及的领域。像海明威那样去非洲乞力马扎罗山上猎狮子，像《小王子》的作者圣埃克絮佩里那样，二战时期驾驶飞机在地中海上空巡逻……这种充满戏剧性和油彩感的经历，极少人能够遭遇。同时，甚至也不是每个人都能够拥有大喜大悲、或如峰巅或如深渊般的情感体验。好在，谢天谢地，并不是具有这样的历练才有资格写作。对于此刻作为写作者的每一个"我",在写作中努力追求不随大流,发出自己独特的调门,却是可以做到的。这里的独特,实际上也是一个弹性概念,是在相对意义上说的,其主要的倚仗,就是要牢牢盯住自己生活经历中的那样一些东西——它们攫取了你,困扰着你,使你坐卧不宁,日思夜想,如鲠在喉,不吐不快。

对史铁生来说,正是经由这样的倾诉,他超越了身体的残疾,并达成了与命运的和解;而对于琼·狄迪恩来说,一年中的神思恍惚不会是时光的虚度,在重新执笔并写下这部作品后,她获得了心灵的解脱,也用文字印证了人性的深刻和卓越。

由此不难推论出,那些号称什么都能写的作家,并不值得特别夸耀。他们往往是用数量的丰富庞杂,掩盖实质的乏善可陈。个性是他们的作品中最稀有的品质。作为一名称得上资深的读者,对于这样的作家,我的第一反应是不去理会。这么多年下来,似乎并没有太大的损失。

时间,精力,才华……把这些宝贵的东西凝结成为一颗子弹吧,射向你心目中的某一个靶子。

选自《阅读的季节》,广西师大出版社 2021 年

韩小蕙

天光云影自徘徊
——《协和大院》写作断想

　　一眨么眼，18 个月倏然飞过去了！时间可真不禁过，从 2019 年第 1 期至 2020 年第 7 期，拙著《协和大院》在美文连载了 18 章（中间隔了《抗疫专辑》1 期），收获了很多文友的关注，谢了！

　　《美文》自 1992 年创刊，至今已历 22 年，在中国文坛生长为一株枝叶参天的大树，月月西北望，期期看天狼（苏轼《江城子·密州出猎》名句："西北望，射天狼。"），贾平凹主编统领，强将手下无弱兵。

　　拙著能在这本高端大刊上连载，就像是把一部普通平装书刷上了一层金粉，顿时就有了跻身豪华精装书列的感觉，幸甚！

　　《协和大院》是我半辈子一直想写、一辈子最重要的一部书。自 1985 年写下散文《我的大院，我昔日的梦》之后，几十年间陆陆续续又写过几篇，却一直未尽情，一直心心念念放不下这件事。

　　谁让我是这个著名大院的女儿呢？谁让我一直在这院子里生活了 60 年呢？北京的"大院"虽多，但这么独特的大医之家、欧式大院却只有一双，另一个姐妹院是距此只有一箭之隔的北京东单北极阁 26 号院。两个大院都是中国医学科学院下辖的宿舍大院，一个称"北院"，即我的大院，面积略大，住的名医略多，名气更大些，因而是"姐姐院"；另一个称"南院"，更袖珍些，是为"妹妹院"。协和大院独特的美国乡村式别墅和英国哥特式洋楼，独特的中国顶尖名医和名人，独特的大医文明和大医文化，独特的百年经历和起伏命运……构成了深藏在皇城北京中的别一种风景、别一番故事和别一番沧桑。所有这些，外人写不来，历史又必须有此一笔，故只有我来操板弦歌了。

这是命里注定的书写任务，一天不完成，心中即惴惴。

感谢几位文友一直督着我动笔。他们到协和大院来过，无不惊艳大院的洋气，仰慕其岁月掩不住的丰厚和渊博。小说家徐小斌最早来过我家，那是 20 世纪 80 年代初，当时我刚结婚，蜗居在 5 号灰色英式楼的半个大阳台里，只有一张床和一个写字台，但那已经令小斌羡慕不已。从那时起，几十年里，她想起来就问我写了没有？有一次竟然很严厉地批评我说："小蕙，你再不写，我可要问你偷懒之罪了……"

散文家素素有一次从大连来，我领她在大院里转了一圈儿，她也很感慨，回去就写了一篇散文，题为《协和大院里的韩小蕙》。从此也多次催我赶紧动笔，必须把大院的精彩故事写出来。

一催再催的，还有今天已成为中国作协书记处书记的小说家邱华栋，好几次一见到我，便问起我动笔了没有？一促再促的，还有文坛常青树周明，20 世纪 80 年代，他住在离我们大院仅一条小马路之隔的胡同里，有一天他和刘茵大姐来我家做客，那时我已搬入 39 号小楼的一间大卧室里，还附有一个带窗户的格子间，和一个可以放下一张单人床的大储藏室。那是他两人第一次走进协和大院和小洋楼，觉得既熟悉又陌生，获得了满满的亲切感。此番，陕西人周明看到我在《美文》上连载，又由人民文学出版社出了书，满心欢喜，专门打电话来，聊起他以前经常路过的协和大院。

过去，北京城没有今天这么阔大，三环就算郊区了。人们基本都住在二环以里，机关单位也都不远。从我们协和大院走到胡同东口，正东对面的小羊宜宾胡同里，就有中国作协和中国文联的两个宿舍楼，那时张志民、朱寨、张凤珠、周明、肖德生、陈喜儒、石湾、刘茵、李炳银、岳建一、章德宁等许多作家都住在那里。往北比邻的赵堂子胡同西口，第一个小院就是臧克家老人一家的居所，老人喜欢孩子，每天出门散步时，兜里都装着糖块，见了小孩子就往他们手里塞。往南的东总布胡同里，有一座旧时是某家大商行的几进大院落，曾做过中国作协的机关大院，住过赵树理、康濯、张光年、刘白羽、严文井、草明等等累累大名的作家们。再往东不太远，还有梁思成、林徽因故宅。然后再过去一点儿就是著名的赵家楼，即当年的"火烧赵家楼"旧址，从那里掀开了"五四运动"序幕……

可以说，越了解这些历史，越觉得身前身后的故事太多了，似乎路边的每一棵树、脚下的每一粒石子，都会是丰富多彩的叙述者。写啊，我怎么不想写，在这块人杰地灵的京城中心长大，心里时时刻刻都在激情中。

可是，我却迟迟没有动笔，是没思透，想不清！

说来真让人难以置信，让我迟迟下不了决心的，反倒是素材太过于丰繁，这么多历史事件的曲曲折折，这么多大人物的起起伏伏，这么多思想、文化、观念、人性、人心、道德、是非、荣辱等的交汇与交锋，怎么把它们表达出来——该用什么体裁，方能够实现得最为完美呢？

一度，我认为散文的身躯太单薄了，可能无法扛起这副沉重的大担子。散文似乎也太单纯了，无法如实记录下那些最激烈的、大动荡的、狂飙革命式的历史片段。散文还太善良了，它能描绘出世间的真善美，能表达出人心的期盼与追求，但却很难呈现出疯狂、野蛮、阴毒、邪恶、鬼魅等等兽行与兽性！所以，我想来想去，觉得还是写一部长篇小说为好，假亦真来真亦假，真亦假来假亦真，小说的疆域更宽广，可以信马由缰，可以借着故事和真人假事、或假人真事、或假人假事、或真人真事的无限演绎，尽情地在艺术的天地中抒发一回……于是，我开始做功课。

重读了一系列世界名著，比如狄更斯、哈代、德莱塞、海明威、卡夫卡……还有《呼啸山庄》《蝴蝶梦》《了不起的盖茨比》；又读了当代的《达·芬奇密码》《白牙》《一个人的朝圣》《追风筝的人》……一边进行着我的构思。然而名著是名著，我是我；名著每一部都行云流水，人物活灵活现，而到了我这里，故事越编织越成碎片，就像一滴水珠掉进了一片汪洋里，连水花都没溅起来就不见了踪影。人物也是越写越多，这个拽着我的胳膊、那个揪着我的腿，老的、小的、好人、坏蛋、名医、干部、奸佞、小人、痞子……良良莠莠，你叫我喊，互相揪扯着不放手，谁也不甘心放弃出场的机会。弄得我心里长起、又长起一团团草，脚下绊起、又绊起一个个趔趄，使我几年时间里，一直在原地打转转……

我说小说太难写了。杜卫东却说小说好写呀，你看，我这几年已经写了两部长篇了，还改编成电视剧。他给我打气说，小蕙，你能写小说，你的作品里经常是有情节、有故事、有人物的，何况你早期在工厂时不是写过小说吗？

是的，20世纪70年代，我在工厂当小青工时，曾经被吸收进工人创作组，在《北京文艺》杂志社（今天的《北京文学》）派来的郭德润老师的指导下，以上海《朝霞》杂志上的作品为学习蓝本，编写"三突出""高大全"式的短篇小说。后来在南开中文系读书时，乃至大学毕业后进光明日报社做了新闻编辑，也还在课余、班后"坚持业余文学创作"，发表过几个短篇和一个中篇小说。但始终，写小说对于我来说，是怎么写怎么没有，真的就像是挤牙膏，还是放久了的干牙膏，用力挤呀挤，真费劲啊！

但是写散文，我却没觉得这么困难。虽然创作过程中也不轻松或者也很痛苦，可是它却像分娩一样，即使难产，最终也能把孩子生下来，而且是好孩子。

最终帮我下定决心的，是中国散文学会王巨才会长，他是"文革"前老中文系大学生，写了一辈子，即使当了高干以后也没放下笔，尤其散文写得炉火纯青，每一篇都呕心沥血而卓有光彩。有一次我俩通电话，我跟王会长说起我的犹豫不决，他马上极其鲜明地表态说："当然要写纪实散文，不能写成小说。"

这真是拨云见日，我立即通透了——是的，读者要的是生活世相的本来面貌，对于协和大院来说，任何的虚构都只会减分。真实是作品最重要的因素，这是文学最有生命力、最具价值的部分。这也是很多年来，读者欢迎纪实、非虚构、报告文学等体裁超过小说的原因吧？读者们看腻了小说中一些胡编乱造的情节，被弄得哭笑不得，以至于宁愿去选择日记、报告、材料、甚至档案等原生态素材。我这样说，当然一点儿也不是贬低小说、影视等虚构作品的手法，高明的作品可以虚构得比生活还逼真，那是因为揭示出了生活和人性的本质真实，这在理论上叫做"文学艺术源于生活，又高于生活"。例子比比皆是，比如自有人类文学艺术以来的所有世界名著。

一锤定音，《协和大院》将以纪实面目与读者见面。

我感觉自己来到了一片广袤开阔的所在。站在地平线上，看到旭日正冉冉升起，脚下是平展展的大地，一直伸向天边。我的信心慢慢升腾起来，身上充满了力量。

我立即命令自己进入创作状态。

有了方向，一通百通，可以开足马力，全力以赴了。然而即使贝聿铭心中已经有了埃及金字塔，也还需要绞尽脑汁找到搭建起它的最佳施工方案。对于文学作品来说，这个"施工方案"是什么呢？我认为是结构。结构也是地基，也是脚手架，也是四梁八柱，相传北京修建故宫时，永乐皇帝朱棣做了个美梦，醒来便把管工大臣唤来，下令要在紫禁城的四个犄角上盖四座美丽非凡的角楼，每座角楼都要有九梁、十八柱、七十二条脊，期限三个月，做不出来就杀头问罪。管工大臣把八十一家大包工木厂的工头、木匠们都叫来宣了旨，也是厉言做不出来杀全家，但谁也拿不出办法。此时，鲁班爷化身一个小贩，给他们送来了一个小"蝈蝈笼"，这其实就是故宫角楼的"施工方案"。

是的，即使是纪实作品，即使手上的素材全是真人真事，也还存在着本质地反映生活的问题，这需要精心的取舍，全看作者的功力了。

我面对的，绝不只是一个居民大院的日常生活，而是涉及到上百年的中外历史，内牵着文明、文化、民族性、地域性、人心、人性、新旧观念的缠斗、发展和进步……最难的，还不仅是写出一个个人物的音容笑貌，而在于揭示出为什么，并从中倾听到社会脉动的回声。大医们的事迹好写、故事亦好写、传说亦好写、轶事亦好写，其精神境界也凑合着能描画出来，但他们的灵魂呢？

为此，经纬交织，光芒四射，我采取了"纵深掘进"和"横宽拓扫"两种模式。

要"掘进纵深"，就必须跳上历史的云端，像乘着一架时空的宇宙飞船，由远而近，由外而内，捕捉北京城的建城史及百姓的生活史；捕捉中华传统医药文化及现代医学的演变；捕捉李宗恩、黄家驷、聂毓禅、林巧稚等大医们和他们身后的众多医学家和医务工作者；捕捉大院、胡同、街道、街区、城市、土地、天空、日月星辰、风云雨雪、花草树木、虫鸟兽鱼……别以为它们都不会说人语，就没有见识，没有观点，没有思维与思想，呵不，它们都是历史的见证者啊！

而要"横宽拓扫"，则需要全方位、多角度，尽量以第一人称身份，以自己对世事人生的理解，去贴近人物，用亲历的故事来有血有肉地塑造他们。所以，我曾数次推翻了引出人物的结构方式，尽量让每个人物的"出场"都不雷同，要好看，要像戏曲舞台上的人物一样，一亮相便能赢得一个碰头彩。

塑造人物有许多要素，比如最浅层次的，要写出人物的身世、事迹、贡献、家庭、家族、一颦一笑；中层次的，要写出人心、人性、真善美、假丑恶；高层次的，还要能从人物身上，体现出时代、政治和社会氛围，乃至人物的胸襟、理想、境界、追求，当然还有他们的坎坷、失败、烦恼、苦痛、不平凡……

这里面，写一个、两个单人还好办。最忌惮写一群人，都是救人性命的大医、神医；都是中国某某医学学科的创始人和奠基人；都是放弃了欧美优渥生活，回来建设新中国的海归；都是院士、专家、教授、研究员……每个人头上都闪着耀眼的光环，每个人身后都跟着大群的学生、病人、崇拜者，每个人走在大街上都会被患者认出来而感恩戴德。写到这里，我想起一件轶事：小时候过队日时，听小同学钱

JY 说起她妈妈即协和著名眼科大夫劳远琇阿姨，有一次她出门回家，乘坐 108 路公交车，到了我们协和大院的米市大街站，起身就下车了，女售票员看了她一眼也没说话。下车以后，等车开走了，劳阿姨才突然醒过味儿来，自己是忘记买车票了。一回到家，她赶紧给公交公司写了一封信，把车票钱附在信封里一并寄出……

对的，我要抓住的，就是这种有血有肉有温度的细节。为此，我占尽了协和大院的天时、地利与人和，让几十位大医们闪亮出场，各自演绎出他们最精彩的"折子戏"：有的是在父母家里的日常琐碎，有的是在兄弟姐妹当中出类拔萃或不显山、不露水，有的是儿女眼里严父慈母，有的是大院口碑中的"好人"，有的是病人感谢信里的"菩萨"，有的高高悬挂在医院的模范墙报上，有的大篇幅记录在中国医学史档案中……天女散花，七彩缤纷。霞光万道，满天云锦。前世今生，惊艳传奇。大江大河，惊涛拍岸……

我自己颇为满意的是，居然发现了深藏在他们身上的密码，从而把他们编织进一幅奇妙的星象图：一百年的协和大院，两位"华人第一长"，三位大医女神，四位世家子弟，五位寒门大医，六位领导干部……把他们的特点抓出来，用归纳法加以集中归类，取得事半功倍的效果。最偏爱的是《三十朵金花》上下两章，用冰雪聪明的女儿们引出她们的父母，顿给大院的杰出人物榜增添了灵秀艳丽之气，也使这些大医神医的形象更加贴近生活，更加具有栩栩如生的动感——这应该算是我的一个神来之笔吧，在过去的文学作品中，似乎未见过如此"倒叙"的，这又使我想起了在大院中听来的一个笑话："文革"中，某一位出身地主的干部被批斗，当"造反派"故意问他什么出身时，他嗫嚅了半天，最后答曰："我儿子是工人阶级……"

在我以往的散文创作中，我一直是很重视考虑读者的感受的。

也许是我身为记者和编辑的缘故，我老在说，在网络如此霸道的今天，有多少人还在坚持读书、读报？在这些坚持阅读的人群中，他们每一天能给文学作品多少时间？在这些有限的时间里，他们从你不吸引人的题目中走掉了多少？又从你不吸引他们的文字和内容中走掉了多少……

是的，你可以说，你的写作只是抒发你自己，不关读者的事；你也可以坚持你曲高和寡的经典姿态；你尽可以强调高雅文学的阳春白雪特性；你还可以像在辽阔无边的新疆大地上开车，以一个方向、一个档位、一个速率、一个节奏、一个恒定、一个调子、一个惯性……跑上几天几夜。你可以说写作是你私人的心思，只需考虑好谋篇布局，拿好调子和节奏，自顾自写就是了。不错，你没有错。但要命的是，你绝不愿意只写给自己一个人看吧？归根到底你还是希望觅到知音的，你内心里盼望着读者越多越好。

新闻在这点上可以做纯文学的榜样。面对着新闻事件与受众，优秀的记者总要千方百计找到最佳的角度，一刀切入肯綮，干净利落，水落石出，在第一段里就把事件的轮廓"抖搂"出来。如果一个记者像某些东施效颦的"大文化历史散文"那样不管不顾地铺陈材料，走出二里地了还未触及正题，那他早就被受众划拉到一边去了。所以，我尽量在《协和大院》中讲故事，讲轶事，把情节、细节、人物、资料……的一片片碎影，集在一起，纳成一件美轮美奂的五彩云霓。天光云影，协和大院配得上这般瑰丽。

但我还是有点焦虑不安。

《协和大院》里还有很多没有实现到位的地方："比如对人物的深度挖掘，他们的灵魂到底寄托在哪片云朵之上呢？再比如对资料的运用上，有些片段还嫌不精巧，落入资料性的写作中，就像昨夜雨疏风骤中的落红，蔫了，干巴巴的不水灵，没有呈现出人物活生生的光彩。还比如在历史钩沉中，对有些资料没有掌握好，在真实性、严谨性等方面还有存疑。最重要的，是思想的深刻性，时代的高度、历史的厚度等等写作最高端的要求，我还远远没有实现出来，这是最令我叹惋的！我生性愚笨，个人修养底子差，功力既欠深厚更欠博大，写作对我来说永远是前面不可企及的高峰，我永远在攀登，一边遗憾自己的速度太慢，质量太差……

这些未解的问题，我不会放弃的。冀望于时光的琢磨，在随时随地的修改中，将来再出一个自己能满意的修订本。

原载《美文》2021年第5期

陈蔚文

将老书

你终将享有宁静，当你忘记了对宁静的渴求时，宁静就会降临。——题记

1

某晚，先生发了条链接给我，是一篇关于"品质养老生活"的推文，文中写到多对老夫妻经过多方考察体验，终于找到了理想的养老之处。

先生问我看后有什么想法。能有什么想法？养老不是挺远的事么，我虽看上去毫不强壮，近年却一直在健身，养啥老？

他说之前去听过相关讲座，蛮动心。要知道，到2050年，全世界老年人口将达到二十点二亿。其中，中国老年人口将达到四点八亿，几乎占全球的四分之一。别说到那时，现在这类养老社区已是名额紧张，到时可能一房难求。

先生的父母都已不在。他说，你父母都已七十多岁，万一有一方走了，另一方怎么办？如果，留下的是你母亲，她原本身体不好，和

子女生活观念又相距甚大，如何度过接下来的晚年是个问题。再有，先生担心万一他走在前，我的养老怎么办？反过来亦然。尤其是留下的那方一旦身患疾病，不能自理时怎么办？那时和儿子有可能不在一地，他有自己的家和工作，大概分不出多少精力来看顾老人。那么，一个设施和配套服务都很专业的养老社区或许能助力解忧。

我把链接转发给在上海生活的姐姐，问她的意见。她说，她也不大能接受住到养老社区，但目前一些口碑好服务好的养老院的确一床难求。她一个好友已开始排队养老，据说上海条件较好的养老院得等若干年才能入住，那真是"死一个才进一个，就这么紧张"。

2

村上春树说："我一直以为人是慢慢变老的，其实不是，人是一瞬间变老的。"以前对这话没什么感受，近年忽然发现，眼角的第一道皱纹，开始退化的视力，的确是某个瞬间发生的。还有不似过去那般蓬勃的胃口——曾经，"吃"是我与世界最紧密的互动。

尽管这样，"老"依然隔着些距离。大概因父母挡在前头，张开羽翼挡住老与死的投影，我还可装得混沌。当先生慎重提起"养老"后，我突然意识到，老年，早不再山迢水远，我的一条腿已迈入老的河流——午夜，那平缓而不可阻挡的水声越过林间而来，时有耳闻。

从来没有老过，这是一种陌生的经验。谁说衰老不需学习应对呢？人许是一瞬间变老的，但一旦老了便要一直老下去，直至终点。

"烈士暮年，壮心不已"，这是很励志的老，必得有健康体魄支撑。

"当你老了，头发白了，睡意昏沉，炉火旁打盹"，这是还算安详的老，生活应能自理，还能坐在炉火旁回忆青春。

"僵卧孤村不自哀""唯将迟暮供多病"，这是如风烛摇曳的老，忧戚的老，夜雨屋漏的老。

老有各种情形，不同的情形决定不同的养老模式。

我之前从没想过自己或父母，有一天会去住养老院或养老机构——我对养老院的印象还停留在刘德华主演的《桃姐》中，暮气森森的老人院，辛酸又孤独地老去的场景。

在通常认知中，只有孤寡老人或儿女不孝，老人才需要去养老院吧。那些有儿女却去了养老院的老人们，也许只是太害怕成为孩子的负累，不得不做出的无奈选择。

对现实的判断果真可以如此简单？一位单身离异的女友说起她晚年的打算，准备退休后在厦门某个养老社区购房——儿子在厦门工作，母子关系挺好，但她说儿子有儿子的生活，她有自己的生活。她不希望被干扰、改变，也不希望影响儿子。真有了病痛，再找专业人员与机构治疗，他们会比儿女专业。在经济允许的前提下，选择条件更好的养老社区与机构是明智的决定。

她说得笃定，完全想明白的样子。事实上，她已开始考察厦门的养老机构并有了初步意向：她看中一家外景即是鼓浪屿，依山面海的养老社区。

她只比我大几岁，但考虑"老年生活"时的那份冷静像比我年长许多。

我是不是也该认真考虑养老了？比如考虑下先生的建议，把老年生活托付给一个连锁养老社区？但和那么多老人在一个社区相处，我会不会老得更彻底？

只要还能动，我是不愿意离开熟悉的家的。在家里，有安全放松的一切，包括最可贵的生活的私密性与尊严。可哪天不能自理了，只能请个陌生的护工来家里，或是住进冰冷的医院？这两种情形都非我所愿，也都意味私密性与尊严的打破。

谁又能预料自己的晚年是什么状况？一次检查，一次跌倒，任何捉摸不定的偶然都可能让晚年生活的性质发生改变。到那时，临时再做决定难免仓惶。

3

当"养老"这个问题一旦进入生活——关注什么，就会看到什么，譬如影视中与其有关的题材。

电影《楢山节考》，讲述日本古代信州一个贫苦的山村中，由于粮食长期短缺，老人一到了七十岁，就要被子女背到山中等死，名曰"供奉山神"。片中男子辰平背着母亲上山。一路上儿子只说了一次话，表达对古训的不解，也是对老人祭山习俗的怨诉——曾经，他的父亲因为不忍心将自己的老娘送上山而逃跑，被十五岁的长子辰平当作耻辱，枪杀在一次猎熊时的争吵中。

终于，辰平找到了一块上面没有尸骸的岩石，将母亲放下。辰平遵守着不可回头的规矩，快步下山。忽然，他感到天要下雪了，而这正是母亲所期待的吉兆。辰平的心灵似乎得到了某种解脱。雪越下越大，山顶雪花纷飞，风雪中，老妇人双手合十，等待死亡。

辰平下山时看到一个邻居背着父亲也来了，只到山腰父亲哭叫着不肯上山。推搡间，儿子将父亲推下了山崖……

对老人的抛弃，在电影中通过宗教为自身找到了道德出口。"上山"是一个神圣的生命仪式，"上山"不等同抛弃。如果辰平老了，也要被子女背上山。这个"平等"掩盖了一点老境凄惨，但当去掉那个仪式感，显现的仍是"强者生存，弱者淘汰"的丛林法则吧。

老，一直就是与"弱"固定搭配的一个词，后面还跟着"病残"。这个固定搭配显示出老年人的处境——不得不承认，即使在有着强大孝道文化与尊老传统的国家，老年的处境仍算不上普遍乐观。

无论物质资源如何，老人的社会地位是尴尬的。他们出现在媒体中的社会形象总是——屡屡受骗，糊涂古板，爱管闲事，倚老卖老……他们还是碰不得，扶不得的一群人。

总之，他们状况迭出，像是社会的一个麻烦。仿佛青壮群体与老年人隔着一道天然的鸿沟。

但现实是——每个人都会老去：或已然老去，或正在老去。

每个人都会有"吃不动了，走不动了，做不动了"的那一天。

每个人，都必将走入暮冬旷野，走入另一个黄昏。

4

经济、疾病和孤独是影响老年生活的三大要素。

第一点经济，就以七零后为例吧，1970 年生人今年已是知天命之年。有人说七零后的养老压力比八零、九零后好，一是七零后多有兄弟姐妹，可以共同分担赡养老人之责，并且七零后（尤其是生于上世纪七十年代中期前的）大多不需要买高价房，他们中相当一部分人甚至还享受到了福利分房或集资房的政策。

但，这只是部分人，另外还有大批农村出身，在外务工的七零后呢？他们面临买房的沉重压力，甚至生存的重压。比如我家的钟点工小邹，生于上世纪七十年代中期的她高中毕业，先在南方打工，后回老家结婚生子，现有两个女儿，老二智力发育有点迟缓，小邹把她带到省城，寄住在哥哥家。

一米五三，体重九十斤的小邹风风火火地骑着二手电动车穿行于城市，大女儿上高三，"话少，但成绩蛮好"，她是小邹最大的希望。小邹希望女儿考上个一本院校，当然考上也得有钱读。她和丈夫还有老人要赡养，有小女儿要看顾。

"走一步看一步嘛"，小邹说。临近春节，她揽了不少大扫除的活，忙时一天要干十个钟头，她准备干到腊月廿九再回家。即便这样辛劳，等待小邹的老年仍不会轻松。再干十年，她就快六十岁了。这十年中她想要存下积蓄，得不生病，不出任何意外。

而比小邹收入更高些的群体，比如她哥，因为读了大学，在这个城市有份稳定工作，但也背负着房贷和一双儿女的养育任务。念初中的孩子各类课外班费用让他一刻不敢松懈。他还顾不上为养老做些什么——先得把一双儿女供上大学再说。

一位北京朋友发了条微博："朋友乙，老父一直健健康康，爱运动，爱唱歌，突然做了手术，后半生要坐轮椅了。他正满世界找养老院，重新规划家里的资金流向。不是没有高端养老院的，但入住金就要五百万，依次还有三百万的、两百万的。我建议他订三百万那个吧。"

三百万只是入住金，住进后要依据老人身体情况缴纳不菲的月费。患病后的养老成本如此高昂，有多少家庭能负担得起？负担不起的家庭只能转向中低端的养老机构。

经济决定养老质量，说直接点，养老根据经济条件分为几种层次：普通养老、优质养老、富足养老。那么，经济条件优渥的老人，就一定能安养晚年吗？

5

曾经拍过《钢琴教师》《白丝带》等电影的奥地利导演哈内克，凭借《爱》获得第 65 届戛纳国际电影节金棕榈奖。影片讲述两位年过八旬的音乐老师，他们原本过着平静的晚年生活。直到妻子安妮罹患疾病，偏瘫卧床不起，两人的生活开始面临极大考验。

老先生乔治担负起照顾妻子安妮的责任，也请了护工，但护工很不负责，老先生气得让她"滚蛋"。老夫妻有个女儿，可她自己的中年生活已自顾不暇。安妮状况越来越差，片尾，乔治在她因痛苦发出的呻吟中，给她讲着自己少年时代的故事。安妮的呻吟渐止住，似乎乔治的讲述缓解了她的痛苦。然而，他拿起一只枕头，捂在她脸上，压下去。老太太的腿抽动着，微弱挣扎着。老先生平静而坚决，他伏在枕头上，直到她不再抽动……乔治写下遗书，幻觉中，安妮在厨房洗碗，和他一起出门，提醒他穿上外套。

影片为什么叫《爱》呢？有观众说，难道这不是谋杀？

病痛中老太太苟延残喘，当她呻吟着，喊着"妈妈"时，她还要忍受多久呢？直到生命的终点？这种凌迟难道不比死更可怕？

丈夫乔治用枕头捂死妻子，这是冷酷，还是出于"爱"的艰难选择？

活下去，真是太难了！

道义上，有人会觉得老先生自私，擅自剥夺妻子的生命。从法律上，这种行为属于犯罪。但如果你是乔治，又会如何抉择呢？

《爱》的导演哈内克曾有过一段经历：自小将他抚养大的姨妈，老年时身患残疾，生活不能自理，她要求哈内克助她了结此生，却被拒绝。最终她用自杀的方式结束了生命。哈内克坦言，是否应该助她了结此生，这个问题一直困扰着他。

这个困扰，让哈内克用电影《爱》表达了这个关于"年岁增长所带来的身体衰弱及耻辱"的故事。

先生的一位老同学，突然传来自缢的消息。他刚满五十，前几年患上一种疑难杂症，治不好，并且病情会逐渐加重，直到脑萎缩，全身无法动弹。他有个儿子刚毕业几年，在广州工作。也许是为了不拖累妻儿，他在自己还能动弹时，结束了生命。

那是怎样艰难的抉择与赴死？

印象中，他是个身材高大，开朗热心的人。患病这几年却愈加消沉。不可逆的病情把他打倒了。知道消息的人都震惊惋惜——但也许内心都同意，这的确是他所能做出的唯一一次命运的反击，在疾病彻底扼住他之前，他选择保全最后的尊严。

也曾在知乎上看到有人求助：生病了，治不好那种，身体一天不如一天。不想不能动时躺在病床上苟延残喘，想了解安乐死的相关信息，请给予帮助。

心下悲凉，距发帖时间已过去大半年。陌生人，你还好吗？你还在吗？

2006年，有本小书《致D：情史》在法国问世，作者是法国哲学家安德烈·高兹，萨特的学生，写过几部哲学论著，但也许让人们记住他的却是这本两万余字的小册子。

D是他的妻子，两人相濡以沫半生。他们在家附近的空地种了二百多棵树，高兹经常会感谢妻子说："你教会了我欣赏和喜爱田野、树木和动物。……你让我发现了生活的丰富性，通过你，我爱上了生活。"

这本书出版之后的第二年，八十四岁的高兹与身患绝症的八十二岁妻子 D 在巴黎郊区的家中自杀。

"在夜晚的时刻，我有时会看见一个男人的影子，在空旷的道路和荒漠中，他走在一辆灵车后面。我就是这个男人。灵车里装的是你。我不要参加你的火化葬礼，也不要收到装有你骨灰的大口瓶。我听到凯瑟琳・费丽尔的歌唱，'世界是空的，我不想长寿'，然后我醒了。我守着你的呼吸，我的手轻轻掠过你的身体。我们都不愿在对方去了以后，一个人继续孤独苟活，我们经常对彼此说，万一有来生，我们仍然愿意共同度过。"

6

和病痛一样难以忍受，甚至更难忍受的是——孤独。这是多数老年必须面临的问题，总有一方先走，留下的那一方如果不再找伴侣，大抵要面临孤独——老年生活里最大的考验。

朋友发的那条关于养老的微博中，还有一段："朋友戊，父亲查出癌症之后，儿女们大为惊奇地发现，父亲居然在好几年前就和一个'阿姨'领了结婚证。戊说：只听说过年轻人偷户口簿结婚的，没想到老年人也来这一套。"

为何背着儿女呢？当然是怕遭到反对与嘲讽，那位戊的口气已多少露出此意。为什么"老年人也来这一套呢"？因为他们需要一个伴侣，一个能说说话的"老来伴"。

就像日本电影《人生果实》中的老夫妻那样——这是一对多么让人羡慕的老夫妻啊，丈夫修一曾是建筑师，退休后与妻子归隐乡间，用几十年时间悉心打理着自家的木屋和菜园，种植蔬果，烹制食物……

"所有的答案都在大自然中",景物与出产四季更迭,两位老人彼此陪伴。这样的日子,就像田地里那些缓慢而坚定的生长。

九十岁的修一先生在田地里拔完草午睡时去世了,八十七岁的英子跪在他身旁,告诉他不要担心,她会照顾好自己,"等我变成骨灰的时候,我们一起周游南太平洋"。

三年后,九十岁的英子去世了。去世前,她常对女儿说:"我不能让你爸爸等太久。"

让人称羡的老年与离去——圆满而难以复制。

女友说,疫情缓解后她弟弟把母亲从老家送来了,说和弟媳妇有矛盾,要在她这住一阵。一阵是多久呢?去年母亲来住过小半年,这次看母亲带来的行李,"一阵"不会短。女友是职业女性,儿子高二,忙得跟陀螺似的。照她北方老家习俗,父母老了一般跟儿子过,她父亲前些年过世,母亲不愿给儿子添麻烦,自己过,这几年身体不好,只能住到儿子那。母亲住得并不顺心,各种摩擦,时不时就要去女儿家"过渡"一下。

女友起过念,要么把母亲送去老家的养老院?没准母亲更能安度晚年。但儿女俱全,把老人送去会遭亲友邻居闲话。她给弟弟发微信,说自己苦处,弟弟回:"姐,我知道,但我夹在中间,也真是太难了!"弟弟说的是母亲与弟媳妇的矛盾,两人生活习惯不同,这些矛盾难以解决。

女友只好让家里的钟点工把工作时间延长,加上母亲生活费和保健医药,每月多开支好几千元。儿子的补习费用本是笔不小开支,女友说真有些"压力山大"。

母亲的到来,还影响了她与丈夫的关系,丈夫觉得她弟弟不靠谱，自私，逃避责任。哦，你家有矛盾就送我这来？就不怕我家有矛盾？

夹在丈夫与老人中间的女友感叹，独生子女虽要面临同时赡养四个老人的重任，但也有个好处，那就是赡养的义务清晰，不存在比较与"踢皮球"，家庭会少了矛盾与内耗，老人的晚年生活质量可能反而会提高。

白天女友和丈夫上班，儿子上学，有点耳背的母亲只能看电视，音量开得老大。有次她中午回来，发现老人开着电视睡着了。

在老家，母亲至少能和亲戚邻居走动走动，而在她生活的城市，除了她，母亲举目无亲，她几乎不下楼，怕自己听不清别人说啥，也怕别人听不懂自己说啥。她最常做的，便是立于阳台，向院门张望，等女儿下班。

这种孤独，在许多老人身上都有着鲜明印记。我住的小区，每天傍晚有位老人在院门外枯坐，等待下班的儿子。老人干瘦，坐在石墩上，向着街口方向。那个一身烟味的儿子似乎总是加班，有时天黑了老人还坐在那，风吹着她乱蓬的头发……

电影《东京物语》中，年老的父母去东京看望儿女，面对儿女们各自的忙碌生活，他们对自己受到的冷落表现出东方父母式的隐忍与包容。回到家乡后，母亲很快病逝了，留下父亲一人面对余生。该指责儿女们自私吗？似乎他们也各有苦衷，人生只得如此啊！如果你能轻易评判片中谁是自私的，谁是善良一点的——你又能真正客观地评判自己吗？这部电影，年轻时、结婚后以及有了孩子后看是感触不同的。你再想，有一天，也许你会和片中的父母那样，从孩子生活里退出，退到边缘，再如片尾的风吹过堂屋的声音一般消失……

7

有金融专家建议，基于目前极速货币化（货币购买力不断下降）的情况，老人的退休金也不能放在一个账户中，最好准备几个账户应对不同的养老需求：生活账户、医疗账户、紧急预备金账户等。当然，专家对老年人最重要的提醒是：养老金绝不能往民间借贷平台上投，那基本意味着血本无归，还得提防各类医药保健品之类的忽悠。

现实中，许多老人的退休养老金正被各种方式收割，有位女同学的父亲省吃俭用，定期把退休工资往一个外地骗子账户上打，换回一箱箱被女同学视作垃圾的"收藏品"。女同学报警无果，气结无语。

她母亲去世后第二年，父亲开始"收藏"，拦不住，劝不听。人家父母多带劲啊，候鸟式养老、信息化养老，自己的爹呢？"越老越糊涂！"女同学只能用这一句表达愤懑，"怎么非信骗子不信儿女？"

她弟弟无奈中安慰她："只要他高兴，随他吧！买啥都是买，只要买个开心就成。人家住酒店不也住掉了三十几万。"弟弟说的是新闻里的沪上退休阿姨，因为觉得生活空虚，在五星级酒店住了两月，花光积蓄，然后作案，一心想让警察把自己弄进牢里。

女同学的父亲绝非个例，他们是广大的一批人，在"非信骗子不信儿女"中，折射着老年的尴尬与孤独。

我父母这些年也经历了重大经济损失：不靠谱的理财，老乡和战友的有借无还。这过程中同样"拦不住，劝不听"。可当我觉得他们落伍、冥顽时，我对他们付出过多少沟通与陪伴的耐心呢？许多骗子正是利用了这点，他们嘘寒问暖，比老人的儿女更具有充沛耐心。不少老人被骗了，仍坚信对方是好人。

"老去逐年增老病"，伴随着生理上的衰退，智能、情感、人格等也会产生一系列变化，老人会产生无用感、无力感和无助感，他们因孤独而抑郁，因渴望而轻信。

我想，我们在老人面前自以为是的高明，未尝不是一种自我误读。正如我在儿子眼中，大概和父母在我眼中的形象如出一辙：陈旧、落伍、顽固。今后，他又会如何对待老年的我呢？

8

去年，父亲开始了种植牙的疗程。之前他以向来的固执，拖着牙病不去看，父亲觉得这口牙还能撑着用用，到非看不可的时候再去吧。等去医院时，医生说牙的情况已很糟，得拔掉十颗左右，建议做种植牙，报价十余万。父亲竟然爽快答应了。他说，早些年就在报纸上看过相关报道，他愿意做。

父亲平时勤俭，自费十余万做种植牙却毫不犹豫。我想，他有此"豪举"是希望有副好牙能陪他度过老年。父亲做得一手好菜，爱喝几杯，咀嚼功能对他的老年生活来说极为重要。这，或许也是他为自己的老年付出的唯一大桩消费了。

老年需要的东西又岂止一副好牙，还得有明目，好腿脚，正常血压等等——以此对抗床头柜越来越多的药瓶。

记得有位南美作家说过，当你身体好好的时候，你不知道那些器官，譬如胃、肝在什么位置。可是当你这里病，那里痛时，你完全掌握了每个器官的位置——那表示你已经老到了一定程度。

养生文化如火如荼，并因微信的普及而被广泛传播。每个亲友群里，都至少有一两位业余养生专家，他们发布各类养生链接——吃素长寿；不，长寿者爱吃肥肉。运动长寿；不，不运动才长寿，你看乌龟！

　　母亲自从学会使用微信后，日常重要的一项内容就是转发这类链接。我很少看，但我不反对她转发。微信让老人重新通过手机融入社会，某种程度提升了老年人的反应能力。比起养生信息，也许手机才是减速衰老的真正有效工具。

　　虽说这种减速根本阻挡不了衰老的渐进——别说年逾七十的父母，奔五而去的我已明显感受身体变化，下楼时隐痛的膝盖屡屡提醒我：人生秋已至。

　　曾经你渴望站在飞浪之巅，现在见着栏杆绕着走，远离一切潜在危险。曾经你讨厌衣服的累赘，如今早早穿上秋裤。同辈人的死亡消息渐多起来，有的没有任何预兆。

　　这些消息，带来兔死狐悲的哀愁，还有侥幸：你还活着。

　　侥幸让你清点"老"带来的某些馈赠：阅人知事的些许提升，诚实面对自己的一点力量，还有，岁月给你的另一种补偿——某天中午，给十四岁的儿子量身高，他站在我面前，足足高出一个头。量了下墙上的那道线，一百七十五厘米。这个高度也是时间的长度，他的成长与我的老去同步。

　　那一瞬觉得，可以老了。

　　"老"的意义，就是为另一茬生命让道，让世间总有新鲜与蓬勃的力量流动。

9

　　不止人类，苍山绿水也会老，只是它们老的时间单位更为漫长，以百年千年计。据说，世上唯一不会老也不死的生物是一种微型海洋生物——灯塔水母，它能够从性成熟阶段重新回到幼年期，开始另一次生命过程。从理论上讲，这种循环可以永远重复下去。然而，这种生物学上的"不朽"，并不意味着它们不会被其他动物吃掉，也不意味它能永久适应环境的剧烈变化。

放到宇宙时空的大背景中，或许世上并无不老之物，也无不死之物，只是自然界常有着另一种生命形式的转化。有次在庐山看几株古木，直抵云天的树冠像通向另个时空。有株古木被雷劈焦半边，又从焦处生出新枝——像目睹一种确凿的轮回。

人呢？会不会以另一种形式轮回，比如一粒灰尘，一滴雨，一朵云……

姐姐发来微信，说她已打算认购上海某养老社区："我们一起买吧，我觉得养老一定要考虑起来了！将来我们和父母都能用，我同学昨天开始排队上海的市属养老院。"

我眼前晃过姐姐上过杂志封面的肖像，她微笑着，穿着牛仔衣，麻花辫子，大眼睛。那时，她读研二。

"也许，在某种物质的时间之外，对于人更有意义的是心智的时间。"台湾作家唐诺因此喜欢变老这件事。五十七岁以后，他常对妻子朱天心说："以前坐在窗边喝咖啡，写稿放空时看外头，可能入眼的是一双美腿；而现在看到的可能是一只猫、一只狗、一个在乞讨的老人，或者就是单纯的天光、云影。世界好丰富，以前为什么只看得到一双腿呢？"

从一双腿转向更丰富的世界，正是心灵穿过皮肤的容积，在心智上的成长。

心智时间又能否缓解一切关于老的隐忧？

"昨天傍晚在玉带河边跑步，看到老头老太的样子，我差点都要哭出来了，因为自己将来也要变成这个样子。我不怕死，但好怕老。"在高校执教的 Z 兄发来一条消息——平日他总在讲台上侃侃而谈，挥斥方遒。

"老"意味着肉体的故障麻烦，这些麻烦有可能变成屈辱。譬如阿尔兹海默症。人有时恐惧的不是疾病，甚至不是死亡，而是疾病带来的孤立与作为拖累的存在。

老的首要风险不是死亡，而是屈辱。如果肉身面对"老"的问题能够有所保障，老的威胁会减少很多。而个体所能做的——除了经济的准备，健康的准备，还应当尽早学习面对老，以及死亡。那是暮年叙事中最核心的主题，也是为老年做的最重要准备：将"我"融入天地规律中，随物赋形，以不变应万变。那些不可预料，无法阻挡的疾患，交给命运与医学。

昨晚，看到电影演员咏梅的访谈，她五十岁了，发现自己对衰老这件事越来越不在意了，她认为那些皱纹是对时间的一种致敬。因此，她不止一次地向合作的摄影师建议，照片能不能别修了，如果非修的话，能不能别把皱纹都给修平了，"那可是我好不容易长出来的"！

这种镇定，通向的是老得其所，老而弥笃。不再纠结在岁月里流失的，去感受那些增殖，那是时间对"老"的加持。从肉身回到心灵，让芜杂归于清澈。你知道，你正去向一个地方——那里四周很安静，天大极了，人小极了。

原载《天涯》2021 年第 5 期

王
月
鹏

无字钟

　　风从海上来。再桀骜的岩石，在海浪日复一日的撞击下终将成为沙粒。一些写在沙滩上的文字很快就被海浪抹平，犹似浪花的绽放，转瞬即逝。它们想要表达什么？它们表达了什么？那个在海边远眺的人，还有那个从海上归来的人，他们心里装着的并不是一码事。人们习惯于面朝大海抒情，却不懂得海的倾诉，不甘心做一个倾听者。他们只想把自己的话说给整个世界听。

　　我走在海边，时常是沉默的。听海潮涌动的声音，就像在听内心的叹息，它并不是来自我的体内，而是来自一个遥远而又陌生的地方。海从来没有明确地告诉你什么。你是知道海一直在试图告诉你一些什么的。我对海的理解，伴随着自我成长的整个过程。海不再是一个隐喻。它是一个巨大的存在，它所讲述的和它所隐匿的，都与我们有关。只是，我们未曾真的听懂。

　　《福山县志》记载了这样一件奇事：一口无字钟从海里浮出，被渔民打捞上岸，挂到县衙的门前，后来又移到东城楼上，有两个人在楼下仰脸看钟，钟落了下来，一个人被盖到钟里，另一人被当场砸死……

这个无字钟真是让人浮想联翩。一口大钟，在漂洋过海的途中，船只遇险，大钟坠海，后来又浮出海面……这个故事，我视之为民间传奇，是对历史的另一种讲述。一口大钟在海中沉浮了若干年，它从哪里来，要到哪里去？它的身上，凝结着关于昨天、今天和明天的历史。因为"无字"，这个故事变得越发神秘，被赋予太多的想象和阐释，具有寓言色彩。巨钟沉浮，宛若历史的某种表情。在海的涛声中，辨得出隐约的钟声，悠远，沉郁，像是来自地层深处，带着海的咸涩气息。它在遥远的昨天就讲述了今天的事，预言了更为遥远的明天。不著一字，这是神秘的书写，唯有海浪才可破解它们。有些东西，看似沉入了"海底"，终有一天它会浮起，被世人重新发现与评说。

无字钟看起来更像一个倒置的容器，它不盛放任何东西，不占有任何事物。甚至，它拒绝任何文字和意义被附加到自己的身上。它的唯一使命，就是发出自己的声音，让更多的人听到这个声音。

它等待那个敲钟的人。一直在等。

当它被装到船上，漂洋过海，它的体内是积蓄了另一种声音的。翻船，坠海，所有的声音都沉入海底。它听到了海的声音。直到有一天它浮出海面，被渔民打捞上岸。一口来自海底的钟，与一口民间的钟，在世人眼中似乎并无异样。钟是沉默的。人们在钟下谈论这口钟。没有敲钟人。也没有听见钟声的人。只有看钟的人，他们比钟更沉默。它经历了那么漫长的沉默，不想再容忍这沉默。它在等待那个敲钟的人。它漂洋过海，几经沉浮，只为见到那个敲钟的人。然而他没有出现。他们像路人一样经过它，谈论它，没人以为它是与自己有关的。他们谈论这口钟，就像在谈论别人的历史。

这世间的事，都是可以与这口钟发生关联的。它可以解释一切，警示一切。它的身上没有铭刻任何文字，但它记录了一切。它的沉默和声响，都是一种表达。

而我的所谓书写，仅仅只是一个人的感慨，它在更为漫长的时间面前是无意义的。

因为"无字"，让一口钟在若干年后获得新的解读，也让当年的那些讲述和言说都变得暗淡与尴尬。

海水不停地涌向岸边。海要对岸讲些什么呢？海把无字钟推向岸边，它一定是想说些什么的。听懂了海与岸的对话，才谈得上真正懂得了生活。所谓大海的召唤，不过是人类一厢情愿的解读。海明威笔下的老渔民在海里与大鲨鱼搏斗，我从中看到的与其说是勇气，不如说是巨大的孤独和恐惧。我曾采访过若干老渔民，他们对大海的普遍感受即是恐惧，因恐惧而心生敬畏。这是真正懂海的人。之所以常常把人置于海的背景中体现他的勇敢，这恰恰是因为对大海的恐惧感的存在。不同的视角，不同的心理需求，可从同一事物中解读出不同的东西。人类对大海的所谓征服，被视为一种精神，这是对人与海的双重误读。人与自然万物的关系，是需要以敬畏之心来看待的。

我是在一个很普通的工作场合见到他的，很早就听说过他，那天是第一次相见。他的语速很慢，满脸的温和与平静。这个城市的很多人都知道他的经历，最初在机关里工作，仕途顺畅的时候却辞职下海，走过常人没有走过的路也吃过常人没有吃过的苦，他最终得到了常人望尘莫及的成功。这些在他看来都不过是人生的一个过程。他的抱负，不是穿越大海抵达彼岸，而是成为一个"海"，包容所有的风与浪，成与败。那天第一次见到他，他的大海一般的沉静，给了我太多震撼。他似乎没有讲太多的话。这样的相认与相处，犹如一种阅读关系，并不需要太多讲述，精神的汲取与理解是自然而然发生的，不刻意，不夸张，不迎合甚至也不拒绝。我从他的身上看到了我所向往的那种境界，我希望自己也能活成那个样子。

我在写作很多的文字。我知道有些东西是不必行诸文字的，那些最深的爱，那些最真的牵挂，那些最值得珍藏的秘密，还有那些关于明天的忧思，它们是与所谓表达无关的。

一些没有写到纸面的文字，被刻在了心上。

一些没有说出口的话，被那个渐行渐远的人听到。

风从海上来。无字钟随风而来，它并没有铭刻任何文字，只是向世人呈现了锈迹斑斑的样子。作为一个旁观者，我从一段传奇与一段现实的对视中，看到了既不同于传奇也有别于现实的一种东西。我说不出它究竟是什么。我听到了无字钟的声响，它曾被大海的涛声湮没，如今越来越被辨析出来。无字钟以及它所携带的历史，并没有被世人理解，他们以为这只是一些奇遇而已。围绕这口钟所发生的那些事被记录下来，若干年后有个人从浩繁的史书中读到，他的心咯噔了一下。

无字钟以"无字"的方式说出了它所亲历的关于这个世界的秘密。它带着时光的斑斑锈迹，来到你和我的面前。

它说出了那句古老的话。

原载《散文》2021 年第 3 期

谭功才（土家族）

南方道场上的白虎（节选）

引言

传说在原始社会末期，位于清江流域的武落钟离山，有一支从洞庭湖迁徙而来的巴人，居住在临清江岩壁的赤黑两个洞穴里。巴氏之子巴务相生于赤穴，另有樊氏、相氏、谭氏、郑氏四氏之子生于黑穴。未有君长，俱事鬼神。有一天，巴务相率五姓族人来到清江河滩上，约定谁能将剑掷于半岩的石洞中，就奉他为五姓族人的君长。结果，惟独巴务相把剑投掷到高高的石穴中去，大家齐声喝彩，却并不同意就这样当他们的君长。他们又约定大家各造一艘土船，若谁的土船漂亮，且能浮在水上不沉没就推他为君长。结果又是巴务相获得胜利，于是，大家便一致同意他做五姓人首领，号称廪君。

廪君死后，传说他的魂魄化为白虎升天，白虎则成为清江流域土家族人世代祭祀的祖宗神灵。

几千年的沧海桑田，白虎仍是那只白虎，唯一变化的是，如今这片神奇的土地上，已经繁衍到400多万土苗儿女，她也因此而成为土家族聚集最为集中的地区。她就是今天的湖北恩施土家族苗族自治州。

由于这里山大人稀，交通闭塞，廪君的后裔们几乎一直在大山的夹击下，过着与世隔绝的生活，直到 20 世纪 90 年代初期，才有机会一步步走出莽莽大山，进而散落到全国。

新中国成立前，从恩施走向外面的世界，仅有一条 209 国道，新中国成立后的 20 世纪六七十年代，另外一条 318 国道才得以建成。从州城恩施到最近的宜昌，几乎要耗费一整天，算算里程，也不过三百多公里。山的高度，将山里与山外的距离拉得格外漫长。

南方词条：沙朗

我老家原来叫鄂西土家族苗族自治州，后改为恩施土家族苗族自治州。2010 年高速公路和铁路开通前，还是个极其封闭的少数民族地区。那里有着绵延不绝的山峰，却给人并不太高的错觉，置身其里，才会对那里的生活生发诸多慨叹。但凡世居此地的土家人，都会对那种非"上"即"下"的生活，有着切身的痛。

世居下渡坪清江两岸的原住民以土家族为主，兼有苗族、回族等。这里的民居大多依山而建，且以吊脚楼的木栅子屋为主，最底层多用来饲养牲口，比如年猪，比如牛羊等等，典型的人畜混居，颇具民族特色。此地向姓居多，是土家族几大主要姓氏之一。民间流传"向王天子一只角，吹出一条清江河"，清江因此成为土家人的母亲河，而向王天子，实际上就是土家族祖先廪君。传说廪君死后其魂魄化为白虎升天，白虎因此成为鄂西土家族人的祖神，进而成为图腾文化。

大山里的"坪"享受着与生俱来的恩宠。再高的山，如果没有"坪"，这山注定只能成为孤山。山多与石相伴，坪多与土为伍。土与水的最佳组合，就养育了山里人家。

再陡峭凶险的山，也有坪，有时哪怕就巴掌那么大，都起着至关重要的作用。比如青龙河上河挂在山腰上那几个生产队的坡田，要找个稍微像样的坪都难。冬天种洋芋放种子，得一个一个往土里按。夏天挖洋芋，得背着背篓两人合作，挖一窝就往背篓里捡一窝，稍打缓手，那洋芋就顺着陡坡奔往河谷。

从挖角坦和战场坝或者高燎曲折而下，在一个相对较平的坝子里，就这样成就了一个小小的集镇。这个集镇，于平原而言，顶多就是一条村庄，可对山大人稀的山里人而言，虽然才千多人，也算得上一条不小的街了。四山八岭的山民若来这里赶集便叫做上街，但凡到过下渡坪街上，无疑就是见过世面的人物了。

下渡坪这个名字于如今的年轻人，或许有点陌生甚至根本就没听说过。他们习惯叫下坪，而将中间的"渡"字给省略掉了。其中的原因，我觉得不外乎这样几种情况。其一，下渡坪三个字对于时时刻刻都在想如何省力的山里人，少念一个字就是一个字；其二，叫起来有点拗口，都明白下坪就是下渡坪，不必脱裤子放屁；其三，若干年后修建的那座索道桥居功至伟，不再需要过渡，一日三三日九，"渡"字便在岁月中自然蒸发了。如今的下渡坪，早已随着清江梯级开发水位的遽然上升不得不搬迁到革塘坝，只剩下部分旧址而成为一段历史，永远藏匿于时光深处，甚至成为一个沉潜在水底下的谜。

从鲍坪出发，抵达一百多公里外的县城，于许多巴人后裔而言，都是一辈子难以企及的梦想。那条八百多里长名叫清江的河流，横亘在下渡坪和花果坪两个小镇中间，多少人在这里止步。前面还有更高的山更远的路，不断横亘在跋涉者面前。

1993 年，还氤氲在新年的热闹中，人还在北京的我，在日复一日的煎熬和期许中，总算登上了南下的列车。目的地指向广东省中山市的沙朗镇，一个乌有般的乡村。那个叫黄行的兄弟，就住在沙朗河边一所民房里，每天和一帮老乡在码头上靠搬运水泥度日。老家那会儿，他在清江边的景阳铁索桥头开了家理发店，我则在附近一所中学，几乎每星期我们都会在一起谈论写作。那是个文学理想遍地燃烧的年代，我们好几个志同道合的文学青年，在下渡坪的一个聚集点创办文学社团，试图闹出一些响动来。这些年轻人中间，有公司职员、教师、农民、手工业者。我们的目标直指作家和诗人，不仅仅要冲破封锁的大山，还要放出一颗颗卫星，点亮灰暗的山村。终于在1993年初，我跟随有位老乡毛毛躁躁地就闯进了京城。

到了中山沙朗才知道，下渡坪来的几十号人，几乎都在码头上卖力气，要不搬水泥，要不扛麻袋。这里不仅热，连蚊子也格外大，叮在身上就起红疙瘩。涌入眼帘的全是从未见过的植物和水果，还有矮小的建筑。那些犹如天书一般的粤语，让我有置身于另一个国度的尴尬和惶惑。尽管身边都是同一地方的老乡，巨大的寂寞和孤独依然充斥着我。

黄行在信中说过这边天气热，尽管每个月也能挣上千儿八百的，确实也很辛苦，要做好心理准备。黄行以他过来人的身份告诉我，挺过最难的开始，当肩上的伤疤结痂而慢慢形成一层水泥茧子，就会逐渐成为一名合格的水泥搬运工，就能成为码头生活的胜利者。

与北京的干燥相比，南方天气别样湿热。汗流过后湿透了的披肩，使得水泥灰迅速溶化而灼伤皮肤，这是每个搬运水泥的人必须历练的前奏。有几个重要的名词就在这期间，在我心上烙下了深深的印记：花生油、皮康王、染发水。每天收工回来第一件事情就是马上冲凉，然后赶紧往身上涂抹一层花生油。否则身上一干，立即就会显现出白白的一层水泥斑，用肥皂都洗不掉。水泥包外表有一层细小的泥尘，在来来回回的搬运中，不断扬起而落到头上。它们与汗水相互搅着，迅速将我乌黑的头发灼成黄色，就得将染发水买回来，相互交换着染成墨汁一般的黑发。而被水泥灰灼伤的皮肤，往往会长出毒疮，得等到化脓阶段，先将毒根挤出，然后涂上皮康王。自愈与治愈的完美配合，是水泥搬运工必须掌握的基本技能。

沙朗的早期是宁静的。我们大概十来人居住在老板为我们租过来的一幢民居里，过着世外桃源般的生活。辛苦自不必说，但只要搬运完一船水泥，老板就会马上给我们结账。若有大吨位的船舶装满水泥来到，一天还能赚到百多块钱，相当于我在学校时一个月的工资。那种喜悦感和幸福感，可以完全冲淡此前所有的心酸和不快。

也就是那年，越来越多的老乡从下渡坪赶来这里投奔亲友，聚集在港口大本营里。不少人的生活圈子基本仍圈定在码头上，僧多粥便少，就有部分人当起了街娃，说得委婉点，叫科长。这些科长们整天东游西荡到处混饭吃，哪家熟了甚至不用请，他们就会自找碗筷说一句肚子饿哒，便自来熟一般敞开肚皮吃。老乡彼此间拉不下面子，这批人就越来越胆大，最后竟以借生活费为名，实际上就是生要（收税），被收了保护费的人可安安心心在码头上混口饭吃，否则，不安宁的日子就要降临。

这股歪风正在向我们所在地——沙朗蠢蠢欲动。为防患于未然，我们一合计，就在床下准备了许多空啤酒瓶，万一干起来，就将这些鸟人的脑袋砸开花。我们还放出风声，让那些人知道我们准备了硫酸。明白人自然知道我们的意图，所以一直没有哪个长了红毛的来沙朗收税，算是过了一段岁月安好的日子。倒是后来，我们这班人中出了个败类。那个整天专练少林拳的家伙，不知怎么被那些收税的人抓到了什么把柄，被人一顿拳头耳刮子加皮鞭，直打得他身上青一块紫一块嘴里还说"打得好"。

一九九三年年底，我与许多老乡一样，有生以来第一次远在数千里外过年。年关那段日子相对比较清闲，码头上和工地上的老板们也回家忙年去了，我们把赚回的钱给父母寄了回去，留下一部分去沙朗市场买回鸡鸭鱼肉，准备好好过个年。多少年都过去了，我一直记得那个暖暖的下午，阳光斜照，做饭的做饭，玩游戏机的玩游戏机，只听得"加油啊加油啊"的声音反反复复着，一直不肯歇息。同乡中有个叫李佑国的买了部收录机，一遍又一遍播放着那首忧伤的《想你想到梦里头》，直唱得我们心里酸溜溜的，忍不住流出清淡的泪水。

……

结语：作为归宿的南方

恩施本属南方，广东更是南方以南。此间的雨水丰沛得格外直爽，似乎不像典型的南方性格，却是大自然给予他们的恩赐。地处北回归线以南的广东地区，一年四季几乎是一成不变的绿色，年降水量将近2000毫升。尤其每年的梅雨季节，伴随着回南天，让人感觉从头到脚都是水。因为靠近伶仃洋口岸，这里的河道交叉纵横，到处密布着水网，出门稍远，必得乘船过渡，否则永远抵达不了诗和远方。

长期生活在水的世界里，这里的人们很自然就和水的通达圆润融为一体，你中有我，我中有你。一条条缓缓流动的江河水，就像一条条脉搏，从高山源头汇入大海，然后又经过海潮返回这里，形成咸淡水交融的区域文化。无论是咸水还是淡水，他们的特质无一例外地呈现出通透旷达的质地。这是我以一个外省人的身份，用了近三十年光阴的砥砺，直至身体里的铁或者钉子一般的杂质，几乎完全融化为水才得出的结论——南方人流淌在血液里水一般的质地，看似柔软毫无棱角，实则是一种真正实在的生活。

水，就像身体里的血脉，她可以贯通到人体的每个细小位置。体现出的是柔美通达，即如南方人的性格，柔性占据了主要成分。这种柔，同样是骨子里的。它最大的特点就是不具备攻击力，却又有着极强的自我保护能力。就像他们的南方品质，虽建立在中原文化基础之上，却又在长期的生活中进行改良，在南粤这片土地上，繁衍成一片独特的文化景观。

如我一般早期来这里打拼的恩施人，如今大多已扎根这片热土，成为新中山人。从最初不习惯甚至有些抗拒的语言、饮食、习俗等等，逐渐融进了这方水土，直至将恩施人固有的那些缺点一点一滴，在南方雨水的浸染下，形成一种新的文化特质。他们就像一面面旗帜，一方面在第二故乡为打拼的恩施人指引着前进的方向，另一方面又召唤着恩施那片土地上的人们，向着这个更为稳靠的地方进发。他们深深地知道，只要勤劳、坚韧、厚道，一步一个脚印，定能沉稳干练地成为各个行业的栋梁和翘楚。

恩施人在中山这些年可以说有了一定的名气，不少人活跃在中山的政界、商界、文化界和教育界，成为各个行业里的精英和翘楚。回想二十几年前的今天，很多人都不知道在中国的版图上还有一个叫恩施的少数民族自治州，如今，不少行业都有了恩施人的身影和足迹，为这座城市的活力增添付出了应有的勤劳和汗水。他们也因此成为这座城市的发展者和见证者。

从茫茫武陵山到中山，三千里征途云和月。细数其间的山川、河流与桥梁，翻越座座山岗，淌过条条河流，跨过一道道桥梁，每一步都有我们土家人艰难挪动，却又坚实无比的足迹。

从故乡到他乡，三十年光阴荏苒岁月稠。细数其间的往昔沧桑，我们曾露宿桥底，我们曾夜以继日地加班，我们也曾历经过种种成长必须付出的代价。大山赋予我们厚实的胸膛和挺拔的脊梁，我们正在他乡撑起故土的太阳。

从一座山到另一座山的漫漫征途，实际上就是一个不断回归的旅程。

我曾在《南下先祖陈连升》一文中写到，如果追踪土家族离开家乡来到南方发展的历史，无疑当属陈连升将军了。两百多年前，陈连升将军追随钦差大臣林则徐的脚步，在一个叫虎门的地方，用他六十多岁的身躯，生动地诠释了什么才是真正的土家族精神。而六十多年前的严奉章先生，则是作为一名文职干部来到伟人故里中山市，参与到这里的经济建设洪流中，用他坚忍不拔的毅力和勤劳苦干的精神，不仅在工作中做出了不朽的成绩，更是为这里带来了一大批恩施人，在改革开放的经济大潮中，平添了一份少数民族的新鲜血液，为当地的经济建设书写了一页美好的画卷。

严奉章老先生来到南方这片热土地距今差不多七十年了。几十年来，尤其是20世纪90年代以来，一拨又一拨的土家儿女来到这片生机勃勃的土地上，到目前为止至少有超过十万恩施人在这里工作和生活，他们早已将这里当做了自己的第二故乡。他们的热情和汗水，他们的勤劳和智慧，他们的团结和执着，浇灌出了一朵朵艳丽的花朵，在南国的版图上熠熠生辉。这是土家民族与南方多民族的交流与大融合，更是十万土家儿女集体在南方修炼的必然结果。这个看似并不复杂的过程，他们用了几十年的时间，再一次印证了土家儿女修行的刚毅和执着。

黄国辉（彝族）

在拉萨的日子（节选）

一

因为参加对口援藏，在西藏文联工作，我在拉萨生活了三年。

西藏的各个单位，几乎都有职工临时宿舍，学名叫"周转房"。它属于公有产权，分配到手的职工只有使用权。西藏由于特殊原因，干部流动性比较大，为方便管理，这种周转房就成了合理安置干部的必备条件。当然，援藏干部就是其中一类。

不同于内地职工宿舍概念的是，拉萨的职工周转房一般都是成套的居室，而且少有合居的情况，也许是得益于人口少的优势。但这也算是为长期在藏工作的职工提供的生活便利。我 2016 年进藏后，西藏文联安排的宿舍就在办公区后面的家属院里，是一套两居室，在二楼。家属院里还有一些是出售的职工自有产权住房，包括四五层的板式楼房和带小院的藏式二层小楼，离办公区也很近，只有一道铁门之隔，所以进出门常见到都是熟悉的面孔，久而久之，与很多同事家属之间也都变成很熟络。这种生活环境在我脑中，似乎还存在于 20 世纪 80 年代的幼时，那会儿家就在父亲单位的院里，家属区与办公区一体，爸爸单位同事的子女们都是相伴着长大的。在如今北京这样的大都市里，这种情况已经少有了。俗话说"家近是个宝"，这种生活空间布局也一下就把在北京已经习惯了的疾风骤雨的快生活拉入了慢板节奏。空间距离的缩短带来的是时间上的舒展，甚至不用担心早上上班会迟到。想要个懒的话，即使在上班前的十分钟醒来，也足够你从容完成好早起的一套功课，准时出现在办公室里。

没有物业，楼道也是没有专人打扫的。久居于此的那些同事们或许也已经习惯了，可眼见着在拉萨干燥的空气里，尘土日积月累地增厚，每次出门都要蹑手蹑脚，生怕脚步一踏下去便腾起一片灰尘来，临出门前刚擦过的鞋面瞬间便隐去光泽。后来物业进驻后，情况就好了很多。想起刚去的时候听说拉萨在十多年前街面上仍是卫生状况堪忧的，确实有些愕然。比对一下拉萨今天干净整洁的城市面貌，就会感觉到，社会的每一点变迁其实都是在暗处悄无声息地发生着，豁然回望，就总会发现一些让人动容的惊喜之处。

二

我的宿舍有名副其实的"周转"之意。从我所在单位派出的第一批援藏干部开始，历任都在这套两居室里住过，我是第五个。在房间的抽屉里、角落里，时常会发现一些印证前几任居住过的痕迹。房子有些地方已经有些陈旧，墙面上散布在各处的挂钉，新旧色泽不同，似乎能折射他们居住于此时对房间布置的不同偏好，有的喜欢把字画挂在沙发的对面，有的则喜欢挂在侧面暖气片上方，有的则更注重在书房里营造氛围。总之我是不用再为在何处挂东西发愁的了。

电器一应俱全，冰箱、洗衣机、电视机是标准的配备，不过也已经都像是暮气沉沉的老者，工作起来满腹怨气。洗衣机还是双筒的，半自动，开动起来整个房间好像都在抖。旧式的双门冰箱在高原上好像有很强的学习能力，冷冻层里的冰层像极了千年不化的冰川，结实而有形态。在换掉它们的之前，我还做了很长时间的心理功课以说服自己，要不难免会暗暗地觉着会受到在此居住过的前辈们的责怪。

制氧机也是旧的，但好在于有。

在西藏工作，吸氧是一种常态。从集中培训开始，援藏的朋友们就都在讨论应该置一台什么样的吸氧设备作日常之用，各有推荐。我甚至已经在某个网络平台里的购物车里搜罗了好几种款式的制氧设备，考量着制氧量、纯度、噪音、机器大小各种指标，只待时机成熟便择一付款。所以当我走进房间，在墙根处寻到那台标注着"医用制氧设备"的机器时，内心多少还是有些欣喜的。为确保机器能用有效，我专门把一根冒着火星的火柴远远地伸在氧气管的出风口前，打开机器，随着火柴棒呼地一下燃成一个火团，心里也冒出中学做化学实验时那种天真的欢乐。

制氧机的原理是从空气中压缩分离出氧气，会有一些工作噪音，它所在的环境也一定要保持通风。高原缺氧，本来睡眠就很浅，很容易被噪音打扰。所以机器是绝不能放在卧室里的。我用了个最原始的笨办法，把它放在客厅靠卧室的墙边，用一根长达十米的吸氧管，沿着墙角和卧室的门框，穿过门缝，一直把出风口引到床头。睡觉前打开制氧机，定上时间，把门一关，它只管在客厅里突突地工作。我把吸氧管子挂在口鼻处，靠着床背翻翻书，随着身体内血氧含量的提升，困意渐浓，倒头便睡。

在拉萨的多少个夜晚，我就是这么与制氧机隐隐的共鸣声同眠。难得有质量较好的睡眠时，便总希望第二天是一个可以慵懒的周末。

拉萨与北京时差大概在一个半小时，晨起睁开眼，卧室的窗外总还是漆黑一片。拉萨市区没有特别高的建筑，身居二楼的好处是，每天早上阳光会适时地光临，它不是在昏暗消失的那一刻倏然闯入，而是在外面的天地亮堂成一片的时候，才悄然地跑过来提醒你已经日上三竿。也有很多次得氧气之伴却仍不能成眠，夜的静谧把整个世界都浓缩在了一方小小的屋子里，睁着眼睛，好像时间都化成了秒的士兵，就在这黑暗里排着队一个个经过。直到有晨起的人窗外留下一串脚步声，或是轻悠悠地飘过一阵藏歌，一转头，晨晖已经悄悄地把窗帘擦亮了。

待得下决心起床，拉开窗帘，阳光便肆无忌惮地闯进来。阳光是拉萨的标志和骄傲，特别是在中午，午餐过后回到宿舍，把身体舒展开斜卧在靠窗的沙发上，为了遮蔽过于强烈的光线，甚至还需要戴上一顶帽子。外面光很强，屋里却并不热，荫蔽处甚至还会感到隐隐的凉意。在一个人的房间里和这样的午后，用不了多会儿，酣甜的睡意就会慢慢爬上来。

房间里还有个上任援藏同事留下的木质浴桶。在西藏因为气压和天气原因，很少出汗，从健康的角度，医生也曾建议，适当地泡澡或做做汗蒸是有益的。可惜我并不是个十分勤快的人，木桶使用过两次之后便被我荒置一边，直至再想起来时一看，箍木桶的铁片已经锈蚀松脱，有两块木板也已开裂，无法再用也修复无门了。许是出于心有不甘吧，我又从网上购买了一个塑料澡盆，千里迢迢地从沿海的城市托寄到高原上，费用里运费几乎就占到了一半（不过算下来还是比新购一个木桶要便宜不少）。之后有朋友到我的宿舍里来看到它，除了称赞它的实用以外，也总会顺带着而惊奇于我在网上无所不能的发现。

要不能怎么样呢？一个人的房间，时间一长总要争取能添些生趣和新意，就像给生活本身加点丰富的作料。又比如种花。有一次去墨脱采风，我带回一小盆从当地人家里买来的野兰花，准备就此让它脱离野趣。可是仅过了不到一个月的时间，我努力地浇灌保护便成了徒劳，它原本翠青的枝叶渐渐干硬成标本。之后再有人送花给我养，我便婉拒了，实在是怕自己的笨拙违逆朋友们的好意。到最后才下决心添置的一些绿色，是两根绿萝。不用多么劳神，只用两个水瓶，往里一插便是。

遑论用心，谁都知道，那是冒充养花能手的最便宜的方式。

三

从到拉萨那天起，一人吃饱全家不饿的日子就在我成家多年后又去而复返了。

单位食堂保证不了一日三餐，特别是晚餐和周末，大概率是要自行解决的。花点钱在外面随便吃点，是最简便也最有闲趣的方式。我最常吃的是一家四川人开的老麻抄手馆，看招牌已经有年头了。比起拉萨街上那些经常开着开着就改换了门面的餐馆来，不能不钦佩他们凭一手面条、抄手和饺子的功夫创造出来的长久生命力。一到饭点，"豌杂面、担担面、老麻抄手"点餐声此起彼伏，桌子都摆到了店门口的人行道上也还是座无虚席。一碗面上来，吸溜吸溜地吃完，身体就热了起来，把泛着红油的汤也一口一口喝完，汤足腹饱，用纸巾擦擦沾着油光的嘴，拿起手机扫扫墙上贴着的付款码，付完账，起身走人。一边早就干等了半天的人会马上拥过一两个来，抢身占上还带着温度的凳子，急急地催着服务员过来收拾点餐。吃完走出餐厅，就可以慢悠悠地在街道上享受一天中最珍贵的夕色和晚霞了。

也有热闹点儿的晚餐。在拉萨，同批援藏的援友数量众多，同事中也有不少家属在内地自己单身在藏的，加上后来逐渐结识的朋友，也就免不了隔三差五约上三五个人，攒上一个小饭局。这种餐，除了招待新入藏的客人或朋友，一般是很少去纯藏式餐厅的，更多还是大众口味。川味、京味、徽菜、云南菜，或经改良的新式藏餐，炒菜或火锅，在拉萨都能找到，也或只是夜市里撸几根串。三年里，也去过不少各种餐馆，也见证了拉萨餐饮行业的各种盛衰。离开前的那一段时间，仙足岛通往拉萨河对岸的迎亲桥旁，雨后春笋般新亮出很多餐饮的招牌来，渐成气候规模。我们援藏期满的很多场告别，就是在那片灯光旖旎的河岸边完成的。

当然自己下厨也少不了。特别是在周末，空闲的时光不经意就会激发起把自己变成为一个厨师的兴致来。把自己睡到感觉饿了，才起得床来，先胡乱填些解饿的零食，就开始规划正餐的食谱。邀请不邀请朋友到家里来完全是随机的，它只决定食谱的规模和构想。当然也有脑子空白的时候，那就只能靠到菜市场里去寻找灵感了。信步悠哉游哉地走到一对四川夫妻开的蔬菜店里，有时也会走远一点，到天海路很大的菜市场去。没去过西藏的人们往往对拉萨的生活有一些误解，好像除了牦牛和青稞西藏什么都缺。其实现在拉萨的生活资料基本与内地大城市已经没有任何区别了，菜市场里琳琅满目各色俱全。所以只需要在它们面前，掂量着胃口和食量，进行一些排列组合就好了。但那一刻人的神经往往是兴奋的，最开始总是想着"简单做点儿"，到最后却变成了一顿让自己想起来就大脑神经兴奋的大餐。购物袋里乘势而上也总会装几件原本完全没想买的东西，只不过待回到家，气一泄，它们又屡屡被"束之冰箱"打入冷宫。

尽管做得并不多，但在高原上自己下厨，还的确需要些经验与手艺。比如面条和饺子，是一定要用高压锅的，开水下锅，气阀冒气五分钟左右就熟了，饺子时间要长一点。也不用等着高压锅凉下来，直接端到水龙头下，用自来水冲上一小会儿，就可以泄压出锅了。当然，用高压锅也还是有一定的危险性，有一次我没盖好盖子，结果盖子上的胶圈变形没密封好，煮着煮着就听厨房里"嘭"一声，进去一看，粥崩出来糊得满墙都是，幸亏当时人不在旁边。而煮汤圆，是可以不用高压锅的，只需在开水里多煮一会儿就好。再比如在拉萨做鸡蛋汤，是出不了蛋花的。我曾经花了一个下午时间，用了六七个鸡蛋做各种各样的试验，终以失败告终。最后总结还是因为气压低水温不够，所以鸡蛋入水无法凝成丝絮状的蛋花。我也用微波炉做过比萨，不过也限于尝试，乃至没用完的奶酪片一直到离开时还在冰箱里存着，早过保质期了。

四

马尔克斯在《百年孤独》里说，孤独"与其否认，与其抗争，与其无谓的逃避，不如接受它，拥挤的人群里让它保护你回家，周六的上午让它陪你吃早餐，整理阳光"。孤独是一种身心的磨难，也是同样可以成为生活的调味品。

一个人的生活，虽然会陷于心灵的孤苦，但从另一方面说，也为自己打开了很多时空的藩篱。在属于自己的空间里，重拾旧趣也好，发掘新知也罢，人又处于另一种自由之中。甫一进藏，一同参加援藏的朋友们便组织了各式各样的兴趣小组，交朋友打发寂寞在其一，也是为把空闲的时间用起来，不浪费生命里这段珍贵的经历。

藏语、书法、吉他、太极、足球、扑克牌，各式各类，都很容易地聚起了人气，也有一下报了几种兴趣门类的，遇有冲突时不免兀自踌躇半晌，举棋不定。但是随着时间日久，每个人在西藏的生活都逐渐找到了属于自己的节奏和规律后，这些兴趣小组又都像泄掉了一些气一样，逐渐精减浓缩，范围渐小，队伍也相对固定下来。任什么兴趣爱好，只要是真的坚持下来，三年的时间已足够略有小成。三年结束时，援友中有的书法技艺突飞猛进，有的已经可以进行藏语对话，有的已经攒够了足以举办一场大型摄影展的作品。携这些技艺回到三年之前，已足可对自己说"不虚此行"了。

到了西藏才知道，"援藏"这个词历经多年，早已经深化成了与这片土地密不可分的一个概念，除了中央的机关单位，医疗援藏、企业援藏、省市对口援藏，乃至小到一个具体项目的援藏，比比皆是。有时候我走在拉萨的大街上，穿过熙熙攘攘的街市，看着那些从内地到这里来谋生的人们，或也仅仅是为了体验高原生活，又何尝不是另一种意义上的"援藏"呢。他们为西藏所奉献的，同样是时间，是精力，是智慧，也是生命。

后来因为工作关系去过山南隆子县的玉麦乡，曾经的"三人乡"。在那里，桑吉曲巴老人和卓嘎央宗两姐妹生活了半个多世纪，坚守了半个多世纪。他们之所以没有随着大部分人内迁，只是因为在他们一家人心里，只要有人驻守，这片边境的土地就不会丢失，就会飘扬着让他们骄傲的五星红旗。

于是我愈加释然。比起那些年里孤零零三个人的玉麦乡，拉萨有隆重的灯火，有人声车鸣，有歌舞，有酣宴，有更热烈更执着的梦想和渴望。

一个人的拉萨，其实也并不孤单。

原载《民族文学》2021 年第 2 期

陈
喜
儒

紫竹梅赋

　　我家阳台上，有一盆紫竹梅。低垂的茎，足有小手指粗，紫色的槽状叶，有暗色条纹，毛茸茸的，水落在上面，存不住，形成水珠滚落。贝壳状苞片张开，露出一朵黄粉色小花。它是什么时候栽的，是买的还是别人给的，早已记不清，反正在我家有些年头了，一代一代繁衍，枝繁叶茂，生机勃勃。

　　紫竹梅皮实，水大水小，天冷天热，土是酸性还是碱性，它无所谓，乐乐呵呵地活着，而且很少病虫害，一年四季，都可繁殖开花。

　　那年我偕妻赴日进行中日纯文学之比较研究，要住一年，儿子读大学，家里养殖多年的花草无人照看，只好忍痛割爱，分类处理：最喜爱的，寄养在朋友家；次者送人；余下没人要的，听天由命，任其自生自灭。紫竹梅则属第三类，放在阳台的拐角处，一堆旧花盆的上面。

　　一年后我回到北京，发现紫竹梅还活着，虽然枯瘦憔悴，但却挣扎着开出一朵黄色小花。在落满尘土、干燥荒寂如沙漠的阳台上，连仙人掌、橡皮树、虎皮兰等耐旱植物都早已枯死，只有它活着。仔细一看，原来钢窗有缝隙，下雨时，可能有雨点淋进来，它就靠着这点水顽强地活着，熬过了严冬酷暑，等我归来。

看着那朵小花，不知为什么，我很激动，也有几分歉疚，我弃你，你不弃我，花中君子也。从此我对它情有独钟，浇水施肥，格外精心。它也不负我，更壮实，更蓬勃，长得虎虎实实，开得热热闹闹。

紫竹梅原产美洲墨西哥等地，属鸭跖草科，也称紫叶草、紫锦草，如今遍布世界，常做草坪、公园的装饰植物，花语为：坚决，勇敢、无畏。其中文译名，不知来自拉丁文、还是英文，也不知出自何人之手，但令人拍案叫绝，赞叹不已：其节似竹，其花如梅，其株深紫，且有竹梅风骨，称紫竹梅，形神兼备，不二之选。

有些人不认识，称其为紫罗兰。其实，它们所属科目不同，相距甚远，是风马牛不相及的两种植物。紫罗兰，又名草桂花，是十字花科，属多年生草本，叶为绿色，花朵繁盛，香气浓郁，花色鲜艳丰富，有纯白、黄、淡黄、红、淡红、紫、复色等多种。而紫竹梅，叶近似披针形，上面半绿，下面紫红，花粉红色或玫瑰紫色，三瓣，黄蕊，很小，似无香味。

如今，从外国引进的奇花异草、名贵花木越来越多，栽培多肉类植物也蔚然成风，但我还是偏爱紫竹梅，乐此不疲。

原载 2021 年 3 月 7 日《光明日报》

经纬

王尧

太阳累了，就有阴天

弄堂里的老奶奶对小姑娘说：太阳累了，就有阴天。

小姑娘一直记得老人这句话。那时几户人家拥挤在一个大杂院，老奶奶偶尔对各家的孩子说上几句硬邦邦的话。邻居的小男孩晚上不敢出门，怕鬼，老人说：鬼不可怕，人可怕，你出门要小心人。几十年过去了，小姑娘也是奶奶的年纪了，一次聚会上，她听说我就住在那条弄堂附近的一个小区，便回忆老奶奶说过的几句话。她说，她在书本上没有读到这样的话。

我后来路过，在弄堂门口站了片刻。这位老奶奶是在下雪的冬天去世的，她在雪地上摔了，坚决不肯去医院。老人躺在床上说：我的骨头没有断，是枯了，冬天走，路上不干净，我身上干净。大概一周后，老人安详地睡去。出殡，太阳出来了，街道两旁的雪七零八落融化出污秽。我想想，这位讲故事的朋友应该在出殡的人群中。这位奶奶的几句话，把伦理关系扩展到人与自然了。

几年以后，也是一个下雪的冬天，而且似乎是江南几十年罕见的大雪。我原本是回老家过年的，但高速公路已经无法行车。我于是重新安排寒假，在书房里回忆和写作自己的八十年代。我好像在后记里说，我坐在书房里，望着窗外围墙上垂挂的冻丁丁，遥想着故乡屋檐下类似的情景。我知道，我的父亲母亲在屋檐下等我们。

好像也就是那个时候，我发现了自己的悖论。如果那个地方不成为故乡，我也就没有我后来的八十年代思想生活和记忆。当我在文字或想象中返回故乡时，我不得不警惕一种庸俗的"乡愁"。如果可能，我想在这两个时空中结构成一种关系，它们彼此参照和解释。记得写完这本书的跋，我走上了大街，迎风踏雪，我看见年轻的我向我走来，我看见中年的我在年轻的身躯中蜕变。这如同大雪消融后麦苗起身了，树干利落了。麦苗是青年，树干是中年。人老了，就如同太阳累了。

现在大雪纷飞。爷爷奶奶外公外婆你们还好吧？我今年无法在你们的照片前鞠躬了。等大雪过后，坟上的青草就逐渐绿了。奶奶弥留之际，没有给我留下遗言。我对旧秩序的了解和部分循规蹈矩，完全是奶奶教导的结果。她一生都在捍卫她过去的秩序，因此家族矛盾丛生。奶奶让我一直记得的那句话是：小人得志不长久。在我和奶奶已经能够相对平等交流时，奶奶历数了她和我熟悉的村镇人物，在这些人物命运的沉浮中，奶奶得出了"小人得志不长久"的结论。尽管我后来对这些人物的评价和奶奶有些不同，但奶奶这句话的原则意义超越了具体的人和事。

我很少说到我的外婆，她平静和微笑着度过了一生。我带着相机回去的那个暑假，我和外婆坐在天井里聊天，觉得应该给外婆拍张照片。我选择房子的外墙做背景，在聚焦时发现风化的砖墙特别显眼，就找来床单挂在墙上。外婆在我的镜头面前一如既往地微笑着，一年后，这张照片成了外婆的遗像。外婆没有给我留下特别有意义的话，但想起外婆的微笑，我就知道微笑在平凡生活中的意义。我现在微笑着，多少年以后，我希望后生们就像我看微笑的外婆一样，他们也看着微笑的我。

我路过了那个弄堂口，但我忘记了朋友说的那个在冬天去世的奶奶。那时，我的思绪在故乡的雪地，然后又很快回到了江南。这两块重叠的部分，我无法说清楚是阳光还是黑暗，是清洁还是污秽。在回到八十年代的那些日子里，我有很多幻觉。那个青年的我似乎是一群人，男生女生。那是单纯吗？在一个封闭的环境里，我们从来没有斑斓过，因为无知，我们简单了。越来越多的简单凑在一起，村庄的一切才是那样凝固。如果没有知识，更没有思想，人生经验成了最宝贵的财富。老人被尊重并不是因为德高望重，除了伦理使然，很大程度上是因为老人在活过的年月日里累积了或多或少的经验，或者他的老人传授给了他一些经验。如果不是时势，我就是这些老人中的一个。我虽不一定儿孙绕膝，但肯定坐在门前晒着太阳。这可能的前景现在却被另一种可能替代。这个时候，我想到了那个奶奶的话，我们能不能干干净净地老去。优雅地老去是以干净为前提的。我看到我熟悉的一些人在老去，但谁都可能有的邪恶在他们身上并没有被风吹雨打去。如果我想优雅地老去，那就得设法让自己干净再干净。

在沪上一座公寓，老先生看书下棋，他的夫人坐在卧室的轮椅上看电视，但她谁都不认识了。老先生从卧室门前走过，她听到了脚步声还是看到晃过去的身影，突然喊道：你是谁？老先生笑着回答：我是某某某。我当时毫无凄凉感，仍然能够有相互应答的晚年未尝不是一种幸福。老先生中青年时期的文字特别优美浪漫，我觉得青年的他应该有过美好的感情记忆。于是，我斗胆地问：您年轻时候有过特别喜爱的女孩子吗？老先生哈哈大笑，然后说：当然有过。他悄悄告诉我，有一年他还去外地见过这个已经不是女孩子的朋友。我为老先生的坦率和赤诚感动。他爱着身边的人，心里留着曾经的美好。我熟悉的一位老先生的夫人，也是老年痴呆，但她一直记得老先生年轻时候有过一位恋人，已经年逾九旬的痴呆老人经常不肯老先生出门，生怕他去会那位曾经的恋人。其实，那位恋人早已离世。爱让人广博又让人狭小。

我经常在校园里匆忙走过，越来越多的陌生的年轻人从面前走过，我熟悉的那些人都开始逐渐老下去。在闲庭信步时，我特别渴望见到已经退休的老朋友，但邂逅的概率很低。很多朋友退休后几乎不到学校了，他们操心过儿女之后可能在含饴弄孙，所谓"吾但当含饴弄孙，不能复知政事"；或者出门旅游，或者……。有一天，会突然看到讣告或者接到电话，多年未见的老友患病去世了。大学就是一本书，一页一页翻过去。可能只有当政者和问学者会留意这本书的字里行间有没有自己的痕迹。我记得，我多次在发言中说，学术 GDP 都会过去，校园里能够留下的只是关于人和品格的传说。我在文献里见过这个校园中传说的许多人物，他们都往生了，但他们在传说中，其中的一些人如费孝通如杨绛等，我们还在读他们的文章。在美国，我见到张充和先生，她回忆自己从九如巷骑自行车到天赐庄东吴大学校园的情景。已经九十多岁的张先生期望能够再回到天赐庄看看，我们约好了时间，但她最终未能成行。就是在张充和先生的寓所，我见证了何为优雅地老去。

在波士顿的那些日子，我差不多每天从住所往哈佛燕京图书馆，第一次看见一位老太太几乎像趴着走路，如果在国内街上见到这样的老人我应该会去搀扶。这位老太身躯萎缩了，哈着腰，右手提着一只包，我在旁停下，看她艰难而稳步向前。一会儿，在一辆车子旁驻足，缓慢地打开车门，缓慢地坐进驾驶位置。我惊诧的那一刻，车子徐徐向前驶去。如是，我见过七八次。这是一直让我感慨的场景。我有时推着坐轮椅的妈妈在小区走动，便会想起美国的这位老太太。一位国内大学的朋友也在哈佛进修，住在哈佛广场附近的一个公寓。我时常在晚餐后散步去看他们夫妇。房东是一位近90岁的老先生，据说是二战时的空军飞行员。我按门铃，有时候是这位老先生开门。熟悉了，老先生偶尔也会和我们一起晚餐。就像朋友说的那样，老先生用餐时特别细心地用刀叉，几乎听不见他咀嚼食物的声音。在说到他的经历时，他不像用餐时那样安静，声音洪亮，脸部表情丰富。我想象，他年轻时候应该喜欢唱歌。我在他客厅的角落看见了一部留声机，还有吉他。留声机和吉他上布满了灰尘，老人可能很多年没有放过唱片没有弹过吉他。过了几年，我重访哈佛，先去了我曾经住过的那个房子，住户是一个年轻人，门外还是我熟悉的一小块草坪。然后我又去了老先生的那幢房子，在门口朝里面看了看。我没有按门铃，过了几天发微信问国内的朋友，她说这位老先生去世了。我们又回忆了这位老人用刀叉的样子，朋友说，这可能不全是文明的问题，老人老了，如果不切细食物，吞咽有困难。

我无法了解这位老太和老先生的家庭背景，更无法知晓他们和子女的关系。在国内，观察老人的状况通常是和评价子女的道德联系在一起的。在故乡的那条河越来越浑浊，桥上走过的年轻人越来越少时，北桥头下面的河坎上，有一位老人用砖头和木板搭了一间小房子。老人白天在桥上晒太阳，和行人搭讪，晚上就住在桥下。这大煞风景的事，在我清明回去扫墓时遇见了。我们这个村庄在九十年代以后衰败了，之前总是这样那样的典型，所有的人都爱惜村庄的集体荣誉，至少在我工作以后的那些年还是这样的。这位老人是"土改"时的农会会长，当年忆苦思甜能说会道，他的几个儿子都自食其力，有能力赡养老人。我不知道，老人为什么选择这样的方式，也不知道他的几个儿子对待老人的态度。我母亲说，他几个儿子并不希望老人这样。我相信母亲说的是真的，至少在场面上没有谁愿意自己的父亲以这种方式度过余生。但这位老人还是在这里终老了。我记得那次我从桥上走过时，他喊我的小名，说他给我吃过糖。我喊他农会长，他很开心地说：你还记得我做过农会长。当下的乡村有许多问题，而重建乡村人文秩序无疑是比经济发展更为艰难的问题。

在莱顿大学附近的咖啡馆，我们和匆匆赶过来的佛克马先生夫妇见面了。他穿着浅色的西装，好像扎了一根红色的领带。同行的朋友中有一位是佛克马先生的学生，我们因此有机会见了这位比较文学界的大学者。佛克马先生精神矍铄，可以想象他年轻时的帅气。在我的印象中，佛克马先生远没有他夫人健谈。我特别留意老年学者的精神状态，我想象自己未来的状态，我羡慕佛克马的自然、节制和从容。我的几位老师退休后，仍然安静地读书写作，见面时这几位老师还像中年时上课一样，兴奋地说自己最近在思考什么问题。他们没有失落和恐惧。有失落和恐惧者，可能是无法安静地读书写作。学术是一种生活方式，也是一种思想方式。生活着，思想着，你在世界中的位置就没有错落。落寞是因为结构关系错落了。所有人都有落寞的日子，抵抗落寞的方式不是凑热闹，恰恰是适应独处。

我坐在张充和先生的对面，她告诉我，她经常一个人坐在这里想这想那，想想就睡着了，醒了以后再想。我是跟随海立、晓东夫妇去看张先生的，之前听海立讲他父亲罗荪、讲他妈妈熟悉的萧红，听晓东讲她父亲靳以、讲她父亲与其他文人，现在，在张先生的客厅又听到他们说现代文学史的那些文化人。这些人似乎都没有老去。张先生指着我的位置说，沈从文住在这里时，就常常坐在你那个位置上。我这个时候有点恍惚，我也理解了张先生想想就睡着了醒了再想。她其实处于恍惚之中，当她在"想想"中和她的那些故去的朋友中相遇时，她内心并不孤独。我看她走向写字台的背影是落寞的，面对她时我看到了她眼神中许多人物的眼睛。也是在客厅里，我突然想到了晓东在上海鲁迅纪念馆跟我说的一个细节：在请张先生为靳以百年影像题字时，晓东想请张先生为纪念馆写幅字，张先生说："我跟鲁迅没有关系。"后来我在一篇文章中曾经感慨现代文人不同文化圈之间的关系，道不同未必要恶言相加。宽容，其实就是一种优雅。优雅并不是随老之将至才有的风度，优雅是从青年到中年再到老年炼成的品格。

我们是从费城开车去纽黑文的。回到费城后，我坐火车回到波士顿。我从地铁口出来后，站在一处抽烟，突然有个老人走到我面前，他比画了手势，我给了他一支香烟。他转身走了。过来一会儿，他又走到我面前，做了一个打火的动作，我给他点燃香烟。这位老人消失在人群中时，我突然想起自己很小的时候，在一个卖麦芽糖的老人面前伸手要一块糖。老人给了我一块拇指大的麦芽糖，笑着说：你的牙齿都蛀了，少吃一点。

原载《上海文学》2021 年第 4 期

丁
帆

味蕾的记忆

人在不同时空中，对食物的感觉是截然不同的，所谓"食不厌精，脍不厌细"是食物得到了巨大满足以后的奢侈需求。味蕾的记忆往往是喜新厌旧的，一种制作再精细的美食，如果成为你每天的家常便饭，你也会厌倦的，味蕾追求的是"异味"，而非"同味"。但是，它有时也是会"喜旧厌新"的，因为在特殊环境中吃到的食物会给味蕾打上深深的时代印记。

也许，当你第一次进入豪华餐厅时，尝到制作精细的菜肴使你感到震撼，或许，那种奢靡的仪式感和高档的礼节服务，会让你忘却了味蕾的记忆，记住的只是空间对你的压迫。反之，你在那种并不整洁干净的"苍蝇小店"里偶尔吃到的某种特别味道的菜肴面点，能让你终身难忘。所以，味蕾的记忆往往是对食物"异味"的猎取，而非场合与仪式的洗劫。

最深刻的记忆就是我十六岁下乡插队时几次反差极大的猎食行为。

我把从南京带去的香肠在饭锅头上蒸熟以后，请端着饭碗"跑饭"的邻居们品尝的时候，他们竟然吃不出来这是何种原料做成的食物，只是惊讶"世界上竟有这么好吃的东西"！他们一生在粗茶淡饭中度过，没有品尝过"食不厌精，脍不厌细"的烹饪制作，他们往往会像阿Q一样想象城里食物的"异味"，哪怕是去集镇上吃上一盘炒肉丝，都感叹厨师的手艺精湛，因为那是与"未庄"不同的风味，城里的食物不仅是炫耀的资本，同时也是一种味蕾游历的奇妙感觉，这就是乡下人眼中的"城乡差别"。而当一个"城里人"品尝到乡下原始风貌的食物时，他的味蕾记忆也是一种永恒的定格。

大麦黄了的时候，当我第一次尝到元麦粉调制的面糊糊时，我惊讶当地农民为什么将它当作"壮猪"的饲料，而那种特别的"异香"在我的齿间游荡了好几天，乃至于几十年来时时想起要喝一大碗荞麦糊糊的欲望。一手端着一碗稀溜溜的荞麦糊糊，一手抓着馒头或卷饼，就着小鱼熬咸菜或大头菜丝，这种粗粝的乡村美食便成为苏北平原上时代味蕾上的永恒记忆。何为"相思"，何为"乡思"，或许味蕾上的记忆会胜过万千语言的抒情。

秋收季节，第一次尝到机出来的新米"农垦58"熬的大米粥，那股清香留在我十六岁的味蕾记忆年轮里永远挥之不去，我无法形容那种留在齿间的"天物"味道，为了天天能够吃到"新米"的味道，我用知青下乡第一年由粮管所供应的"皇粮"——陈年中熟米与乡亲们兑换"新大米"，就有邻人说我是"痴忩"，因为"新大米"水分大，且出饭率极低，这对于刚刚从所谓的"三年自然灾害"中挣扎过来的饥饿的农民来说，吃饱饭才是人生第一位的大事，"新大米"固然好吃，但好吃能杠饿吗？这或许也是另一种眼光里的"城乡差别"。自从离开了农村，就再也品尝不到那种在短暂的一两个月里"新米"的味道了，虽然现在物流异常发达，"新大米"源源不断地流到人们的饭桌上，但是，那种"新大米"的异香就再也找不回来了，是品种出了问题，还是味蕾记忆出了差错？我不得而知。在时间的年轮里，我寻找昔日的"乡思"与"相思"；在广袤的空间中，我在寻觅城与乡的坐标——味蕾的记忆在时空交错中变幻莫测，是食物基因发生了突变，还是人对自然的亲和力渐行渐远？

我插队的地方是胡石言笔下的宝应水乡，一曲《九九艳阳天》就会将我们带入那个酸甜苦辣的火红年代。

1969 年的夏天，地处苏北洼地的宝应县遭受了大水灾，在一片汪洋泽国里，所有劳动力都参加了"踩大洋"的工作，所谓"踩大洋"就是将所有的原始木制水车架起来，一组六个人，一天二十四小时轮流踩水车，那时一个生产大队至多有一两台抽水机，根本就无法完成这么大的抽水任务。

人们的脚底都踩肿了，疲劳困乏自不必说，最最麻烦的是无法抵御饥饿的困扰，越是这样的时候人们就越喜欢谈论描述平生吃到过的"美食"，吊出了"馋虫"，谈得越起劲，就越是感到饥肠辘辘。真是"望梅止渴渴更渴""谈食抑饥饥复饥"，于是，就有人下稻田捉长鱼（黄鳝），弄夜顿子（宵夜），其实，那时长鱼在水乡是最不值钱的水产，但是，一般人家并不让它进入自家的餐桌，只是因为吃长鱼实在是耗油，无油则腥。在那个缺油的时代，人们无法奢侈一回，而趁着"踩大洋"揩一下集体的油，却是常有的事情，喜欢干这种事情的社员很多，他们手到擒来，用笆斗从生产队的稻墩子里挖半箩筐稻子去电灌站一机，割上一大把二刀韭菜，舀上队库油缸里半瓢菜籽油。掌勺的社员一声招呼，大家带着浑身泥水呼啸而至，在生产队部里端着饭碗，就着那油汪汪的韭菜炒长鱼，便自认为是天下最幸福的美食者，更有甚者说，如果再有二两小酒咽咽，哪怕给个皇帝都不换。在那个环境里，人们的味蕾记忆是最清晰的，半个多世纪过去了，淮扬菜中看家菜"炒软兜"吃过无数口味的品种，包括淮安用水乡特有的蒲菜作辅料的"炒软兜"创新菜在内，却再也吃不出那夜的味道了。可见有时候味蕾的记忆并不是对食物客观中性的评判，它往往是以人处于特定环境下的感觉为转移的，也就是说，味蕾是带有强烈意识形态记忆功能的，只要触碰到它的敏感神经，它一定会在人的脑沟回中留下深刻的印象，且无法删除或修改其密码与程序。

近二十年来，人们从美食的餍足中爬将出来，去寻找昔日农家菜的口味，却很难有所斩获，就是因为人们难以理解美食的哲理是人与生存环境的辩证关系。

茨菇是宝应水乡闻名遐迩的水产品，如今用那种面烁烁的小茨菇与五花肉红烧，其油汁卤水穿越茨菇的表层结构，直达茨菇肌理，就让许多城里人得出了其肉不如茨菇好吃的结论。殊不知，当年的茨菇是作为人们用来度春荒的主食，每天烀上小半锅无油寡味的清水茨菇，让伢子们吃得怨声载道，嗳出的都是茨菇酸味，即便是无污染的食材，它在你的味蕾上留下的记忆也是苦涩的。

不要以为水乡的农民没有肉吃就可以天天吃鱼，其实，除了娶亲和节日待客，他们平时是不吃鱼虾的，尤其是螃蟹，更是无人问津，因为它腥而无肉。不吃鱼虾，一是因为无油的鱼虾是腥的，非一般人家享用得起；二是逮到大鱼就卖掉，给那些有油的人家去享用，于己而言，也算是赚到一笔补贴家用的不菲外快。只有在下荡捕泥捞渣时捞到小鱼小虾，人们才会拿回家与大咸菜一起熬制，那样咸菜就会变得酥烂，如果加入适量的油，起锅时再撒上一把蒜花，那一定是下饭就粥的上好小菜。那时当地流行的一句烹饪诀窍就是"油多不坏菜"，然而，谁家有油呢？那个年代，用油量的大小是衡量一个家庭贫富差距的试金石。

由这道菜衍生出来的另一道水乡不上台盘的"鲫鱼烧咸菜"，便永远留在了我的味蕾记忆中，也成为我食谱里的家常菜。将鲫鱼用油煸成焦黄起泡后红烧入味，再倒入煸炒好的大咸菜或雪里蕻，焐熟后，用大碗盛好，在寒冷的天气下将它冻起来，鱼和咸菜，美味两者皆可兼得也！及至今日，我也会偶尔下厨去寻觅昔日味蕾留下的那份记忆。

我插队的水乡紧邻淮安平桥，平桥的豆腐至今还是很有名气，那时每天都有穿街走巷的豆腐挑子经过村庄，一声拖着长长的尾音的"豆腐哎——"，唤醒了人们的食欲，欸乃的豆腐吆喝，搅乱了人们的心绪，于是，有人家就端着饭碗敲上两块两分钱一块的豆腐，权当今日吃上一顿肉了。那都是从鸡屁股抠出来的钱啊，在那割资本主义尾巴的时代，一家只能养两只鸡，所有的日用花销都指望这点银子了，一家人能够吃上一顿豆腐，就算是开荤了。一块豆腐恰是一包火柴的价钱，两块豆腐已经够奢侈的了，与咸菜一起烧制最下饭，遇上菜籽收割时，那就更幸运了，多油的豆腐烧咸菜赛如一顿红烧肉了，足以让伢子们开心一天。几年以后，当我读到了茅盾的那篇《卖豆腐的哨子》的时候，其开头和结尾处让我字字锥心："早上醒来的时候，听得卖豆腐的哨子在窗外呜呜地吹。每次这哨子引起了我不少的怅惘。""呜呜的声音震破了冻凝的空气在我窗前过去了。我倾耳静听，我似乎已经从这单调的呜呜中读出了无数文字。我猛然推开窗子，遥望屋后的天空。我看见了些什么呢？我只看见满天白茫茫的愁雾。"一瞬间，我就想起了在冬日阳光下那种在惨淡人生中吃豆腐的一丝幸福，那味蕾上永远抹不去的老卤豆腐的味道。

于是，在我无数次的梦中，那似乎带有一丝悲情浪漫诗意的欸乃豆腐叫卖声，将我从破碎的梦的涟漪里惊醒，让我听到遥远的历史暗陬里传来的呻吟，让我看到现实世界中的悲喜，让我幻觉到未来世界里人性的异化的万象。

也许，人类在饮食过程的进化中，逐渐被阶梯式的"差序格局"文明所包围，饮食的仪式感便成为一道果腹时的华丽晚礼服，在不同的时空里，饮食者究竟是在吃文化，还是在完成本能的需求？这的确是一个生存哲学选择的困惑。

在茹毛饮血的原始时代，当人的饮食行为类似兽类动物时，他们是用手抓食物生吞活剥的，动作的迅疾凶猛恐怕是没有任何仪式的，也许只有在进入文明祭祀的时刻，他们才有了仪式感，那并非是为生存而吞噬食物的行为。

而今，当你坐在富丽堂皇的餐厅里品尝着各种各样的美食的时候，你能否再想起那种在特殊环境下狼吞虎咽的"美食"呢？

原载 2021 年 7 月 22 日《南方周末》

兴安（蒙古族）

故事：北京文学社

2010 年，《北京文学》六十年的时候，我曾在《文艺报》写过一篇文章《〈北京文学〉：六十年的历史，十五年的记忆》。所谓十五年的记忆，就是我曾经在《北京文学》工作了十五年，从大学毕业，二十三岁，一直到 2000 年，三十八岁。整整十五年。

离开《北京文学》的二十年里，我几乎没参加过《北京文学》的活动，但它像个影子一样，时常伴随着我，挥之不去。至今，经常有人介绍我的时候还会说，曾任《北京文学》副主编，还有人甚至误以为我还在那儿任职，向我投寄稿件。有一年，我参加台湾作家张大春的长篇小说《城邦暴力团》的读者见面会，我和敬泽、止庵等做嘉宾，敬泽那时是《人民文学》主编，会后某大报在发表综述的时候竟然给我安的头衔是《北京文学》主编，让我好生不自在。

说句真心话，我非常感激《北京文学》，它让我在大学刚一毕业，就能迅速地与文学靠得那么近，接触到了那么多我心仪的大家，同时也让我见证和参与了八十年代的文学变革和九十年代的辉煌。我能变成今天的我，《北京文学》是我最初也是最重要的阶梯。

除了撰写上面的文章之外，我还写过一篇调查报告《1990 年代前后〈北京文学〉的几点考察》。之后再也没有写什么，但我的很多文章，都会不自觉地涉及到那个时期的经历或背景。

说起《北京文学》，真的有说不完的故事，很多人物如昨日般历历在目。还是先说说主编林斤澜先生吧。多年前，我写过一篇纪念他的文章，我说："林斤澜先生是那种即使不在了也不让人相信他真的离去的人，他的笑声是独一无二的，满含着达观、幽默、健康、机智、深邃和神秘。而且他的笑似乎是带着永久回响的，它保留在喜爱他的人的耳膜里、刻在人的记忆中。"如今，林老已经离开我们十一年了。

1985年7月我大学毕业分配到《北京文学》杂志社，四个月后，林老和李陀先生便开始主掌《北京文学》。编辑部从上到下几乎所有的人都跃跃欲试、热情澎湃，准备迎接新的变化。那个时候的《北京文学》阵容强大，搭配合理：作家林斤澜先生任主编，评论家李陀先生任副主编，陈世崇先生做执行副主编兼编辑部主任，傅用霖先生任副主任兼小说组长，编辑有作家刘恒、陈红军、章德宁、傅峰、赵李红、刘英霞，还有我和吕晴（作曲家吕远的儿子）。林老的周围团结了一批老作家，有汪曾祺、王蒙、张洁、高晓声、陆文夫、李国文、黄裳、章品镇、林希等。李陀先生则更多地集结了中青年作家，有张承志、陈建功、郑万隆、韩少华、张欣辛、刘索拉、刘庆邦、莫言、余华、苏童、格非、马原、孙甘露等。有这些老中青的国内一线作家的鼎力支持，《北京文学》办得有声有色，虽然只有不到五年的时间，但是却赢得了至今被文坛津津乐道的声誉和影响。

我作为他的手下有幸多次聆听林老的教诲。那个我经常引用的高尔基与列夫·托尔斯泰讨论和比试噩梦的轶事就是他亲口讲给我听的，后来我找来原出处的那本书《文学写照》，发现高尔基的记述并没有林老讲得精彩，我才知道，一个作家对另一个作家的解读其实是一次新的文本阐释，也可能是一种超越。记得有一回，我去当时他在西便门的家里聊天，他非常高兴，拿出一瓶马爹利酒，给我足足倒了一杯，自己也倒了半杯。我们畅谈文学、人生，还有那些难得的文坛趣事，喝得非常尽兴。我喜欢听林老讲话，林老也喜欢我这个倾听者。林老的夫人谷叶是钢琴家，所以，我们的聊天通常是在隔壁琴房缓缓的钢琴伴奏中展开。我的意念有时会被琴声吸引过去，落下了林老的某句话，林老发现后只是呵呵一笑，自己举起酒杯抿一口，然后重复一遍刚才的话，我们继续交谈。

有一次，我带着作家余华去看林老，恰巧林老临时有事出去了。我和余华坐在楼下的马路牙子上等他回来。那时余华刚刚有些小名气，长相清秀，不大爱说话。我一边抽烟，一边和他聊着闲天，一直等到天色暗下来，林老终于回来了。林老在楼门口看见了我们，连说对不起，然后一定要留我们在家里吃饭。林老是美食家，也好喝酒，席间不断地给我们夹菜。他夸赞了余华的突变，写出了《十八岁出门远行》《西北风呼啸的中午》这两篇让文坛陌生的短篇作品。林老作为短篇小说大家，在写作理念上一定与余华有不小的差异，但这丝毫不会影响他对晚辈的呵护和鼓励，他支持编辑部重点推出这两篇作品。小说发表后，读者叫好，评论界却一片沉默。但是在林老和李陀先生的支持下，《北京文学》又推出了他的中篇小说《现实一种》，差不多同时，《收获》也发表了他的《一九八六年》。直到李陀先生在《文艺报》撰写了一篇重要评论《阅读的颠覆：论余华的小说创作》之后，似乎才一下子唤醒了评论界。余华终于被文坛认可，且一路红火起来。

20世纪90年代初，《北京文学》已经不好发表余华的作品了，1992年《收获》杂志刊发了余华的七万多字的中篇小说《活着》（长篇《活着》的前身），已经卸任主编两年的林老，专门打来电话，兴奋地说，他最近读了余华的新作《活着》，是一篇杰作，劝我一定读读。那时候我们谁也想不到，包括林老，这本书在二十多年后，会发行到 1000 万册。

1999 年底我离开《北京文学》，之后与他逐渐联络少了，但在一些文学的聚会上还能经常听到他那独一无二的笑声，他对我的关注和关怀依然让我感动。2008 年，我主持编辑出版了他的自选集，厚重的一大本。这是他一生中出版的最后一本书，也可能是他最漂亮的一本书。老人家非常高兴，可惜那天因为我临时出差没能亲自把书送到老人手里，后来也没有时间去看望他一次，这成了我终生的一个遗憾。

在林老的告别会上，播放的是一首甲壳虫乐队的《黄色潜水艇》，节奏活泼而欢快，这使我想起当年汪曾祺先生的告别会，播放的是圣桑的大提琴曲《天鹅》，曲调优雅而温柔。我想这两首曲子应该都是两位老人生前最喜欢的音乐，两位老人以各自的乐观方式，拒绝了哀乐，在音乐的选择上达成了默契，从而也让我们永远地记住了那一刻。

1989 年 8 月，作家浩然接替了林老，担任《北京文学》主编。浩然先生与林老不同，他是农民出身的作家，对农民和农村作家有很深的感情。所以，他主政《北京文学》时期，比较多地关注并集中推出了一系列农村题材的作品。作者多是基层的远郊区的作家，他们非常熟悉当下的农村生活，但是在艺术和思想深度的把握上还是有不少欠缺。其中最引人注目的是在一期刊物中以头条的位置发表了北京平谷区农民作者陈绍谦的小小说 25 篇。在大家看来，这些作品按照《北京文学》的选稿要求，属于勉强达到发表水平，而浩然先生如此大张旗鼓地推出，确实让人意外，也自然引起文坛的非议。有一些作家甚至联合起来，拒绝为《北京文学》写稿。《北京文学》陷入前所未有的低潮。

现在回想起来，我感觉，浩然先生肯定是新中国之后一位重要的作家，但不一定是一个合适的办刊者。他那时居住在河北省三河县，主编着当地的一家文学杂志《苍生文学》，刊名是以他的一部长篇小说的名字命名。有人甚至说，他是以《苍生文学》的标准来办《北京文学》。——这些往事我就不想深入地谈论了。我只想说，浩然是一个好人。他一辈子保持了农民的本色，关心农民，并毫无保留地帮助农村的写作者。作家刘恒（北京作家协会主席）就曾这样评价浩然："我一直敬重他的人品。"也正是他的人品、他的善良和宽容，让他没有固执己见。

1993 年，浩然先生感到了外界的抵触和压力，于是决定不再过问编辑部稿子的事情。于是也就有了年底的"新体验小说"这个曾引起国内文坛轰动的文学实践。这次活动将陈建功、郑万隆、刘恒、刘庆邦、刘震云、毕淑敏、李功达、徐小斌、邱华栋、徐坤、关仁山等这些有影响的中青年作家重新拉回到《北京文学》的周围。在 1994 年至 1995 年的一年时间里，《北京文学》连续发表了毕淑敏的《预约死亡》、刘庆邦的《家道》、刘恒的《九月感应》、徐小斌的《缅甸玉》、关仁山的《落魂天》等二十几篇引起文坛关注的作品。我的那篇《新体验小说：作家重新卷入当代历史的一种方式——纪念"新体验小说"倡导一周年》的文章，就是在这个时候发表在《北京文学》1995 年第 4 期上。这篇文章让我后来从事文学批评，起了关键性的作用。

更让我敬佩的是浩然先生虽然不介入刊物的编稿工作，但是依然关注刊物的发展和建设。那个阶段《北京文学》正处于办刊经费不足，四处化缘，以维持刊物正常运转的困难时期。我们的编辑经常会花相当大的精力去找企业拉广告、找赞助。而浩然作为《艳阳天》《金光大道》的作者，在大众中尤其是在郊区县的影响力还是蛮大的。有些乡镇企业就是看在浩然的面子上，才愿意给我们赞助。有些重要场合，在需要他出场和站台的时候，他会毫不犹豫地给我们以支持。而对青年作家尤其是基层作者的培养和扶持，他也会义不容辞。

1996 年我出任《北京文学》副主编之后，经常组织作家聚会，一次是 1996 年在北京顺义召开的北京新生代作家笔会，他特地从三河赶来参会。另一次是 1998 年在雁栖湖召开的北京郊区作家笔会，他恰好在平谷深入生活，听说我们在此开会，主动来看望大家。就是在这次会上，他送给我了他刚刚出版的自选集，并给我题写了"作家靠作品活着"的赠言。

1999 年底，浩然先生辞去了《北京文学》主编。2000 年春节，我与作家陆涛专程到三河，给浩然先生拜年。他非常高兴，拉着我的手不放。那时候我也离开了《北京文学》。我们两个人从上下属关系，变成了文学前辈与晚辈的关系，彼此显得更加轻松和自然。临走，他送我和陆涛一人一套他重新再版的长篇小说《艳阳天》。

2008 年，浩然先生逝世，我没能参加他的告别仪式，但我写了一篇短文，发表在我的博客上。我写道："我有幸曾在他担任《北京文学》主编时和他共事过 8 年。我认为他不光是个中国农民文学的标志性作家，更是中国'革命现实主义和革命浪漫主义'文学的实践者和代表人物，同时他还是一个和蔼可亲的老人。确实，浩然先生的人品在北京文学界是共识的。我非常怀念他。浩然先生的作品《艳阳天》《金光大道》《苍生》在今天也许读的人已经不多了，但是他小说中那些充满个性和时代特征的人物（萧长春、马立本、滚刀肉等）依然鲜活地留在我们的记忆里。他的短篇小说，比如《喜鹊登枝》在今天看来依然那么清新、干净，富有新时代的乡土气息，表达了刚刚翻身后的农民的喜悦和单纯。"这算是我与他的最后道别。

再说说李陀先生。他在林斤澜主编《北京文学》时期担任过副主编，同时他也是 20 世纪 80 年代后期对《北京文学》起着关键性作用的人物。他是生长在北京的达斡尔族人，我是少年时期来到北京的蒙古族人，两个人的老家都在呼伦贝尔，所以，我与他有一种天然的亲近感，而且我一直在内心中把他当做自己的老师，因为，在《北京文学》期间，他是对我影响最多的人。

李陀先生首先是个小说家，写过《愿你听到这首歌》《自由落体》等，前者获得了首届全国优秀短篇小说奖，后者是"文革"后最早带有实验性的短篇作品之一。后来他又涉足电影领域，然后专事文学批评。他是 80 年代重要的文学批评家，很多当时的文学事件和作家成名都与他有直接的关联。比如关于"现代派"的讨论，关于"伪现代派"的论争，关于"寻根文学"的缘起等等。他思维敏锐、敢于直言，不留情面。记得在一次文学讨论会上，一个很有名的评论家发言，他刚刚说了几句，就被李陀一句"你说得不对"给弄得下不来台。而对他喜欢的作家，他则绝不吝惜赞美之词。比如余华、马原、格非、刘索拉等等。

1987 年以后，文坛突然涌现出了一批"新"作家，余华、苏童、叶兆言、李锐、刘恒、格非、孙甘露、北村等，他们崭新的面目，陌生的叙事形式，让评论界手足无措，尤其是曾经在 1985 年以后十分活跃的一批青年批评家处于无语状态。李陀先生敏锐地发现了这一点，撰写了《昔日顽童今何在》的文章，发出了"批评落后于创作"的质问，并希望这些曾经的"顽童"——青年批评家们坐下来，认真地读这些新人的作品。当然，他对这些"新"作家的创作也并非一味称颂，而是褒贬分明，且绝不隐瞒自己的观点和好恶，尤其是对两个风格相似的作家，评价竟然是天上地下。比如他喜欢刘索拉，不喜欢徐星，他喜欢马原，对洪峰却嗤之以鼻。他认为一个批评家必须有独立的批评精神，不应被金钱和人情左右。记得 20 世纪 90 年代，他刚从美国回国，我们一起去参加了一个很有钱的女作家的作品研讨会，他刚刚入座，就有会议方给在座的评论家们分发红包，就是现在所说的专家费。当发到李陀时，他竟然将厚厚的信封甩到一边，起身离去。

1986 年至 1989 年初，他经常叫我去他在东大桥的寓所，给我介绍认识从各地来访的年轻作家，格非、孙甘露，还有后来的沈宏非都是那个时候结识的。记得他的客厅很小，书架、沙发、地上摆满了各种书籍。他讲话中会时不时抽出一本书推荐给我。

90 年代以后，李陀先生多数时间在美国生活，每年有一两个月时间回国讲学或游历。他每次回国，我们差不多都会见上一面，虽然他出国后关注的重点不在当代文学上，而专心于中国当代思想和文化研究，但依然关心国内当下文学的动态与发展，多次让我推荐年轻作家的作品，发现好的作者依然会兴奋，并且极力推荐给周围的人。每次我们见面他都会询问我的近况，尤其对我近几年的水墨创作给予了非常大的鼓励。

2018 年 7 月，我在中国现代文学馆举办"白马照夜明，青山无古今：兴安水墨艺术展"，他和夫人、哥伦比亚大学比较文化学者刘禾，还有艺术评论家鲍昆专程前来观展。他对我开始的水墨实践非常吃惊，给予了热情的赞誉，同时也从专业的角度给我提出了建议，他尤其对我写的旧体诗和题画诗给予了表扬。我知道，他对中国古典诗词有特殊的偏好，记得那会在《北京文学》的时候，他发言到关键的时候，经常会随口背出一句古诗词来，而且引用得恰到妙处，让在座的人很是惊讶。他们原以为一个热衷搞"现代派"的人，对传统或古典的东西一定是或者蔑视或者无知。我清楚地记得他说过一句话：带球过人。这是他借用足球比赛里的一句话，就是通过运球，甚至假动作，出其不意地突破对方的防线。李陀先生就是这样，他常常会给人意外之举，在你还没回过神来，就已经被他甩在身后。

70 岁以后的李陀先生比起 80 年代时的性情舒缓了许多，笑容里也是有了谦和，但他批评家的独立的品格和对事物的敏感一点也没有减弱。有一年，他回国，我试图组织一次当年与李陀先生常在一起的作家老友聚会，却被他谢绝了。他告诉我，三十年没见了，每个人的思想、经历都发生了变化，尤其是思想，甚至包括立场都产生分化和分歧，所以没有必要见面，有些人我也不想见，即使见了面，也不知道该说什么，况且我很忙，我不想把时间浪费在这些无用的事情上。我理解他的想法，便放弃了这种聚会。

如今他已经年过八十，比我父亲小一岁，应该是 81 岁的老人了，可是在我的意识里，他依然像是一个中年人，甚至是年轻人，思想活跃，精神矍铄。去年夏天，我问他什么时候回国，他说，他今年就不回了，想集中时间写东西，包括他的新长篇小说《无名指》，小说在《收获》发表后，引起了文坛的热议，他征求了一些好友的意见，需要做些修改。之后又是一年，今年疫情肆虐全世界，美国尤其严重。他在美国应该还好吧，我非常惦念他。

原载 2020 年 9 月 28 日《北京青年报》

任芙康

曾经的诵读

八达岭下的南口，京城北部第一大风口。

1976年，我在坦克团任汽车排长。1月9日，恰逢我早操值班，黎明时分，将全连出操人员带离营房，右拐，进入南（口）阳（坊）公路。"一二一，一二一"，数道口令喊出，一百二十余人的队列，刷刷地齐步前进。似乎无风，脸庞却快速僵硬，被冻得生疼，瞬间挤兑出我的声色俱厉："跑步——走！"此刻，唯有迈腿前行，方为暖身的良方。紧接着，"一、二、三、四"，口令凶悍，音节断然隔开，又字字连贯，与整支队伍激昂的应和，无缝衔接，声声紧扣。千多米距离甩至身后，通体筋骨得以松弛，口中哈出畅快的热气，天寒地冻中的早操跑步，业已抵达惬意境界。

景象一片太平，正欲下令归去，狂风起兮，公路东侧南口农场的高音喇叭，偷袭般地突然发声，播出一个天大的噩耗。队伍一下呆住，懈怠为溃不成军。字字含悲的讣告，惊恐地击中我们：周总理走了。

心惊肉跳间，我已全无口令意识，只草草说出"回去"二字。众人茫然，拖沓着步子，捱回驻地。燕山脚下，浩大一座苏式营房，哀乐低旋，呈现出一种不曾见过的静止，而往日清晨，满目朝气沸腾。

下午四时许，我招呼排里一位马姓战士，耳语他到营区门口，守候团部邮递员。当时的报纸分配，极有章法，《解放军报》每班一份，《参考消息》每连一份。不言而喻，连队指导员才享有"参考"的首席资格。马战士的重任，便是截获这份稀缺之报。我相信直觉，马的勇敢、机灵，远胜那位"愚忠"连部首长的勤务兵。

一连数日，《参考消息》准时到手。我会一秒钟都不耽搁，面对主动聚拢的本排弟兄（时有外排战士门边徘徊，我一概示意请进），逐篇诵读献给总理的纪念。

所选篇章，皆出自外国政要、名流之口，或是国际学人、记者之手。翻译精到、传神，只是译者姓名一概空缺。眼下我写这篇忆旧小文，惜无原报抄阅，仅凭当时倍受震撼的印象，模拟出几段文字：

当我们走进去，周恩来迎上来，逐一紧紧握手。炯炯有神的眼睛里，溢满谦逊、儒雅的真诚。

宾主坐下来，略事寒暄，即刻进入话题。因内容重要而将时间后延，这反倒给人意外机遇，细致入微地见识到一种超凡脱俗：精力健旺，成竹在胸，敏锐透彻。在所有难题与挑战面前，周恩来都不会失态，不会失礼，不会侧目撇嘴，更不会敲击桌子。越是占了"上风"，越是拒绝嘲讽，越是远离鄙视，越是出语平和。漫长的岁月浸染，卓绝的人生阅历，使得这位深邃的长者，必将享有流芳百世的殊荣。有幸与他相处的短暂时光，你瞻仰的是和蔼平静的面容，你感受的是仁慈宽厚的爱心，你领略的是满腹经纶的智慧。

当不得不与他告别，内心深处生出相见恨晚的遗憾。在不可思议的敬意中，又都会由衷地感恩命运，让我们荣幸结识文明古国一位举足轻重的伟人。

这里，务须重申，上述句子，皆为模拟，失真之处，敬请前辈与同侪赐教。

人生走到终点，待遇迥然不同。有的如油灯熄灭，从此销声匿迹；有的被经久传扬，给悼词中的"永垂不朽"，夯进山高水长的分量。外国朋友的肺腑之言，既仰慕治国平天下的英明，亦着眼修身处世的细节，无不带出呵护备至的柔情，不吝赞美的崇拜，毫无掩饰的悲痛。于是，《参考消息》，因登载这些高贵的文字，一张小小四开报纸，天天充满黄金篇章。又因其语码与所有报章截然不同，而一纸风行，让人入迷、着魔。在我诵读之时，所有战士肃穆端坐，不少人眼含泪光。我的"川普"（蜀地官话）水准低，便以情弥补，尽力再现原文的虔诚，从不无端添话，只对少数生僻词句略加解释。

每次读完，我会即刻让人将报纸送还连部。指导员与我有私交，对此不便作色。同时他另有难言之隐，此事有马战士参与，便更愿淡化。之前在一个场合，曾当众喝斥人家，该马并不驯服，迎头顶撞："不搞调查研究，随便训人，是不懂马列的表现。"马效仿的是毛主席一句名言，这让指导员满面尴尬，并从此怵马。

南口的一月，滴水成冰。每天如期而至的《参考消息》，就像一束束火焰，从天外烧来，腾起融融暖意。在我眼里，这段非凡时期，排里的弟兄，似乎受到特殊教化，更听指挥，更具活力，更见友善、大气。这与我期冀的氛围，颇为挨近，甚而觉得小小"排长"，亦可有大大担当。

三月中旬的一天，一道命令，三辆"解放"，将我们全排人员、装备、给养，拉到京西八大处绍家坡。任务单纯，搬石运土，为几幢西式平房地基备料。营房处的督工，见这帮伙计身手敏捷，既不怕痒，更不怕痛，多次对我竖起拇指。我乘便直言提醒：急需猪肉、鸡蛋鼓励。那位倒是爽快，当即仰起脑壳，转动几下眼珠，特批每天十元伙食补助。别小瞧十元，实为重金，能保障三十来号人早点吃到鸡蛋，正餐盘中见肉。

几乎与天气回暖同步，对周总理的缅怀，全城急速升温。进入三月底，局部地段已形成人头攒动。

这日收工，三位班长喊住我，显然早有合谋，几张苦脸请求，工地交他们盯着，而我则应进城"上班"。我将几位班长的意见，视为"民意"，转天就从善如流。接连数日，我着一身便服，坐公交车至苹果园，换地铁到前门，直奔北边的广场。中午南长街上寻一家小馆，用毕一菜一饭，再返广场逗留一阵。晚饭前赶回绍家坡，先听几位班长的施工禀告，饭后全排围坐，听我念叨白日见闻。战士们的焦虑萦绕于心，然对我百般信服，乐意将种种道听途说，经由我口，转化为他们的"现场目击"。

如此晨昏奔走，时过一周，戛然而止。曲终人散，完结游魂的日子，回到工地，倒也踏实。我进城、出城，神鬼不知，弟兄们的可靠，叫人惭愧。自己的身份与责任，应在施工现场。整日外窜，其实含着草率，工地有甚闪失，真不晓得将有何等悔恨。

世事变化迅猛，真实到荒唐，令人无可遵循。倒海翻江的话题，可以在一夜之间，音讯杳然，成为名副其实的"绝唱"。明天会如何？后天将怎样？冥思苦索，前景未卜，不免猜想迭出。

晚饭后，劳作了一天的战士，百无聊赖地躺在地铺上。我不甘心这种散漫，忽生一念，询问道："愿意听书吗？"大家面露喜色，纷纷坐起来。我取出提包里的《创业史》："这是一本反映农村生活的小说，一位叫柳青的老作家写的，听听试试，如无兴趣便罢。"

出人意料，《创业史》大受欢迎。

此后，晚饭放下碗筷，便有人张罗"开会"，并为我摆好高脚马扎，杯中蓄满开水。我捧着"重温"的大书，尽力有声有色。这与三月前诵读《参考消息》，情景相似，但已属另一番天地日月的惆怅。

我将听众慢慢带离北京，进入关中平原。梁生宝便是英雄，徐改霞便是美人，这极度吻合文学的永恒主题。眼看二人瓜熟蒂落，却又止于意念，最后不了了之，着实令人叹气。

这一天，大家听着听着，都不由得紧张起来，小说正进展到素芳的遭遇：

她听见磨棚后边的土围墙什么地方咚地响了一声。她停住了磨面，也停住了对人生的思考和流泪。她在磨子的嗡嗡声中静听着。她的心狠狠地跳起来，她有点害怕……听见背后有窸窸窣窣的声音。她忙掉头一看，天呀！天呀！怎么堂姑父从后墙跳进来了。

怎么会有这样的事情呢？这不是做梦吗？我的天！

可怕！可怕！看看堂姑父的神情吧。咧着一张大嘴，露着白晃晃的牙齿，眯着右眼上眼皮一片疤痕的眼睛，酸溜溜的，简直换了另一个人，这哪里是勤俭持家细致过日子的堂姑夫呢？简直像到了噩梦里头一样。

素芳吓得缩成一团，她有点发冷，打着哆嗦……她想喊叫，她想大声说话，但她不是嗓子哑了，而是害怕喊叫的后果。这号事情被人知道了，可怜的素芳承担得起后果吗？我的天哪，素芳没有力量和欺负她的命运对抗哪！自己的名誉不强啊！

唉唉，现在她想喊叫也来不及了。堂姑父已经伸开两只强有力的胳膊，把她紧紧抱住了。……她心里厌恶地想：这算什么呢？太不近人情了！

　　……现在他把一张长满胡楂的嘴巴……

　　读到这里，我停了一下。有些犹豫，后边的句子是否继续？一位战士以为我口渴，忙递上水杯。我接过抿了一口，略加掩饰，终于读出声来。豁出去了，这位堂姑夫干得，我就不能读得？

　　……把一张长满胡楂的嘴巴，毫不动摇地按在素芳通红发烧的脸蛋上……

　　太气人了，战士们跺脚击掌，嗷嗷直叫。《创业史》里，没有地主分子的人物形象，堂姑夫姚士杰成分最高，为富农分子。大家群情振奋，八成是痛恨这个道貌岸然的坏蛋。

　　五月上旬，小说"连播"进入尾声，施工则以"质量优、零事故"提前告竣。连长、指导员专程赶来，陪同"东家"验收。未来宅邸的主人悉数到场，几位红军时期的老首长，满面春风，吩咐营房处大方点，好好犒劳犒劳大家。

　　撤离工地的前夜，平板房的简易食堂里，上演出世上最高级、最快乐的聚餐。大鱼大肉管够，白酒啤酒尽兴。如今，整整四十五年过去，历经各色繁华的肠胃记忆，仍不肯遗落那晚刻骨的奢侈。

原载《文学自由谈》2021年第1期

素
素

阿尔莫克莎产房

在马尔康，坐车进入一条叫不出名字的峡谷。路的下边是脚木足河，路通向哪里，脚木足河就流到哪里。半个多小时后，车拐入另一条叫不出名字的峡谷。路的下边是茶堡河，也是路通向哪里，茶堡河就流到哪里。

河在谷底，路抬高了一些，河与路之间，始终隔着恰好的距离，像两个尚未表白的暗恋者，或无需言词表达的夫妻，峡谷有多长，河与路就有多长，就这么默默相随。

其实，车是逆流而上的。脚木足河是大渡河上游的一条支流，茶堡河是脚木足河上游的一条干流。其实，路与河的关系也是反着说的，并不是河跟着路走，而是路沿着河修。其实，路与河都决定不了走向，真正的主宰是峡谷，峡谷与河是老相识，有多少道峡谷，就有多少条河，却不一定每条河都有路为伴。

走着走着，我还发现，在茶堡河岸边，凡是路可以抵达的地方，一定有克莎民居。而且，越往前走，克莎民居越古朴本色，像这片峡谷深藏不露的秘密。

克莎民居，一个不能拆分的成语，它代表一种特殊的建筑风格——藏式碉楼，也指向一种特殊的地域文化——嘉绒藏族。《后汉书·南蛮西南夷传》载："垒石为屋，高十余丈，为邛笼。"却原来，隐身于大西南峡谷里的克莎民居，早就被中原人看见了，视之为奇观异俗。

垒石为屋，是因为峡谷产石。外石内木，是因为峡谷产木。整个墙体，以方石为主，以片石造型，以添石补缺，以黄泥黏连勾缝，内直外收，上窄下宽，立面整齐，棱角尖锐，呈竖起来的梯形几何状。克莎内部，则以木结构横梁支撑拉合，使建筑重心内向，稳固如磐，虽风剥雨蚀数百年，仍可以屹立如初。

克莎民居，或沿河而筑，或依山而建，一定是坐北向南的，一定是七层高的。下部是石砌的方堡，四周带有许多瞭望孔，上部是木质的方笼，比方堡大出一圈，从远处看去，像一个立起来的"冒"字。正是这个奇特的造型，让它具有双重功能，既是居住家人的房子，也是防御外敌的工事。据说，在阿坝州马尔康境内，有700多座文物级的克莎民居，且大都分布在茶堡河沿岸的峡谷里，几家或几十家为一个寨子。

我去的地方叫哈休村，坐落在茶堡河右岸。深秋的茶堡河，水很清，水流很急，水面甚至泛着带有凉意的蓝。河上有一座吊桥，桥的两端各有一座木制的门楼，桥两侧护栏是用麻绳编织的密网，风吹过来，桥显得狭长而柔软，通过它去右岸看克莎民居，便有了一种仪式感。岸边有一座克莎，像个避世太久的隐士，素心若雪的，素面朝天的，孑然伫立，与河道，与谷壁，叠印在一起，毫无违和感。

传说，它是哈休村的第一座克莎，建于明代，比附近的那座大藏寺还早。只看了它一眼，我就感激地望了一下天空、峡谷、茶堡河。一座克莎，可以从明代活到现在，且活得如此完好，应是受了众神的庇护。

克莎的主人叫阿让，妻子29岁就去世了，留下两个孩子。女儿叫三郎卓玛，早就嫁人了，生两个孩子，大的已经在城里读书。儿子叫三郎热单，30岁了还单着，三年前从阿让手里接过祖居，把它做成"阿尔莫克莎民居博物馆"。"阿尔莫"，藏语是"龙"，"克莎"，藏语是"新房子"。我想，叫阿尔莫，应该与原始崇拜有关，或是这座克莎的图腾，或是克莎主人的祖徽，因为在哈休村，只有阿让家在克莎前面加了一个龙。叫克莎，就有哲学的意味了，既然太阳每天都是新的，那么克莎也每天都是新的，而且永远是新的。未等走进阿尔莫克莎，它就让我刮目了。

三郎热单是个帅小伙，样子长得有点像演电视剧的胡歌，很有明星范儿。他身穿一件白色偏襟藏衫，腰系一袭褐色藏袍，手里擎着长长的哈达，文质彬彬站迎接跟我一样好奇的来访者。他喜欢摄影，曾在外面打拼多年，走过许多地方，对各种风格的民居了如指掌，最后发现，他家的克莎是独一无二的，便转身回到自己的峡谷，自己的茶堡河，自己的阿尔莫克莎。

博物馆里陈列了许多旧物，不是做旧的，而是用旧的，楼上楼下，有一千多件。但是，从进门开始，我就把这里当成阿让和三郎热单的家，我是远道而来的客。

我发现，阿尔莫克莎堪称神奇，各层的窗户大小不等，极有私密性和安全感；各层均设木质楼梯连接上下，而楼梯又是活动的，撤梯即可关闭楼洞；各层的空间各有功用，不但与人体器官相对应，而且人、神、畜同在一座屋檐下。扑面而来的陌生感，让我仿佛走入远古秘境。

这是一条竖起来的街景，我攀着木梯向上徜徉。

底层是关养牛羊的圈舍，它对应人体的肠子和排泄系统，因为做了博物馆，地上只摆了些拴牲口的绳套和槽具；二层是堆放草料的地方，也是给牛羊煮食的地方，它对应人的肚腹；三层是火塘、厨房兼客厅，家里重要的事情都在这里商议，它对应人的心脏和胃；四层是寝室，它对应人的生殖和哺乳；五层是粮仓和晒台，从东、南、西三个方向的边墙外面，伸出一个承木结构的环绕式露天阳台，栏杆是农作物和牧草的晾架，晒台则用来晒胡豆、豌豆、青稞、麦子，把食物放在高处，既是为了干燥储藏，也可以防止盗抢，它对应人的胃；六层是经堂、僧舍和晒台，在经堂窗外，吊着一只彩色转经筒，表面已经斑驳，我轻轻转了一下，仍很灵动，它对应人的大脑；七层是最高处，离天空最近，所有的心愿都可以对上苍诉说，我是踩着一根克莎式独木梯，从六层晒台爬上来的，这里是煨桑、祈福的地方，袅袅的桑烟和飘扬的经幡，它相当于人的发辫……那是个阳光灿烂的上午，当我扶着斑驳的木梯，一层一层向上，一口气爬到了最顶端的七层，灵魂好像经历了一次隆重的洗礼。由畜而人，由人而神，旋转着上升，上升，上升。感性与理性，诗性与神性，也是旋转着上升，上升，上升。

阿尔莫克莎四楼，是我停留最久的地方。在楼梯口的左手，有一个密闭的小房间，它是阿让家的产房。里面没有窗户，从打开的那扇木板门进去，需要低头躬腰，墙是用红柳树枝和牛皮糊砌的，上面挖了一个放置油灯的壁洞，角落里除了一只老旧的长条木箱，再无其他。我猜，当年的长条箱上应该铺了一层厚厚的棉褥，地上应该有一只装满热水的木盆，在产妇的呻吟声之后，便是婴儿的啼哭声，产婆忙乱的身影映在低低的泥墙上，等在门外的家人和喇嘛席地而坐，都在默默地为产妇和婴儿诵经，祈福。这是我想象中应有的样子，只不过，它现在成了博物馆的一间展室。

尽管是展室，我还是被这间小产房吸住了。故乡他乡，也算走过许多地方，而且见过各种各样的民居，在家里为女人设一间专用产房，却是第一次看到。我听说，阿让的祖母在这里生了 14 个孩子，阿让的母亲在这里生了 14 个孩子，阿让的老婆格西，也就是三郎热单的妈妈，在这里生了两个孩子，因为她去世太早，否则也会生 14 个孩子。这个故事令我惊异不已，小产房仿佛是个魔盒，打开一下，就会从里面蹦出一个天使，"14" 已然是这个家族乃至这座克莎的吉祥数字。

生育能力，来自生命本身。男人女人喝着雪山上流下来的水，吸着峡谷里甜美的空气，跳着嘉绒藏族的圈圈舞，然后带着欢笑和醉意，回到飘着青稞奶茶香气的克莎。于是，那个雄壮的男人让那个饱满而红润的女人一次又一次受孕；于是，小牛犊般的婴孩一个接一个出生，一年比一年长大，挤满了每一个楼层，甚至每一个角落，让克莎成了一座名副其实的生命宫殿；于是，就有了阿让描述过的景象：那时，家里楼上楼下都住满了人，佛堂僧房还住着家里的喇嘛。

老主人阿让一直没有出现，我只好问小主人三郎热单，你家祖上是不是很富有，否则不会建这么好的一座克莎，你的家族也不会在这里世世代代住了这么久。他只跟我说了两个字：很旺。他在回避，却说出了真相。植物很旺，说明根系深长，长势良好。家门很旺，说明族大枝繁，继继绳绳。然而，在三郎热单的目光深处，我看见了一丝孩子式的忧伤。母亲格西去世时，三郎热单只有两岁。三郎，藏语是聚福气的意思，那么小就失去母爱的三郎热单，一定觉得福气少了许多，与长辈相比，更是孤单了许多。因为母亲格西走后，父亲阿让没有续娶，阿尔莫克莎四楼的产房，一直空置在那里。

在阿尔莫克莎门旁，立了另一块牌子，上面写着"哈休遗址"简介。原来，在茶堡河边，地面之上的传奇是阿尔莫克莎，地面之下的传奇是哈休遗址。这个遗址目前只挖掘了很小的一块，距阿尔莫克莎不到 300 米。如果考古专家把那个灰坑不断放大，他们的手铲很可能就挖到三郎热单祖屋的门前了。

在四川乃至大渡河上游，哈休遗址是目前发现最早的人类踪迹，距今已有 5500 年至 5000 年，下层是新石器文化，上层是秦汉文化。在出土文物中，考古专家有个重要发现：生活在这里的古人喜欢在器物上涂朱。便想，他们所崇尚的红色，或许是身体里的血，或许是天上的太阳。彼时太冷，血和阳光的红，可以给瑟瑟发抖的身体驱寒取暖吧？

在距今 4500 年前，成都平原有一个古蜀国。宝墩遗址被认为是开国之地，三星堆遗址和金沙遗址被认为是后起之地。然而，宝墩文化的上游在哪里，这是考古界一直寻觅的难题。哈休遗址，让一切迎刃而解，它遥遥在前，却与宝墩、三星堆、金沙一脉相连。

就是说，在生命的长链里，哈休遗址是古蜀文化的产房。正因为它的存在，远在新石器时代，大渡河上游的崇山峡谷就升起了一缕炽旺的人间烟火。有文物证明，哈休文化一直绵延到秦汉。那么，哈休的子孙们不但与三国时代的蜀将姜维打过照面，还可能以资深土著的身份，加入了蜀国军队，也未可知。

由部落到国家，由种族到民族，这是文明和进化的结果，它们是一点一点清晰起来的，一点一点有了分野的。所有的族属，都自带胎痣。

有人告诉我，阿尔莫克莎的特别之处，在于它有鲜明的象雄文化元素，或者说，它是一座嘉绒藏族的阿尔莫克莎。因为历史上的马尔康，曾经是古蜀文化与嘉绒藏族交错混血的土地，所以在阿尔莫克莎身上，象雄文化的异质感楚楚可见。

象雄历史绵延了一万八千年，它的源头在藏地。古象雄佛法，既是藏地本土最古老的佛法，也是人类历史上最古老的佛法，更是一切佛法的总根源，比如祭山神，比如转山，比如煨桑，皆缘起于象雄时代。象雄文化，是西藏文化的根基，古老的象雄与年轻的吐蕃，就像正统的东汉与篡汉的曹魏，虽然曾经强盛的象雄被后来崛起的吐蕃打败，但是古象雄国的遗民还在，象雄文化仍如蒲公英的种子，深植在古象雄国的旧地原疆，而靠近汉地的嘉绒地区就在其中。因为坐落在川西北崇山峻岭里的阿坝州和甘孜州，至今仍有人在用古象雄文诵经，在用古藏语说话。语言死亡，文明即死亡。四大文明古国之所以只有中华文明活着，就因为最古老的汉字甲骨文，国人至今仍可以秉笔书写，开口朗诵。

公元 7 世纪，吐蕃正与大唐作战，松赞干布派古象雄国的一支后裔进入嘉绒地区，当他们告别了藏西北古象雄国的故土阿里地区，浩浩荡荡开拔到川西北的峡谷地带，便再也没有回去，只因为他们在这里听到了古老而熟悉的乡音。率领这支队伍的将军叫柯盘，这支队伍素以英勇善战著称，他们与当地的嘉良、东女、附国等嘉绒土著混居之后，这里便建起了十八个土司官寨。马尔康曾是四个土司的领地，"四土"亦成了马尔康的别称。一支以农耕为主的嘉绒藏族，也与马尔康一起被举世所见。

如果说，大自然是万物的产房，那么青藏高原与川西北雪山就是人类的产房。大渡河上游峡谷地带，北接甘青，南通云贵，正好夹在长江上游和黄河上游之间。正因为处在南北交流的走廊里，处在民族迁徙的通道内，让大渡河上游的峡谷河流造就出了哈休文化，让它在源头为古蜀文化输血，造就出了嘉绒藏族，让无数的神奇在这里发生。

当然，阿尔莫克莎产房，不只在四楼那间小屋，它本身就是一座产房。四楼产房，接生的只是自家的子孙，阿尔莫克莎，却以数百载的守望，以母性的慈悲和包容，变成一盏长明的烛光。

我有个习惯，喜欢去偏远的乡下，喜欢去看当地土著的民居。因为每一座民居的屋檐下，不只覆盖着生命的悲喜苦乐，更覆盖着文化、信仰乃至生活方式。但是，这个世界不断在变，变得最快的是城市，于是城市越来越同质化，于是我就想去看那些初始的、裹着岁月包浆的土著民居，看它们在还是不在，以及是怎样一种在。

我想，我会永远记住马尔康的阿尔莫克莎，茶堡河边的阿尔莫克莎，哈休村的阿尔莫克莎。而且，只要想起四楼那间小产房，我的耳畔就会响起喇嘛悠长的诵经声。

原载《北京文学》2021 年第 8 期

绿窗
（满族）

民间五月的风（节选）

1

晚饭时，哥送来大红端阳葫芦，塑料质地，直愣愣的，老妈这厢高兴起来。别人家五月初一就葫芦招展，割马蔺买苇叶泡黄米包粽子，今天我家豆棚下，明天她家瓜架旁，大婶子小媳妇团团坐定指如削葱，"秋坟鬼唱诗"之类玄妙话本缕缕斜出，着实馋得紧。眼瞅着初四了，老妈的门庭依旧冷落，邻居送上一包粽子香远益清，她更着急上火了。

整个五月都算节，叫五月节。初一小端午，初五大端午，五月十三关公磨刀日，镇上清代皇家关帝庙披红挂彩，道士焚香祈雨，炉烟方袅，老树怀馨，对面塞外第一古戏楼歌管缭乱，也都斯文。村庄就浓烈多了，大锅炖肉烤全羊唱上三天大戏，凡赶集者任性吃肉喝酒上台唱跳，共演子民与黄土地的初夏狂欢。而五月二十五又是老妈诞辰，多福临门，端午为始，必须开门红，葫芦是急先锋，没有那还了得。

妈放下碗筷，摩挲着葫芦，"又新鲜又结实，经晒，过去纸葫芦样式多，爱褪色，略微湔点雨，风一刮就坏了。"妈说好就是好。我搬凳子，哥给挂在外屋门口房檐下，妈绊绊拉拉偏还背着手指导，门楣左上方，高低左右了，要挂一年，不能随意。

黢黑屋檐下葫芦红澄澄地飘，接应了朱红门神画，尉迟恭与秦叔宝在夕阳里倒显七分慈祥，大概白日里是对人，当亲和，夜黑头对着山妖鬼怪才显凶神恶煞样。老成都宽窄巷子门神极大，竟是直接从门板上抠出来，长枪大刀可着高门呐喊，十分惊人，若摇曳起端阳葫芦，定然侠骨柔肠光景。

哥拽下旧年褪白小葫芦，西窗一把陈艾也扔灶坑了。一直挂着未觉有多破旧，新葫芦一飘立刻不堪了。我心疼那旧物颓废样，一把火全了它心。明天会挂上结满露珠的新艾，节日都是在提醒辞旧迎新，当断则弃。顺着葫芦望出去，菠菜墨绿老迈，生菜堪比娇俏牡丹，月色涟漪，柴门石墙外榆荫遮没了南山，檐下这一抹红尤为深邃。从大门处回看老房，春联和大福字略褪了色，深红照浅红正是过着的日子，花有开落此起彼伏。若从南山腰俯瞰村街，厅堂瓦舍红绿参差，红葫芦恰如归鸟高声枝头，表达复活的快乐。自然事物朴素的多，需要节日花花草草浓妆淡抹，如清明，没个杏花村酒馆招摇，不好蹭到千年光阴里。

葫芦是端午的额头，朱红一点，端午之神堂堂正正登门入室了。喜悦如同生菜一波波卷着生长，我反感塑料质地就按下不表了。年画原来纸质的，内容千般变化，尤其摄影的戏曲四联就是一出大戏文，来客文绉绉研究半天，再哼唱几句，宾主皆有面儿，新在丰润。后来成了塑料画，薄而飘，颜色恶俗，红如败腐的红酒，绿是黄昏雨后泥墙边汩汩滔滔的蛤蟆，又坏在结实不掉色，擦擦又看一年，难受。该褪色就得褪，不然就是妖气。

窗花非都是塑料，轻浮单薄，既不显富，又失庄重，藏在民间悠悠的贵气也不见了。看前朝灯红人影里，塞上家家有剪纸能手，也剪端阳葫芦。葫芦象征女娲神，还有萨满教里的嬷嬷神，端午辟邪避毒，就有蛇、蝎、蜈蚣、壁虎、蛤蟆五毒嬷嬷神，一排手牵手五毒葫芦，贴在东墙春联"抬头见喜"处；檐下五毒嬷嬷神则联手成圆，风吹日晒五穗飘荡，美得高深繁琐又通俗易懂，犄角旮旯五毒除了。葫芦藏福纳禄，为啥不挂真的葫芦？概要守住一个"新"字，总把新葫换旧葫。

我城里小家也在门楣上挂个葫芦，他却不喜，一抖搂肩膀说这玩艺怕人，会想到村庄白事，墙头挑的岁头纸。牛人，气到无话，也成，屈子就写过《山鬼》的。但我晚上吃酒归家，无灯，风落落吹，一层层楼门上荡着深红葫芦绿桃枝，山鬼呼啦啦蹦将出来，雷填填兮雨冥冥，还大歌招魂？跟头马趴往上跑。

满目山河空念远，不如怜取眼前人，见那葫芦色温生动，就月光在牖了。

2

端午起大早是根性的。早，山清水净，晚就污浊了；早，能接纳更多福禄，晚就稀薄了；早，草木绿叶滴溜水珠，可掐个头茬尖儿；早，才能在太阳出来之前返家，这是个铁规则。

得早睡，偏睡不着，窗外亘古的黑。老木窗，月明之夜花枝横窗，刮大风则枝影扫来打去，万千脸谱哇呀呀吼起了戏文，窗纸呼啦作响急急如律令。纸出于木，木出自野，则日月山川林岫老味都融进五谷烟火，炮制节气之气。这一夜就是身怀六甲的魅妇，子时分娩，童年的妖精鬼怪老皮婆子蜘蛛精蝙蝠精，原样候着吓唬人，各种诡秘叹息如小孩嘤嘤而泣或老人咳而笑之，先人回家也造出各种响动。这丰腴魅惑的端午前夜。忽觉窗外簌簌落声，侧棱耳朵听去，酥雨淅沥，塞外四百八十峰，多少村落烟雨中了。

端午是神的日子，山里是山神，关公模样赤红脸阳刚气，水边就是水神，宽袍大袖明眸浩然屈子是也，二神巡山当十方震动，青山也要兰汤沐浴的。

凌晨四点自然醒，世间万般美好，窗外有大公鸡叫，枕边有母亲催，我立刻打死睡兽。开门，葫芦光闪闪下个腰，抖落水珠，漂亮。大雾夺魄。想来家家燃香也不过丝缕之细微，怎如这大雾横流，阔绰个乾坤浩荡。杏枝一身戎装探出来，搭在鸡窝上。打开鸡窝轰出门去寻虫，头上触着金灿灿枣花。枣树是最沉得住气的，桃三杏四梨五之后，小杏能挤水泡玩了，榆钱饼吃过了，它枯枝上仍顶着去秋三五个枣，衬着蓝敦敦的天，火上房不着急的性子。原来端午到，杏子熟，枣花才夜半私语了。

柴门吱扭一响，是老牛哞唤或父亲多年前的一声咳。哥新栽的杨木门框，长出几簇新鲜的叶子，更有那翠屏山色对柴门，相送月色柴门下之古画意，而过年放炮五千响，柴门内外红彤彤卷起了千朵玫瑰。一人冷冷道："不如先修个门楼。"我之蜜糖，彼之砒霜。

胡同口拐过五六头牛，犄角一抻一扬哞哞兴奋状，上山吃节气露水草去。坡下就是草径，苍耳、冬葵、苜蓿、锦灯笼绊道了，露水早被踢掉干松松的。驴子嚼着棒秸叶，狗四处跑着嗅，二叔七十五六了，在挖地种油葵。小女老玉照顾他，嫁了人仍回村住。她放下半筐艾草，猫腰挖车轱辘菜，以围裙兜之，分明采采苤苢，薄言采之，又掇之、捋之、祜之、襭之。扔筐里又去揪扁竹芽，铺地生，赤茎有节，活脱微型竹子，学名萹蓄，花被焦粉，开了却是白瓣，满药拿来驱虫。我大声喊"老玉"，小妇人愣怔抬头，黑葡萄闪烁，水边一枝野蔷薇。想着老玉二字，静待时间，一切皆现深意。

3

井泉水是端午之魂。早晨第一要紧事，去井泉洗脸、喝水，清肺腑，去顽病，焕发精神。大河水是端午之魄。第二紧要事，要双耳夹着艾蒿叶多跨几道河，带走霉运，有个为难招窄处必逢凶化吉，遇难呈祥。井泉水主内，大河水主外，人在端午，吉光高照。

早年村里孩子多，为了争早晨第一个喝井泉水，一帮半大小子就在山上窝一夜，林间长啸，说鬼故事，才鸡叫二遍，他们辨着微光冲下山坡，喊叫着往井泉跑。好生猛烈，那精气神，整个村庄立刻嘎嘣儿新了，人人振奋喜悦。待众人陆续去井泉，孩儿们早在半山腰了，待众人上山，他们胳肢窝夹一抱大叶艾蒿，耳朵夹着嫩艾蒿叶，掐着鲜红粉白石竹花，蹦着高跳过大河，家转了。

井泉在东山之下，松林群鸟，野草杂花，山根处多水眼，微掘一桶余深，以石垒成井形，井底铺碎石，水满则流，叫井泉水。水道不盈二尺，逶迤而去，近村南又引一井泉，水仍满，汩汩溢出，直犯大河。汇合处泾渭分明，井泉水清冽冷硬多石偏青，有草野之香，大河水风微尘软多沙泛黄，有鱼虾之气。井泉水初时桀骜不驯，抓紧青草溜边走，大河凶猛不断熊吞，几度零落只得认了。井水、井泉水、大河水都是自然之水，只感应天地恩赐，声色气味随节气各有24般变化，显微镜下晶体如花，貌美色正，可以将养身体。加消毒剂干涉水相，就失了自然之味。

《本草纲目》专有《水部》单论井泉水："井水新汲，疗病利人，平旦第一汲，为井华水，其功极广。和朱砂服，令人好颜色，镇心安神。新汲水，消渴反胃，解马刀毒，解砒石、乌喙、烧酒、煤炭毒。"每天第一桶井泉水就是井华水，"重午日午时水，宜造疟痢、疮疡、金疮百虫、蛊毒诸丹丸。"重午甚是好听，我家祖爷爷熟读本草，专嘱爷爷们重午午时担水回家，奶奶和姑奶奶们碾草造丸，颇有奇效。因故端午大家抢喝第一口井泉水，男人挑水，女人则端一脸盆水曳着丰臀回家，专给腿脚不灵的老人洗脸明目，心极诚了。

泉眼无声惜细流。几位婶娘小媳妇遇上了，毛巾香皂搁在石头上，绝不敷衍。先在井外小溪洗脸揉眼，再捧井里水喝上几大口，甩甩水珠上山采艾去也。一拨走了再来一拨洗着聊着，一出出生动的"井台会"。一少妇蹲水边洗脸，香皂反复地搓，把手指一根根掰开细细地洗，像洗一把生菜，每个皱褶都摊在水里浸泡，水瓦凉瓦凉的。洗完坐在石头揪一段"黄瓜香"吃，是有黄瓜香味的莱果蕨，先苦后齿舌生香。她有几分姿色，曾遭一霸多次凌辱，男人打工赶回家与那霸理论，反被打成重伤，甚至强迫男人烧火炖肉，他在炕上欺凌妇人，老人气到脑梗，打不过告不过，夫妻二人只好趁夜逃走，直到那货车祸死掉才回村。端午井泉之水，会洗净屈辱霉运，还一个山清水秀给她，享受弄璋之喜弄瓦之乐。

透过蓬勃老柳回看村庄，浓雾撒泼，翠色翻滚，"隐隐飞桥隔野烟，石矶西畔问渔船"，是张旭《桃花溪》仙界。泉边艾蒿高壮，新鲜肥胖，味浓如花，密布露珠，我掐了两枝艾尖夹耳朵上，跨一回泉水，拔腿上山，去寻端午花"十九花"。以为这花排行十九小仙女，原来学名石竹子花，满药里这花自古煎服，轻身明目。

奔大河去。三奶奶蹲河边洗手，她整日和三爷爷在山间薅草锄地，草木门清，她的筐里支楞着焦粉的石竹子花，耳边夹着艾叶，真加了三分俏色。桂花婶才颠颠跑过井泉，应是给天天浓妆的懒媳妇做好了饭，"要不上山，这一年要有个病灾呢？"哏哏的腔调，她笃信风俗灵验。又遇两个小女孩带着小男孩，皆八九岁上下，兴冲冲争论着往山里走，亮晶晶的小太阳，我拍下他们和美羞涩的表情。唯有孩子们喜欢参与，古老乡俗才不会消失。

猛见雾花松弛，太阳要出来，怕草药符咒失了效，赶紧拽几棵开花打籽的车轱辘菜，遍身紫珠的扁竹芽，快速跨过两道大河家走。

为啥强调太阳出来之前回家？就好像夜有恶梦，只要赶在太阳升起之前说出来，就破了，现在装的是福禄，当要严防死守，破了就降效了。听老人言，人生顺畅。

<h2 style="text-align:center">4</h2>

柴门大开，瓦上烟细，母亲在铲鸡屎扫烂菜叶子，枣花簌簌落，墙角刺玫一夜间紫了数朵，香气氤氲，是丰子恺漫画扇面意："今朝风日好，或恐有人来？"

"妈，闻闻新艾蒿味。"我掐两叶胖艾蒿尖夹她耳后，衬得灰白头发也绿个莹莹，她笑着继续扫。我把艾蒿等挂在西窗上，直晒到第二年端午，借得草药气韵，有药神不怕病欺。接着吃煮蛋。早先一众孩子采艾回家，炕席上早滚着一堆煮蛋，大白鹅蛋、淡蓝鸭蛋、肉粉鸡蛋。为啥要吃蛋？母鸡要抱窝了，蛋孕育鸡鸭鹅，生生不息。

节日好，好在里头有旧忆。一年母亲决定请舅母来家包粽子，让我们姐妹学习嫁人不憷手。晚上择米浸泡，第二天舅母检查米粒松弛度，抓一把湿米闻闻，放耳边搓着米听听，说好。大盆抬在枣树下，米粒晶莹，不散不黏也不硬，闻去是湿软的植物清气，搓来听是细雨落在木器上密而脆，泡馕味就塌了。舅母左手摊开粽子叶，以手挖米，顺着小鱼际漏到掌心，问声吃大的小的，就灵活裹成锥形筒，米踏踏实实坐紧叶子，加上枣再灌米，压实搜紧，裹裹裹，绑马蔺，绕绕绕，牙齿一咬勒紧了，活扣还不松，都是手艺。她飕飕自带节奏，指尖闪烁，啪的扔在盆里，好大气富贵。

饭后哥姐弟们上山祭祖，这也是雷打不动的。阳光逃奔出来，田埂青绿，婆婆丁羊妈妈黄花簇簇，山地野坡上都是祭祀的人家。

阳光大好了，我再到井泉重看野蔷薇。时珍说："日初出处，露皆如饴。"野蔷薇枝枝热烈，香浓而冲，我直接脸贴花上承接露珠，默念"使我好颜色"，舔一滴，味甘，深嗅，吐尽胸中浊气。"说番国有蔷薇露，甚芬芳香，云是花上露水。"是此时花露。

三只灰喜鹊戳在驴背上凝视远方，三百多只大羊群穿过河滩，千多只蹄子踏在石子路上，如同下一场急雨。羊和牛是移动的炊烟，见那安详就想，泪是有用的。

傍晚老妈在树下石墩坐着，扔一把菜叶子给鸡抢。正诧异三只母鸡背毛都秃噜皮了，大红公鸡又尖叫着踩绒，芦花鸡咯咯挣扎着。明白了，一半天准有缺公鸡的人家来换鸡蛋抱窝。

好风日就荡漾了。心意即如艾草，如苏学士的诗，"彩线轻缠红玉臂，小符斜挂绿云鬟。佳人相见一千年。"河山苍苍，端午泱泱，那一款旧日红年年红出新意。

原载《民族文学》杂志 2021 年第 3 期

郑晓锋

淮南术（节选）

"做灶豆腐"。

在我的家乡，这是一句相当恶毒的诅咒。因为赴丧葬人家的筵席，往往被邑人称为"吃豆腐饭"。

而换一个情境，"吃豆腐"又成为了猥亵女性的隐喻。

没有任何其他食材，能够像豆腐一般，如此密切地融合世俗。在中国，豆腐早已突破食物的范畴，被赋予了多种深刻的文化寓意，诸如朴素、淡泊、日常、低调。而关于豆腐的衍生义，绝大多数都来自其柔软、易碎，可随意拿捏的特性。这种近乎逆来顺受的低姿态，与淮南在历史上的形象，却大不相同。

我一直以为，将淮南定为豆腐的发源地，正是中国文化的吊诡之处。

我是早上七点到淮南的，正好混在当地人中吃一顿最本土的早饭。

四下观望，食客最多的，是火车站广场斜对面，一家名为"北菜市老街牛肉汤店"的双开间小吃铺。汤锅有麻将桌大小，敞开盖，架在门口炖着，迎面就是一股香料与油膻混合的浑厚气浪。

牛肉汤七块钱一碗。比老婆饼厚道，真的有三四片薄切的黄牛肉。牛肉底下是红薯粉丝，还有一些千张丝和年糕片形状的豆饼，汤色金黄，滚烫，边缘浮着一圈红色的牛油，中间撒一把翠绿的葱花和香菜。浇上一勺剁椒，再搭配一块鞋底状的油酥烧饼，焦香薄脆——但我也看到有人是将饼掰碎浸入汤中，像西安的牛肉泡馍那样吃的。

说实话，对于浙江人，这碗汤偏油偏咸，口味有些重。不过我知道，牛肉汤是淮南最著名的民间吃食，在当地根基深厚，仅它的由来就挖掘出了很多说法，其中有一种便追到了淮南王身上。

而这位淮南王，同样被认为是豆腐的发明者。

今天的淮南市是一座三百多万人口的地区级大城市，但在新中国成立前，它还只是淮河岸边的一个老码头，淮南地区最重要的城市应该是今天淮南市下辖的寿县。

寿县，也就是春秋时做过楚国国都、三国时袁术也在此称过帝的寿春。历史上的淮南府城，说的通常都是这座两千多年的古城。

古城城北大约两公里处，有一座八公山。淮南王就葬在八公山的山脚。

墓园很小。两层祭台十几级石阶。墓冢覆斗状，榛莽杂乱，底部有一圈齐腰高的青石挡土墙。整体感觉看起来比较新，应该是 20 世纪后期翻修的。墓碑倒是老物，"同治八年"的上款，书丹者为"吴坤修"，查了资料，是当时的安徽巡抚。

"汉淮南王墓"。说实话，第一眼，这块墓碑就让我想起了一条闹剧般的新闻：某地高调宣称，他们找到了齐天大圣的墓。

因为在传说中，这座墓的主人，淮南王刘安，也不是个凡人。

"一人得道，鸡犬升天。"

这个成语的出处便在淮南。据说，刘安痴迷修道，最终炼成仙丹，不仅自己服了得道成仙，连家里的鸡和狗，因为舔舐残留的丹药，也都飘飘然升了天。

《水经注》《太平寰宇记》等古籍言之凿凿，刘安炼丹和升天之处，就在这座八公山——所谓"八公"，即是刘安所供养的数千方士中，最出色的八位高人。淮南人还说，流传至今的牛肉汤，其实便是当年刘安宴请八公的一道菜；而豆腐，则是刘安与八公一起配炼丹药时，无意中的成果。

山顶流传白日飞升的神话，山脚却竖起一块冰冷的墓碑——

在同一座山上，淮南王的命运，被来回撕扯。

淮南王，其实是一个概称。

刘安并非唯一的淮南王。历朝历代，仅正史记载的淮南王便有二十名以上。所有淮南王中，无论权势还是影响，都属西汉时期最大。

而在西汉，"淮南"二字，却相当不祥，历任以淮南封王者，极少善终。

第一任淮南王，是刘邦时期的英布。他与韩信、彭越并称为汉初三大名将，在楚汉争霸时立下大功，却在天下安定后起兵反叛，兵败被杀。

英布被杀后，淮南王的封爵被刘邦转给最小的儿子刘长。二十多年后，刘长被控图谋叛乱。汉文帝将其废黜王号，流放蜀郡，途中绝食而死。

刘安就是刘长的儿子。刘长死后的第十年，文帝让刘安继承了父亲的王爵。汉武帝时期，刘安被人检举谋反，朝廷彻查，走投无路而自刎。

只是巧合吗：前后三任淮南王，居然全部因为谋反而死。

事实上，要到20世纪70年代，牛肉汤才开始在淮南出现。它最初其实是物资匮乏时期，当地一家回民饭店对边角料的弃物利用；他们将没人要的牛骨，配上本地特产的千张、粉丝，加足八角茴香等香辛料炖煮，便宜发卖，不料大受欢迎，后来再加入牛杂升级，从此便有了这道老百姓的美食。

这完全符合历史常识：历史上绝大多数朝代，对屠宰耕牛都有严格规定，牛肉向来是奢侈品，真正进入汉地民间日常食谱，要到清中期以后；此外，牛肉汤真正的主角粉丝，原料红薯，也是在 16 世纪之后才由美洲传入中国。

很多事情经不起稍加严谨的推敲。

就像牛肉汤实际上与淮南王没有任何关系，那几起以"淮南王"名义兴起的大狱，与真正的叛乱，同样相距甚远。

三王之中，英布的造反，最为确凿。他的确起了兵，杀向长安，但究其叛因，却不过是恐惧：刘邦得天下后，诛戮功臣，"往年杀彭越，前年杀韩信"，眼看下一个就轮到了自己。左右都是死，干脆先下手为强，说不定还能图个侥幸。

至于刘长，仗着自己是文帝唯一在世的亲兄弟，骄横跋扈确是事实，但说他谋反却缺少证据，更没有过什么实质行动，以致在他死后不久，长安城中便出现了为其鸣冤的民谣："一尺布，尚可缝；一斗粟，尚可舂；兄弟二人，不相容！"

说到刘安。父亲蒙冤而死，想来免不了对朝廷心怀怨恨，但他的谋反同样充满疑问：史书长篇累牍记载了他对长安的种种阴谋，但几乎都是他与门客的口头商议，而且无论语气还是内容，都像事后精心罗织的供词。退一步，即便刘安有心叛乱，但自始至终都是纸上谈兵，不曾发过一兵一卒。

总而言之，从英布，到刘长刘安父子，所谓的谋反，要么被逼，要么牵强，甚至可疑，客观来说，都属于欲加之罪的被动性质。综观当时天下，如此接二连三不断遭受朝廷猜忌、甚至严厉打击的诸侯国，似乎只有淮南。

这片一再被反叛，也一再被镇压的土地，究竟背负了什么样的诅咒？

现存的寿县县城，修建于南宋宁宗年间。城墙砖壁石基，很规矩，方方正正。东大街西大街南大街北大街，十字交叉。虽然规模不大，周长只有七千多米，走一圈也要不了太久，但城墙基本保持原貌，而且府衙、谯楼、文庙、佛寺、教堂、清真寺，一应俱全，在我去过的古城中，属于少有的完整。

寿县四面开门，北门，也就是面临淝水的那座，名为"靖淮"——过了寿县，淝水经城关北门港，过五里闸，在后赵台村注入淮河。这也是淮南地名的由来。

也就是说，淝水背后，站着一条淮河。

而淮河，是我国 800 毫米年等降水量线和一月份平均气温 0℃等温线。以南属于亚热带湿润地区，以北属于暖温带半湿润地区。

古人自然不懂得现代地理带的划分，事实上，有关秦岭淮河线的最早论述，直到 20 世纪初才被提出。但他们很早就发现了淮河两岸水土民俗的明显差别，自古流传有"南米北面、南茶北酒、南舟北车、南蛮北侉"的说法，甚至春秋时期，"淮南为橘淮北为枳"便已经成为俗谚。

正如兵家一再强调的天时地利，气候与地貌，往往能够构造某种军事力量的平衡点，或者说，障碍带。从卫星图上看，淮河两岸很不对称。北岸平坦，支流多而长；南岸支流少，而且都是丘陵山地，就像一把齿口朝上的梳子。对于南方，每一道梳齿，都是入侵的航道；而对于北方，每一片丘陵，都是抵抗的堡垒。

因此，自然属性之外，淮河同样是中国政局最重要的南北界线，欲饮马长江，必先突破淮河。有人统计过，中国历史上规模最大的200次战役，发生在淮河流域的就要占去1/4。这恐怕是几千年来除长城外战乱最频繁的地区了。

寿县，不仅濒临淮河，还处在中原与华南之间最迅捷的出兵路线上，既是"中州咽喉"，又是"江南屏障"，更是敏感之地，一旦南北对峙，如北魏与南齐、金与南宋，更是会被双方反复争夺。

应该说，这便是历代淮南王的原罪。他们在这条河畔的任何布置，都会被猜疑，被黑化，被放大无数倍。即便你已经软如豆腐，朝廷仍能挑出反骨来。

直到今天，我们还能在安徽省的建制上，看出中央政权对淮南地区的防范痕迹。现在的淮河南岸，固然是淮南，但淮河北岸却不是淮北。淮南淮北两个地级市之间，隔着亳州与蚌埠，相距180多公里。

两淮名实不符，根源可以追到元朝。元朝之前，划分政区，大致都会遵循"山川形便"的原则，但这也导致了不少割据。于是元人设置行省时，便将有可能凭险分裂的区域，全部打乱拆分，就像魏源所说："合河南河北为一，而黄河之险失；合江南江北为一，而长江之险失"，让各省无险可守。

这种建制模式被明清两朝沿袭下来，影响至今。比如安徽江苏两省区域，如若依据地理形势，应该沿着淮河与长江横向分区，却被朱元璋竖向一刀，切成了今天这样的格局。无论长江还是淮河，都被拦腰斩断。

同样性质的还有将太湖周边诸县分划江浙两省，南襄盆地，南阳给河南，襄阳给湖北，等等。据说，当年蒋介石将婺源从徽州中割出来，划给江西，也出于类似的心机。

这种将山河大地故意割裂的划区方式，号称"犬牙交错"。

对于风土人情，"山川形便"顺水推舟，"犬牙交错"，却是挑拨离间。

被划归江西之后，婺源人哗然，民众纷纷请愿、游行，以各种形式表示抗议，极端者甚至喊出"头可断，血可流，不回安徽誓不休"的口号。

政区可以随意组合，每一地域的人文气质，却根深蒂固，极难移植。

而这往往又给了统治者更好的拆解理由。

诸多淮南王中，刘安最为人所知，很大程度上，是因为一本《淮南子》。

与常人印象中的叛乱者正好相反，刘安"为人好读书鼓琴，不喜弋猎狗马驰骋"，是一个温文尔雅的文人。他的学术修养极其深厚，不仅皇室无人能敌，即便在当时文化界，也属于最顶层的大师级别。对这位学者型的叔父，汉武帝十分佩服，甚至有些忌惮，每次给他写信，都要请司马相如等大文豪修饰了才发出去。

而刘安最重要的著述，便是在他主持下，与门客集体编写的《淮南子》。

《淮南子》内容涉及政治学、哲学、伦理学、史学、文学、经济学、物理、化学、天文、地理、农业水利、医学养生等多个领域，几乎无所不包，堪称一部公元前二世纪的大百科全书。

刘安非常重视这部书，将其定名为《淮南鸿烈》。"鸿"意为广大，"烈"意为光明，自诩此书出世有如红日升空，一扫千年暗夜。

某种角度上，这部书，才是刘安谋反的真正证据。

炮制中药时，豆腐也是一种重要的辅料。

通常用豆腐炮制的，大都是一些毒药和矿物类药。因为豆腐富含碱性蛋白，能与生物碱、鞣酸及重金属等结合产生沉淀。故而与豆腐同煮，能缓和这些虎狼之药的毒性或者燥烈之性。

豆腐的前身豆浆，也有类似的功效。而淮河流域，自古便是大豆的主产区。而此法炮制的药材中，最常见的便是珍珠与硫磺：一为服食上品，一为炼丹要料。

我想，这大概就是刘安能够创造出豆腐最现实的解释。

因为本质上，他是一位方士化了的道家信徒。

《淮南子》阴阳、墨、法、儒，几乎无所不包，显然，刘安试图借助此书对先秦诸子做一个总结。不过，《淮南子》学说虽杂，但理论基础却始终都是道家，体现在政治上便是无为而治；而自从汉武帝即位后，罢黜百家，独尊儒术——因此，刘安的著作影响越大，对他的治国理念干扰也就越大。

武帝的铁腕之下，容不得任何杂音。骆驼背上又重重加了一捆草。

于是又一任淮南王的叛乱，也被注定。

正如那丹鼎中炼药的豆汁，注定要被某种意外凝结成块。

汉武帝叔侄俩的这桩公案，使我想起了淮南另一位更加久远的王。

西周时期徐国的徐偃王。

鼎盛时期，徐国的影响力覆盖今苏、鲁、豫、皖多部，淮南也在其内。但在中国的古籍中，对徐偃王的记载却很少。

我始终认为，这很可能是后世儒家信徒故意删减的结果。因为徐偃王的存在，对于儒家理论，是一个怎么也说不圆满的尴尬：

在中国历史上，徐偃王比孔子早四百多年提出了"仁义"的概念，并真正在治国中加以施行。然而，"仁政"带来的结果，竟然是亡国。

有限的文献中说，徐国在徐偃王的治理下，政治清明，百姓安居乐业，前来归属的小国家越来越多，统治范围也越来越大，国力很快就强盛起来。但是，徐国的蒸蒸日上，引起了周王朝的警惕。当时周穆王在位，据说他本在西巡远游，得知消息后马上疾驰回朝，调动楚人出兵伐徐。徐偃王战败，国灭身死。

人类在三千年前进行的一次乌托邦试验，就此被强行终止。

徐偃王与刘安的悲剧，令我意识到，譬如"仁政"与"无为而治"，千万年来，我们的政治与民生模式，其实存在过很多种可能性，只是主流之外的所有轨道，都会遭到中枢的清剿与纠正。

但偏离与扼杀，为何总是发生在淮南——

我想，这大概就是它地名中这条河的宿命。

原载《雨花》2021 年第 10 期

简
默

在丽莎餐厅围炉白话（节选）

　　出格尔底寺，桑吉驾车拉着我，沿着来时的路，重新回到郎木寺镇上。他领着我走进丽莎餐厅，餐厅的玻璃推拉门和两边的橱窗上，信手涂着红色的英文，张贴着各色各样奇思妙想的贴纸，餐厅内是那种路边小吃店的格局，装修简单，桌椅吧台普通，但让初来者眼花缭乱的是四面墙上贴着的各国纸币，来自世界各地游客的留言条，上面写着不同的祈福语和各自的感受，钉在墙间的签字 T 恤衫，还有照片、名片、手帕等你想到或想不到的物件，头顶上悬挂着五颜六色的户外联盟的队旗，一把藏刀收敛了自己汹涌的锋芒，隐藏在装饰精美的刀鞘中，斜挂在墙柱上。所有这些，各归各位，看上去随意、花哨，甚至有些凌乱，互相之间也不搭，却体现了这间餐厅的包容。

　　餐厅中央，立着一座铸铁大火炉，锃亮的白铁烟囱矗立，炉火烧得正旺，炉身被烧红了，像是喝醉了酒，源源不断地散发着热量。三把烧水壶静静地坐在火炉上，它们周身都被煤烟熏黑了，有一把壶嘴吐着丝丝袅袅的水雾，现在它们是安静的，用不了多久，它们都会咕嘟咕嘟地沸腾自己，湿润的水雾迷蒙一片。桑吉和我，各搬了一把椅子，坐在炉子的两头，餐厅的女主人丽莎也拉过一把椅子，坐在我的斜对过。今天丽莎穿着花袄黑裤，头戴黑色花头巾，周正的脸庞红润如山里红。来之前我听熟悉丽莎的朋友介绍过她，她是附近临潭县的回族同胞，没读过啥书，十八岁嫁到郎木寺，二十多年前与同为回族人的丈夫在镇上开了间小饭馆，主营包子、饺子和酿皮等，来光顾的几乎全是郎木寺人。三年后，慕名来到郎木寺的外国游客逐渐增多，美国游客教会了丽莎做汉堡和炸薯条，欧洲游客教会了她做苹果派、意大利面等，就这样，来一个外国游客教会她做一道西餐，小饭馆的西餐种类越来越丰富，来自各国的游客都能在这儿找到自己舌尖上的美味，从胃口出发，这弥合了他们在异国他乡的缺憾，使他们得到了一种既熟悉又陌生的认同。小饭馆也更名为"丽莎餐厅"这一听上去有些洋气的名字（其实丽莎姓吴，名丽莎），漂洋过海摇身进入国外的一些旅游指南之中，成为各国游客来郎木寺就餐的首选和必选餐厅。丽莎自嫁到郎木寺便几乎没出过小镇，也没吃过地道的西餐，但她是一个聪明有心的女子，外国游客来到郎木寺，想吃家乡的饭食了，在丽莎的小饭馆自己动手做，丽莎在旁边悄悄地学会了，这不是啥偷学手艺，而是凭着自己的专心和细致，光明正大地学会的。她还在与外国游客打交道中，学会了许多英语、法语、德语等外语的基本用语，能够与各国游客直接对话交流。作为一名虔诚的穆斯林，三年前她和同为穆斯林的丈夫跨出国门，实现了赴麦加朝觐的夙愿。

我和桑吉一人要了一杯酥油茶，丽莎起身去给我们倒。我又环视了一圈四周，对桑吉说，这儿挺有小资情调的。桑吉说，情调个毛，就他们家那个菜，你是没吃过……眼看丽莎一手捏着一纸杯酥油茶回来了，我赶紧截断了桑吉的话。我此前与桑吉通过多次电话，却是第一次见面，这次跟随着他一路走来，基本是我问他答，作为郎木寺附近土生土长的藏族同胞，他有自己执着坚定不可动摇的宗教信仰，他也对藏民族文化习俗熟稔于心，如数家珍，都有令我信服的解读。但在一些问题上，他却对我保持着警惕和戒备，这当然与我的汉族身份和他对我的不了解有关，我们的交谈有时会因此而中断，每逢此时我总岔开正在进行的话题，另寻一个话题进行下去。事实证明，这是一个明智之举，如果我咬住某个话题不放，打破砂锅问到底，只会叫桑吉为难、难堪甚至厌恶，让我们自初次见面开始的交往变得困难重重，戛然而止。而作为一名"80后"，桑吉至少比我小了十几岁，这让我们在看待事情的角度和立场等方面，都有诸多分歧，当我说出自己的认识和见解时，他有时不置可否，猛不丁地来一句"你以为呢"，实际上是肯定了我，却是以反诘的语气，包含了玩世不恭的意味在里面。比如说此刻，他的玩世不恭再次占了上风，我清楚接下来他会彻底否定这儿的菜，毫不留情地大加挞伐，我相信他会是这样的，于是我从喉咙中探出一柄利剑，及时割断了他的话头。

丽莎重新落座，桑吉和我一人捧一杯酥油茶，埋头小口地啜着。我问起丽莎对过去郎木寺的印象，这勾起了她怀旧的兴致，她打开了话匣子。她有些兴奋又有些向往地说：我很喜欢那时的郎木寺，漂亮得很呐。我家的房子是空心砖垒的，很小的样子，像帐篷一样，房子后面遍地盛开着格桑花，白龙江就在房子旁边一刻不停地流淌着；水力转经筒，藏族同胞叫"曲克尔"，隔上几米就有一座，它们高一米左右，是用木头做的；一座绳索搭的软桥，人走在上头摇摇晃晃的。对了，还有两座水磨坊，藏族同胞叫"曲达阔"的那种，在我们的房子后面，那些藏族同胞都背着青稞来磨成粉，做糌粑。那时白龙江水清着呐，河里的水能吃，一眼看得见成群的鱼，伸手就能抓到。我很怀念那个年代，我是一个小姑娘，到山上连根拔下来格桑花，扎成把，一把五块钱，卖给中外游客，它们能存活一个月。格桑花你见过吗？郎木寺的格桑花不止一种，有多种，有黄色的、紫色的、红色的、白色的，它们一年开三次花，六月初至八月底开得最多、最旺盛，到处都是。丽莎完全沉浸在了回忆当中，白龙江水昼夜潺湲流淌不息，带动着水力转经筒和水磨不知疲倦地追撵着液态的时间——水流，格桑花这儿一簇，那儿一簇，连成了片，缤纷如星辰，将自己高高举过头顶，成为湛蓝天幕下最美的眼睛……

丽莎继续说下去，她说那时外国游客真多呐，他们在郎木大峡谷搭起帐篷露营，白天闲逛到了镇上，肚子饿了，推开她的小饭馆找吃的，就教会了她做西餐。白龙江水在她和邻居们的房前屋后哗哗流淌，这条发源于大峡谷的小河是那么清亮，仿佛流经她们的心田，她们的生活离不开它，她们每天来到它身边照着它梳妆打扮，浣洗衣裳，淘米洗菜，烧开饮用。她们没有饮水安全的概念，水一直是流动的，昨日的水已经不是今天的水，此刻的水也不是彼时的水，水在不停流动中净化了自己，保持了新鲜和纯净。附近的藏族同胞也来一趟趟地背起它，浇灌地里苗壮生长的青稞，喝下这水的青稞磨成粉做糌粑总是那么香甜。说着说着，丽莎开始变得愤怒，她看上去有些激动，挥舞着双手，大声说当地政府没头脑，不会规划，一句话，啪啪啪，全部拆掉了！小房子没了，水力转经筒没了，水磨坊没了，软桥没了……全没了。一座座楼房盖起来了，做生意的人来了，他们往白龙江里排放污水，白龙江水变脏了，不能洗衣服了，不能吃也不能喝，只能涮拖把，越来越臭了。再加上乱收费和高收费，游客都不敢来了。先是外国人不来了，人家国家有那么多高楼大厦，跑你郎木寺来看啥？就为了看这些楼房吗？紧接着中国人也不来了，他们被宰怕了。说心里话，我喜欢以前的郎木寺，没有这么多楼房，我不喜欢大楼，高楼大厦没意思，我干了几十年了，钱我有，我去年修的房子，原来只有二层，又被逼着加盖了一层。她无限伤感地说，现在郎木寺完蛋了，除了寺庙没有变，其他全变了，你看那些个宾馆越盖越高，游客却越来越少。今天你们来，我在晒太阳，餐厅里是空的。

我理解丽莎对郎木寺发自内心的热爱，也清楚她对郎木寺日益凋敝的失落。从推门进来围炉坐下至今，一个多小时了，我一直注意着来就餐的顾客，只有两个藏族同胞坐在左边靠墙的桌子前，两个人并肩而坐，一人点了一碗炮仗面，很快吃完结账走人，这就是此时丽莎餐厅的经营状态。丽莎比我大一岁，我们经历了共同的年代，有着类似的记忆，但她比我幸运，她看见了那个年代的郎木寺，在它温馨而诗意的怀抱里生活过，她也因此懂得啥是青山绿水一片，啥是人与自然和谐相处，这给她留下了深刻的印象。待我被各种花样文字和视频煽情与怂恿着来到郎木寺时，它却不是那时的郎木寺了，它已经被以开发和建设的名义折腾得死去活来。和丽莎一样，我也热爱和向往那时的郎木寺，我曾有过类似的记忆，清澈见底的小河，鱼虾活泼地窜来窜去，口渴了双手掬捧河水喝个痛快，与稻田和鱼塘比邻的老磨坊，漫山遍野的映山红和山茶花……它们都永远活在我遗忘在黔南的童年记忆中，止步于我的十四岁。等到我怀着一颗被沧桑包裹的中年的心，以寻旧的心情再来时，它们都已经变得覆水难收，面目全非了。是眼前的商机和其中唾手可得的利益，让这片土地的主人失去了理智，被席卷入了财富发动的飓风，他们自以为是地认为，河流、稻田、鱼塘、老磨坊，甚至祖先似的至少站立了上千年的山野，都是不靠谱的存在，是不切实际的无用之物，只有将它们每一寸立锥之地，像插栽水稻秧苗似的种植上房屋，等待被征收和补偿，才能让他们觉得踏实、心安理得。他们这样想时，就已经这样做了，到处"种"满了楼房，一座更比一座高和大，人走在狭窄的通道中间，仿佛进入了一座迷宫，抬头只望得见屋檐，却看不到天空。而像郎木寺这样的地方，虽然养在深闺似的僻远之地，但一旦声名远播，先被不同肤色和语言的外国游客欣赏与流连，后是国内游客纷至沓来，看上去似乎有无限的商机和利益，散发着腥膻，诱惑和吸引着当地与远方的人来此追逐投资的最大化，以文化旅游的名义或是其他名目的开发不可避免。开发是一把双刃剑，它一方面发展和繁荣了郎木寺的经济，带动了各族群众致富，改善了他们的居住环境，提高了他们的生活质量，使郎木寺迅速膨胀为一个热闹富庶的地方；另一方面它打破了人与自然和谐共生的平衡，改变了人们的生活方式和习惯，使过去世外桃源般的郎木寺，在表面的光鲜喧嚣和生机勃勃之外，也暴露无遗了它的混乱、矛盾与丑陋。

我从我所在的这座内陆城市出发，沿着高速公路，一路狂奔到成都，由此正式踏上了 318 国道。行驶在这条最负盛名的老国道上，我经常会与高速公路和铁路，甚至高速铁路并驾同行，它们中有很多都是近年修建的，奔跑在上面的汽车和火车，以藐视我的速度朝着相反的方向绝尘远去。与它们相比，我感到了时间的限度、缓慢和停滞，我觉察到我与时间的关系正在变得纠结、拧巴和错乱，我陷入了时间带给我的恐慌和焦虑当中。在我的面前，一个由过去、现在和未来共同构成的三维图景，正在飞速地展现着，变幻着，没等看清楚，我已经被排斥在了图景之外。而在有些地方的一些东西，却一直没有改变，比如郎木寺上的信仰。在丽莎餐厅，墙上醒目地张贴着英文世界地图，外国游客进门，迎接他（她）的是一句英文问候，然后递上的是一份英文菜单，这些都说明丽莎餐厅和它所在的郎木寺，已经融入了全球化的滚滚浪潮之中，成为地球村里的一道风景，但餐厅女主人丽莎和她丈夫的信仰仍旧坚如磐石。我遇见过格尔底寺的一位年轻喇嘛，他看上去有十八九岁，已经飘上两朵高原红的脸庞稚气未脱，洋溢着朝气和活力，我问他，你天天这样诵经不感觉枯燥和无聊吗？他答，我每天都在寺庙里学习佛法，感觉十分充实和快乐。我又问他，如果叫你脱下这身袈裟，到外面的世界去看看，你去不去？他毫不迟疑地回答，不去。当他回答我"不去"的那一刻，我正盯着他的眼睛，他的双眼是那么清澈、安静和纯净，而在内地，像他这个年龄的年轻人，我从他们的眼睛里看见的更多是冲动、迷惘与欲望。我敢肯定，他的眼神，甚至他的心灵，都与几十年前乃至几百年前格尔底寺为数众多的喇嘛重叠而吻合，什么都没改变。我必须承认，这位年轻喇嘛与我素昧平生，但我清晰地捕捉到了他身上打着的鲜明烙印，它与传统、文化和信仰水乳交融，这直接影响与决定了他的思维习惯和思维方式，也使我感到了一种绵延不断、执着温暖的力量。

半个多世纪以前，美国传教士和藏学家罗伯特·彼·埃克瓦尔曾经来到郎木寺，他说："藏地支配着我的传教思维。"他试图继承父辈的使命，在这片藏传佛教和伊斯兰教已经根深蒂固的土地上传播基督福音，使基督教成为这儿多元宗教之一元，经过先后两次七八年的努力，他失败了，至今郎木寺附近已经找不到一点有关基督教的痕迹。这位虔诚而执着的传教士马背上的身影，连同他不辞劳苦地跋涉奔波的足迹，都被风吹雨打得干干净净，他本人却凭一部《西藏的地平线》，阴差阳错地成了一位藏学家。我曾到过西藏芒康县盐田镇上盐井村，一百多年前，一位法国传教士在这儿建起了西藏第一座也是唯一一座天主教堂，此前他有了第一批寥寥无几的信众，这在众神肃立的青藏高原，已经是一件非常不容易的事。信仰作为一个民族传统文化中最根源、最核心的部分，灌注在人们的血液之中，扎根在他们的身心深处，是支撑他们肉体和精神的骨骼，更是轻易动摇不得和改变不了的。因为，它已经渗透入这个民族的文化形态和日常生活的方方面面，主宰着这个民族的价值取向、思维习惯和行为准则。我的理解是，信仰作为一种传承已久的文化传统，其实是从内心深处出发，对自然和生命永葆始终如一的敬畏。正是因此，无论罗伯特·彼·埃克瓦尔，还是他的后来者，来到地处青藏高原东部边缘的郎木寺传教，都水土不服无功而返，是信仰像一道坚固高耸的藩篱，将任何改变、动摇和替换，决绝地挡在了内心和生活之外。

节选《雨花》2021 年第 5 期

刘江滨

大地的滋味

　　李耳在《道德经》中云："五色令人目盲，五音令人耳聋，五味令人口爽，……"这话多少有点令人沮丧。如果我们换一个角度看，大地之上，有青黄赤白黑五色入目，有宫商角徵羽五音贯耳，还有酸甜苦辣咸五味咂舌，色、声、味都在大自然之间蓬勃地存在着，呈现着，这是多么神奇瑰丽的景象！五色和五音愉悦了我们的视觉与听觉，而五味不仅满足了我们的味觉和自然的生命之需，更投射黏附了丰富繁密的人生况味。

　　这一切，都拜大地所赐。酸甜苦辣咸，大地上的自然物——草木、土地、稼禾、瓜果都浸淫其中，各有各的滋味。

　　五味中，甜绝对是当仁不让的一号主角，最受人们喜爱追捧，如蝶恋花、蚁附膻一般奔之若竞。甜，会意字，从舌从甘，意思是舌头品出甜味。《说文》解：甜，美也。这是一种让舌头畅美舒适的味道。甘字里边那一横，是说吃到嘴里的东西就那样含着舍不得咽下，这就是甜，就是美。

　　或许是我们生下来品啜的第一口乳汁是甜的，那是生命的芬芳，从此烙下深刻的味蕾记忆，寻找甜的滋味成为第一选择。大地和上苍也从不吝啬甜品的供应，如草盈野，如花满地。

每一个童年都有一个"甜蜜史"，跟糖、草秫、瓜果有关。糖需要花钱购买，而草秫、瓜果可在田野中寻找获取。有一种野草叫茅根，长在坡坡坎坎，它的根茎呈白色，一节一节的，挺长，从地下拔出来擦去泥土搁嘴里嚼一嚼，汁液不盛甜味也淡淡的，聊胜于无，嚼着玩儿。瓜地、果园都有人看管，最诱人也最易吃到嘴的是"甜棒"，即玉米秸和高粱秆。浓密的庄稼稞形成天然的屏障，趁割草的时候，钻进去谁也瞧不见。此时挑着粗壮的秸秆用镰刀砍断，用牙擗去一条一条篾皮，一口一口咔嚓咔嚓大嚼起来，满口甜汁，美不可言。一会儿工夫，眼前一地废渣残末。那种高高的顶着穗子的红高粱，秸秆一般没有水分，适合编笆和做箔，可吃的甜棒叫糖高粱，比红高粱矮多了，比玉米还矮，但甜汁充盈，有北方甘蔗之称。糖高粱的外皮很硬，擗的时候时常不小心就割破了手指或嘴唇、嘴角，在甜棒上面留下斑斑血点，然而这点小事丝毫阻止不了对甜美的渴求。

大地上的植物结出的瓜果庶几都是甜的，甜瓜、西瓜、黄瓜，苹果、桃子、梨子、香蕉、葡萄……，只不过甜味浓淡不一、纯度不同而已，比如哈密瓜甜得发腻，而南瓜虽然也是甜的，但不可生吃，只有蒸（煮）熟了才行。自然赐予了大量的甜品，人们犹嫌不够，还用根据甜菜和甘蔗制作了糖、饴，让蜜蜂帮忙获取了种种花的蜜。人们醉心于甜味给舌头和口腔带来的美妙感受，甘之若饴，并将这种滋味延伸到人生的方方面面。譬如，相貌要甜美，声音要甜润，爱情要甜蜜，睡觉做梦都要香甜，日子更是要比蜜甜。总之，甜就是幸福、欢快的滋味。

与甜相对的是苦。人人都喜欢甜，不喜欢苦，但不喜欢也还是有苦，大地上长着甜，也长着苦。

　　我的第一口苦水来自我村的一眼老井。有一天我在街上疯跑着玩儿，满头大汗，极渴，在一拐角处看到一个我叫婶子的妇人从井里提出一筲水，我趴到筲边便喝，妇人欲制止，已来不及了，我喝到嘴里一口水，随即噗的一下吐了出来，真苦啊，且涩，吐出来之后舌头还打皱。我龇牙咧嘴，拧着眉头。妇人哈哈大笑，说，你不知道这井水是苦的？连鸡狗都不喝的，洗洗衣裳还马马虎虎，也不容易晒干呢。

　　上小学时学校曾搞过一次"忆苦思甜"，煮了一大锅榆钱榆叶粥让我们喝。其实，榆叶榆钱都是甜的，故能吃，而柳叶柳枝是苦的，这是做柳笛舌头与柳枝亲密接触得出的结论。大多树叶草叶都是苦的，最苦的草叫黄连，有句歇后语叫"哑巴吃黄连——有苦说不出"。这黄连是中药，而几乎所有中草药都苦，应了那句"良药苦口"之说。那年我生病煎了中药汤，捏住鼻子灌了进去，赶紧用糖来甜口，还是压不住，真是苦不堪言。至今我若身体有恙也是只吃西药或中成药，虽然也是苦的，但至少药片（丸）外层有糖衣裹着。

　　不是所有的苦都不堪，譬如苦瓜，表面看品相不佳，一身疙瘩颇类癞蛤蟆，吃到嘴里苦中却有一股清新的味道，耐人回味。又譬如橄榄，其味苦涩，久之方回甘味。再如咖啡，那种又苦又香的味道特别容易让人沉迷上瘾。《诗经》有云："谁谓荼苦，其甘如荠。"这种甘苦相依、苦尽甘来的滋味蕴藏着人生的真谛。

　　有趣的是，甜虽为人喜，人们却对苦的体味更深刻更宽广，生发的感喟就更深重更绵密，好像有一肚子苦水无处倾泻。痛苦、艰苦、吃苦、受苦、辛苦、疾苦、劳苦、愁苦、苦难、苦恼、苦闷……汇成一句悠长的嗟叹：苦～哇！端的是人生苦海无边，茫无际涯，佛教"四谛"之首即为苦谛。其实，苦与甜是相对的，不吃苦中苦，哪知甜上甜？人的一生是一个苦熬拼争的过程，也即艰苦吃苦的过程，就像瓜蔓蒂根是苦的，而甜只是结出的果。过程是漫长的，结果是短暂的。所以，苦，虽不堪言，却最耐人品咂回味，最为人间值得。

对酸的最早体验是吃青杏。苏东坡诗云"花褪残红青杏小"，当小小青杏挂满枝头的时候，小孩子就忍不住下手了，咬到嘴里，吃吃哈哈那叫个酸，口水立马充溢口腔，一旁看的人都能流出哈喇子。更要命的是，酸倒了牙，整个腮帮子木木的，那牙不能沾任何食物，酸疼，得好久才能恢复。尽管如此，我们对酸味还是乐此不疲。有一度小伙伴们流行吃酸枣面，一人一个纸包，敞着口，露出深枣红色的粉面，边走边伸出舌头舔。"望梅止渴"的故事人人皆知，但我们北方人只知青梅酸，没见过，想象和青杏差不多吧。许多水果在未成熟时都是青色的，亦青涩，除了青杏，还有青枣、青葡萄、青苹果、李子等，熟了之后由青变红（黄、紫），由酸变甜。这是不是与人生很像？我们通常将那些行事莽撞冲动的人叫作愣头青。如果说苦是甜的对立面，那么，酸泰半就是甜的少年时。那些拈酸弄醋的男人或醋海生波的女人其实就是心智不够成熟的人，其实也蛮好玩有趣。

把辣归到五味中实在是一种误读，辣是一种作用于舌头的痛觉，而非味道。葱、姜、蒜、辣椒是常见的辣味蔬菜，其中最辣的是辣椒。《通俗文》云："辛甚曰辣。"冀南一带农村多植辣椒，并不逊于川湘。辣椒圆锥的形状像一把弯曲的利刃，由青转红，收后堆在场院，红彤彤的仿佛平地燃起大火。吃在嘴里舌头锐痛的感觉也是火烧火燎，既难受又好受。所以有个词语叫"火辣辣"。由辣的词性本意而生发引申与人有关的譬喻，做事老辣，文笔辛辣，手段毒辣，作风泼辣等。《红楼梦》中那个被贾母谑称"凤辣子"的王熙凤，从性情到手腕，从口齿到心肠，都最生动诠释了"辣"的品性。

少小家贫，常吃腌制的萝卜、芥菜疙瘩、韭菜花、大蒜等咸菜，积习至今难改，馒头、粥加咸菜就是最好的饭食。北方人爱吃咸，口味重，一天不吃甜水果可以，不吃盐是断断不可的。"白毛女"躲在深山洞里长期没有盐吃，头发都白了；游击队被敌人封锁在山里，千方百计要搞到的是和药品同等重要的盐；古代社会，盐一直为国家垄断专卖。咸味不仅是调味，更是生理生命的必需。

盐同样来自大地。旧时冀南农村有大片大片的盐碱地，土壤贫瘠，寸草不生，仿佛人脑袋上一块一块的秃疤瘌。土地表层有一层松软的盐土，农人将之用铲子刮了，放到一个专门砌成的盐池用清水反复浸泡导引，流出的盐水太阳经晒或用大锅煮，白色的晶体盐就产生了。这个过程称为"淋小盐"，和拉大锯一起成为旧时冀南一带农民最主要的生计。这些为 1960 年代儿时的我在田野上亲眼所见，而今这些早已尘封于泛黄的记忆中了。但是，盐依然是大地慷慨的馈赠。

大地上的植物皆自然拥有五味的属性，《黄帝内经》有过梳理——

五谷：糠米甘、麻酸、大豆咸、麦苦、黄黍辛。

五果：枣甘、李酸、栗咸、杏苦、桃辛。

五菜：葵甘、韭酸、藿咸、薤苦、葱辛。

那时还没有辣椒，辣椒是明末从墨西哥传入。在中国传统文化看来，五味与人的五脏（肝、心、脾、肺、肾）对应，最终还能和五行联系起来。天地有道，道法自然，相生相克，生生不息。五味是大地的滋味，也是人生的滋味，"五味杂陈""百感交集"之谓好像略有消极颓唐之意，其实在我看来是盈满，是丰厚，是自足，是上苍的赐予。人活一世，少了哪般滋味岂不是都觉乏味、都感寡淡？只是，甜了别沉溺，苦了别沉沦，酸了别倒牙，辣了别放任，咸了别过度，要以它味来填充，来调和，来平衡。苏东坡尝云"人间有味是清欢"，善于知味于口深味于心，才会不负大地，不负人生。

原载 2021 年 10 月 24 日《文汇报》

甫跃辉

野　花

　　我想到山坡、田野、河谷、溪流；想到蓝天、白云、光影、风雨、鸟鸣；想到小时候读到的句子，"若得山花插满头，莫问奴归处。"写野花的诗词多如野花，何以想起的是严蕊这两句？王国维、余嘉锡等认为，该词并非严蕊所作，但我小时候不知道这些，如今知道了，也仍然深信这样的词句，是必然会出自严蕊这样的"天台营妓"之口的。低下，卑微，天涯栖身，却又鲜活，明艳，生机勃勃。说的是严蕊，更说的是野花。满山满坡满谷满河的野花，少人注意，只在四季的流转里，一遍一遍完成着自己。

　　不必非得是春天，随便什么季节出门，村里村外从来不缺野花。只是很多时候，她们开开落落，并不引起关注。又或者，是我们自己圈定了牢狱，认定春天才有花开。"一叶落而知天下秋"，其实是错的。落叶未必是秋天，开花亦不必是春天。一年四季，只要放眼望去，怎么会没有花呢？在施甸，尤其如此。

　　《野果》一文里，我写了山里的好几种野果，有果自然有花。文中所写的"黄果儿"（覆盆子的一种），在冬日里会开小小的白花。在冬天里，一片红色土坡边，一丛绿绿的黄果儿树，开出满满一头小白花，怎能不让人见之心喜。还有一种野果，也是绿绿的一大蓬，在这时开出更不起眼的小白花，待到中秋前后结果，一枝一枝米粒大小的果儿，颜色从绿到红再到黑，那时便可小心翼翼摘下来吃了，涩，微甜，我们称之为"三麻雀饭果儿"，后来查资料，才知叫做多花勾儿茶……这么想着，更多不起眼的野花涌至眼前——

几乎都是细小的花朵，浅淡的颜色，开在草坡、沟边或墙角，少有人注意。大院子日益荒废，然而却成了植物的乐园，常见的有车前草、马鞭草、救荒野豌豆、酸浆草、藿香蓟、胡枝子、马齿苋和粉花月见草等等。马齿苋匍匐在地，开极小的黄花；粉花月见草高举细弱的枝桠，开黄蕊红瓣的小花；地桃花占住墙根，叶卵形，被柔毛，花朵粉紫色，颇为粗壮的花柱也是粉紫色的……去年九月和家人去腾冲云峰山，中途在一处万寿菊种植基地边停车，茫茫无际的金黄在周身泛滥，忽然，在田埂边，我发现一种叫做黄花稔的野花，细细弱弱的一枝，开小小的浅黄花。记忆如电光闪现，这是小时候的玩伴啊！小时候偶然发现这些黄色小花粘性十足，我突发奇想，摘了许多来，捣碎后塞进一个塑料罐，倒入少许米汤，想要做成胶水。有没有成功呢？如今不大记得了，而那诡谲的气味，是至今拂之不去的。

在记忆里占住更多空间的野花，自然是花朵更大或规模更大的。

譬如，《野果》写到奶奶和我常去的一处山坳，（山地之间）"白白的一丛一丛，那是映山白开了；红红的一丛一丛，是映山红开了。奶奶给我讲过映山红和映山白的故事，两姐妹如何如何，如今是全然忘却了"。写时查资料，映山白和记忆中的确乎差不多，也就没再细究，后来偶然看微信公号"物种日历"，在一篇介绍杜鹃花的文章里，猛然发现，奶奶说的"映山白"并非映山白，而是大白杜鹃！文中还说，"云贵、宁夏地区，有些地方的人会将大白杜鹃的花朵采下来，浸泡后当蔬菜炒食"。作为蔬菜我没吃过，生吃倒是吃过的，微涩，清甜，凉意轻薄。此时回想，滋味仍在唇齿间。

春天里还有一种花，倒是施甸的一道经典菜肴。春风吹过几阵，春雨下过几场，村里村外，从土地到空气到天上，都浮荡着生命的气息。这气息落在山半腰阿云娘家门前的一棵枯瘦的树上，便忽忽地化作了白硕的花朵。我们都唤它作"白鹭花"。白鹭很白，很大，这花也是白而大，繁密地缀满枝头，风一吹过，便连带了枝头软闪软闪的，让人觉出花朵的繁重，也觉出枝丫的轻脆。

想了半天，阿云娘家这棵树，我爬上去过吗？记忆模棱两可。我能想象出树干和手心触碰的清凉，能想象出花朵擦过脸颊的轻柔，还能想象出我站在枝丫间，向村外眺望：春日温煦，多少人家的房舍院子历历在目，谁在院子里打扫，谁在尼龙绳上挂满衣服，花花绿绿的衣服滴滴答答落水，谁到谁家去串门，谁家的狗正追逐谁家的鸡……寂静光阴里，偶尔一两声鸡鸣或狗吠，更衬出春天的寂静。暖风荡荡，光阴浩浩。我置身在一树花影里如梦如醉……然而，这多半只是臆想吧？

爬上树的当是阿云娘的儿子老帅。老帅比我小四五岁，和我常在一块玩儿。他家住在山半腰，要爬上一条浓荫蔽日的石板路方能到得，路边菜地里、沟渠边，不少半野生的花卉。我拔了几颗水仙花种球回家种，水仙花代代繁衍，如今仍然在我老家的书房前年年盛开；两三年前我带了一些到上海，如今已滋生三大盆。当然，现在我知道这不是水仙花，而是韭兰。而白鹭花呢，学名应该叫做白花羊蹄甲。香港那个紫荆花（洋紫荆）也是羊蹄甲属。

记得那年，老帅家摘了白鹭花后，给了奶奶一小盆。白鹭花蓬松地堆在绿色塑料盆里，窸窸窣窣地碰撞着——遥远天际的云朵碰撞，亦是这般声音。将云朵似的白鹭花，用热水焯一下，冷水漂一下，凉拌或者炒肉，味道清爽，满嘴春天的气息。

施甸的季节一向不很分明，尤其夏秋两季。很多花开在夏天，也开在秋天。

譬如夜来香。家门口小路边的夜来香，是什么时候开的？我只知道是晚上开的，却弄不清季节。也许是春天就开了，也许到夏天才开，一直开到秋天，再开到冬天。常常夜里从小路经过，浓郁的香气闷闷地浮动着，如一条月光，勾勒出暗夜里的小路。

譬如铁篱笆（龙舌兰）。村路边、山道旁、水塘畔，总有一簇簇铁篱笆，宽大的墨绿火苗迅速收紧，尖利痛感抵触灼烈日光。在这红土地捧出的烈焰里，一根根粗壮颀长的舌头吐出，有多高？两米三米，甚至四米五米六米？我没量过，因为它总是超越我的头顶，抵达夏天和秋天的高度。就在这根舌头四周，无数花枝爹开，无数花朵绽放。我没听过它们绽放的声音，但我想那一定是急促的焦灼的爆裂。这一根舌头哦，是如此雄辩，如此滔滔不绝，如此不容置疑，是红色大地和湛蓝天穹的浩大辩论，不舍昼夜，昼夜不休。即便相识已久，每次路过，这般大喧嚣里的大寂静，总是让我一次次仰望和感叹。

秋天是怎么过渡到冬天的？哪些花谢了？哪些花开了？有没有花永开不谢？

虽说施甸"四季如春"，但冬天毕竟不一样。冬天走到野外，会看到野草枯黄了，解放草（紫茎泽兰）菱状卵形的叶片沾了细密的浮土，偶尔在庇荫处看到山姜宽大的叶片奄拉着，那宛若仙灵的花朵深藏于内心的绿色漩涡……此时，填满视域的是麦子的大块绿，油菜的大块黄，浓墨重彩，不惜血本，十个海子的诗句在此咏叹，十个梵高的画图在此铺陈。

但若走到山上，恰好路过那些收尽玉米或山药（红薯）后的荒地，会看到遍布田埂的鼠曲草，毛茸茸，怯生生。鼠曲草鲜嫩的叶片和花蕊，是制作施甸传统小吃黄花粑粑的原料。黄花粑粑我没吃过，是什么滋味呢？犹如冬日阳光的醇厚和冷冽吗？

冬天的施甸，太阳是暖热的。万物在光明里涤荡自己，石头也变得温柔，大山也变得谦卑。春风还在远方叹息，雨水还在远方酝酿，雷声和闪电依然不闻不见，不知是谁走漏了春天将至的消息，旧年的花还没谢，属于新年的花已然绽放。

有一年，久居上海的八十来岁的大公大太太回老家，我陪着在村里走走。在一条干沟边遇到一棵开满花的冬樱，我从没注意，那个熟悉的角落有一棵冬樱。继续走，走到背后山南面，路边又有两棵冬樱，凑近了看，下垂的半开花朵，很低调的样子；隔远了看，整棵树开得轰轰烈烈铺张浪费物我两忘。这不是在开花，而是在以命相搏。寂静的花朵，仿佛都在窃窃私语，窃窃私语汇聚为黄钟大吕。再后来，我从老家友人的朋友圈看到，去施甸旧城和尚田村的路上，满山遍野的冬樱在开；今年，又从另一位老家友人处看到，施甸木老元哈寨村的山上，也有大片冬樱在开。一年又一年，这些我不知晓的精灵们，在我不知晓的深山里绽放，每一次绽放，都仿佛耗尽了一生的力气；每一次绽放，都预示着春暖花开。

还有更多的野花，开在我不知晓的时间，开在我不知晓的大地。而和她们的不断相遇和告别，相知和相惜，是我一生的修习。

原载 2021 年 4 月 24 日《文汇报》

周华诚

书里寻径

每个地方都有自己的美食。这是城市特色，也是城市文化。

我们相约去苏州吃阳澄湖大闸蟹。当天到的苏州，大家决定先逛书店。一家是上书洲书店，位于太湖边上，整个书店就像一艘船。另一家是慢书房。位于蔡汇河头巷4号，书店不算很大，但布置得很舒适，店面很明亮，也有很多植物，是让人愿意一再停留的地方。还有一家，是位于钮家巷的文学山房，这是一家开设于光绪二十五年（1899年）、专门贩售古籍的书店，主人江澄波老先生，年已九十有四。在书店淘宝，买了老先生著的《吴门贩书丛谈》上下册，请先生签名。

那天晚上，我们去了昆山，昆山的奥灶面是一个特色。昆山人有吃早面的习俗，因而昆山城内，面馆林立。清咸丰年间，昆山大西门附近的"天香馆"生意最好。在半山桥附近的柴王弄和聪明弄附近，乃文人墨客云集之处，当时有"一弄十进士""父子俩状元""同胞三鼎甲"之说。有了文人的书写，奥灶面在文本上就有了厚重的文化渊源。早先，奥灶面里，红油爆鱼面、白汤卤鸭面最为有名。后来在非物质文化传人刘锡安大师的努力下，发展到现在的很多品种，其中有鳝丝面、大排面、焖肉面、虾仁面等几十种。

王稼句在《姑苏食话》一书里说："奥灶馆在昆山玉山镇半山桥堍，创于咸丰年间，初名天香馆，后改复兴馆。光绪年间，由富户女佣颜陈氏接手面馆，以精制红油爆鱼面闻名县城……一碗面端上来，讲究五烫，即碗烫、汤烫、面烫、鱼烫、油烫。一时顾客盈门，声名鹊起，半山桥一带的大小面馆于此十分嫉妒，谑称颜陈氏的面'奥糟'，即吴方言龌龊的意思，呼其面馆为奥糟馆，后来改称奥灶馆，面亦称为奥灶面。"

且说江澄波老先生的大著《吴门贩书丛谈》，厚厚两本，回来后我一直放在书架上，偶尔顺手取下翻读几页，颇可以使人立刻宁心静气。一册册的旧书，一页页的旧事，无非都与书有关。这与书相关的记忆，于我却是与昆山的奥灶面紧紧联系在一起的。《吴门贩书丛谈》的扉页上，老先生题款："周一朵女士指正。九四老人江澄波。2019.12.6"。周一朵彼时刚上初一，亦于文学山房购得《吴昌硕篆刻字典》一册，那应该是她人生中第一次购买旧书，亦可记上一笔。

若生在苏州，长大后成为一个美食家的概率将大大提升。苏州便有陆文夫，可以说，没有陆文夫，中国就没有"美食家"这一名词。1983年，陆文夫发表了中篇小说《美食家》，轰动文坛，声名远播。从此以后，那些热爱吃的人，才终于有一个拿得出手的光荣称号，说谁谁是"美食家"，这几乎是一种崇高的荣誉。时代变了，现在说谁是美食家，不是背时也有点儿掉书袋的意思，大家一般只说是个吃货。顶级的美食家，就是顶级吃货。

陆文夫借用小说，展现了一幅活标本一样的苏州民俗风情画卷。到苏州去玩，除了苏州的人文风景之外，吃绝对是行程的重要内容，也是标配。陆文夫是文人，更是吃货，但他自己说："我不是一个美食家，只是喜欢吃苏州菜，把自己吃的心得告诉大家而已。没有办法，外界都说我是一个美食家，说的人多了我也只能乐意接受。"

美食与文人的关系，古来已深。以往都说"君子远庖厨"，其实中国许多出色的文人，不仅是很好的美食家，更是优秀的厨师。中国最好的菜谱都是大文豪写的。住在清波门的李渔，明末清初大戏剧家，把饮食融进了养生之道与人生哲学。他在《闲情偶寄》的"饮馔部"里，写下了对饮食的超人见解。其精华是，重蔬食、崇俭约、尚真味、主清淡、忌油腻、讲洁美、慎杀生、求食益。这种饮食之道，在300多年后的今天，仍然具有指导意义。

另一位杭州人袁枚，更是著名吃货，他创作了一部系统论述烹饪技术的著作《随园食单》。该书出版于1792年（乾隆五十七年），全书分为须知单、戒单、海鲜单、江鲜单、特牲单、杂牲单、羽族单、水族有鳞单、水族无鳞单、杂素单、小菜单、点心单、饭粥单和菜酒单等14个方面。他在须知单中提出了既全且严的20个操作要求，在戒单中提出了14个注意事项。

研究杭州菜的专家们，都公认袁枚对杭州菜的影响极为深远，他才是杭州菜真正的"大师傅"。这本《随园食单》，更是杭州菜烹饪教科书。比如眼下的很多杭州名菜，蜜汁火方、生炒甲鱼、西湖醋鱼、土步鱼、卤鸭、素烧鹅、宋嫂鱼羹等等，在这本教科书里都有详细的技术指导；具体到鲥鱼，"万不可切成碎块加鸡汤煮，或去其背专取肚皮，则真味全失矣"，杭州的厨师烹制鲥鱼，至今未有逾矩。

文人写菜谱，不是小儿科，菜谱能写成传世华章，文人近庖厨也是对生命最细致入微的体悟。当年，当苏东坡挟此独门绝技，出任杭州太守，带领大伙儿铲草淘湖、筑堤修桥之时，这道"东坡肉"也不胫而走，终成为杭州的一道名菜，至今余香绕梁。

汪曾祺先生能吃能写，还能下厨房做出一手好菜——最好的美食家，最后就退回到自己的厨房——有一回，他女儿有客人来，汪老于是亲下厨房，忙活半天，端出来一盘蜂蜜小萝卜。

水嫩嫩的小萝卜削了皮，切成滚刀块，蘸上蜂蜜，插上牙签，结果客人一个没吃。汪老的女儿抱怨说，这么费工夫，还不如削个苹果。老头不服气了："蜂蜜小萝卜，这个多雅。"蜂蜜小萝卜，是日常的风雅，其实更是一番心思。我真为那位客人遗憾。

原载 2021 年 10 月 28 日《文学报》

黄康生

万里归心

鼠年最后一天，阴阴沉沉的苏丹喀土穆终于出了太阳。这久违的阳光洒满整间屋子，驱散了萦绕在心头的阴霾。表兄林杰夫迎着清晨的阳光，匆匆赶往喀土穆机场。机场的出发大厅里挤满了人，每个人都口罩遮面，捂得严严实实。办票柜台前也排起了长长的人龙。林杰夫拖着沉重的行李箱，一步一步向检票口方向挪去……

消毒、验护照、查机票、测体温！林杰夫几经周折终于登上了飞往广州的包机。作为一名地地道道的农民工，林杰夫做梦也没想到自己能坐上包机回国。登机前，他仍陷在"回不了家"的焦灼情绪之中。

银色的飞机呼啸着飞上了天空。机舱外山峦叠嶂，云雾缭绕。林杰夫望着窗外，脑海里却是喀土穆的影子。

庚子鼠年春，林杰夫从广州飞到迪拜，再从迪拜转到喀土穆，开启了人生第二次异国打工之旅。林杰夫清楚地记得，刚走出机舱，就遇上一股热浪。当时，他伸手去拉汽车门，即被烫起水泡。一走出机场，即有一群孩子呼拉拉地围拢过来，然后笑着露出洁白的牙齿。胆大一点的黑孩子还大声喊叫："嘿，撒狄嘎！"（阿拉伯语是"朋友"之意）。

到达喀土穆后，林杰夫才知道喀土穆是一个"世界火炉"。

喀土穆不仅天热地热水热，人也特别热情。用广东人的话来说，就是"热到发烫"。

那天，林杰夫独自走上图蒂半岛大桥。"嘿，撒狄嘎！"一群喀土穆青年簇拥过来，递水、擦汗、扇风、拉话、牵衣袖，并争先要领路。在桥上，林杰夫结识了卖迈德。两人边聊边走，越谈越投机，不知不觉出了喀土穆城 50 里。拗不过卖迈德的热情相邀，林杰夫住进了卖迈德家中。后来，两人结伴到一家中餐馆打工。

三尺灶台弄烟火，一把炒勺舞人生。每天清晨 6 时，当喀土穆还沉睡在梦中的时候，林杰夫就早早地来到厨房。他先涮净锅碗瓢盆，然后煮鸡蛋、蒸馒头、烹海鲜。林杰夫还把厨房边的一块荒地整成了菜园，种上油菜、韭菜、豆角和圣女果……

一个炎热的午后，林杰夫跟卖迈德一起去集市采购。集市虽然不大，但是里面的商品琳琅满目，既有外地运来的水壶、水杯、水盒、水罐；也有当地生产的秋葵荚、玫瑰茄、苏丹棉花和阿拉伯胶。摊贩一家挨着一家，有的就地支个摊子，摆上粗布床单、拖鞋和头巾；有的搭起简易的棚架，挂上宰杀好的牛肉、羊肉和骆驼肉；有的直接将动物骨头和皮张铺在沙地上，用喇叭吆喝着……轰鸣声、叫卖声和喧闹声交织在一起，响成一片。

绕着市场转了三圈，林杰夫终于买到了称心如意的骆驼肝、骆驼肉。摊主用指头沾点唾液，一张张地数着苏丹镑。未等摊主找零，就见远处狂风乍起，大片的沙尘已冲天卷来。狂风卷着沙子、沙砾在天空横冲直撞，肆虐飞舞，形成一道道高百余丈的沙墙，重重地砸向这座拱形的集市，霎时间天昏地暗，树叶乱翻，碎屑齐舞。不待摊主睁开眼，两头骆驼就已经惊慌失措，哀嘶长鸣。"沙尘暴？"林杰夫一张口，嘴里就灌满了沙子，呛得眼泪都流了出来。林杰夫学着骆驼那样不停抖落身上的沙粒，以防被埋。

听着沙尘暴诡异的"叫声"，林杰夫突感头晕、胸闷、恶心，想吐又吐不出来。

沙尘暴刮过后，林杰夫仍睁大眼睛，怔怔地看着灰暗的天空。

踏尘归来，林杰夫即烧火炙烤骆驼肉。一刻钟、二刻钟、三刻钟……骆驼肉发出扑哧扑哧的响声，飘出丝丝缕缕的肉香。但不知是为什么，他一闻到骆驼肉香就呕吐。离开灶台后，林杰夫仍呕吐不止，持续不断，夜里还出现发热、胸闷、气急等症状。

林杰夫感觉不太对劲，于是连夜赶去一家小诊所打点滴。事隔三天，林杰夫病情越来越严重，呼吸越来越困难，血氧饱和度也越来越低。卖迈德用驴车搭林杰夫去当地一家医院就诊，但仍查不出病因。林杰夫每天反复量体温，发现体温一上升，便抱头痛哭。在新冠肺炎疫情阴影的笼罩下，林杰夫把躯体的不适感不断放大，强化，并陷入到"疑病——焦虑——躯体不适——焦虑加剧"的死循环中。有时，还产生一种莫名的濒临死亡感。

持续高烧不退，反复咳嗽不停。林杰夫隐隐约约感觉到有些不妙。卖迈德急得像热锅上的蚂蚁团团转。就在这危急关头，同乡会为他组织了一次远程视频会诊，几副中药下肚，病竟然奇迹般好了。

林杰夫的病好转了，但新冠肺炎疫情的阴霾却挥之不去。停工停课停市，林杰夫自己按下暂停键。日复一日居家防疫，让眼里的一景一物变得熟视无睹；一次次手机订票成功又一次次被取消，更让他陷入强烈的"手机焦虑症"。不巧的是，正在这个时候，喀土穆又下起了阴雨，滴滴答答的雨声，让林杰夫的心情越发焦虑。阴雨一直持续到整个夏季，阴沉沉的天空流淌着无尽的忧伤。林杰夫突然觉得，家回不去了。林杰夫独自站在一个阴暗的角落，焦灼、恐惧和无助几近吞噬了他的内心。

非洲有句谚语："不睡觉，没有梦。"正当林杰夫深夜辗转难眠时，手机忽然发出一道声响："大使馆将组织包机接苏丹务工人员回国。"之后，大使馆还给他送来一个健康包，包里有 N95 口罩、消毒纸巾、防疫知识指南和连花清瘟胶囊。

喀土穆的雨终于停了，回国的航班也最终敲定了。临登机前，卖迈德专门赶来送别。他隔着人群，使劲挥着手，高喊："再见了，萨迪嘎（朋友）！"

飞机越飞越高，渐渐钻入了云层里边。舷窗外的云一团团，一簇簇，一匹匹，如狮如象，如龙如虎，如金刚如厉鬼，形状怪异，变化万千。林杰夫怔怔的望着那怪异的云，脑中空白一片混乱。

林杰夫原以为，新冠肺炎疫情只是一个小概率事件，却万万没想到新冠肺炎疫情把整个世界、整个人类都推至悬崖边。

时间在怪异的云层中一分一秒流逝。机舱里每个人都像是绷紧了弦，只等待飞机落地。

飞机一圈圈地盘旋着，高度随即也一波接着一波直往下降。

清晨 6 时许，飞机在广州白云机场降落，林杰夫一颗悬着的心也终于落地了。

太阳冉冉升起，缕缕晨光温暖着大地。走下舷梯的那一刻，林杰夫觉得脚下的土地是如此的厚重。他真想摘下口罩亲吻这片土地。

太阳越升越高，越来越亮，像个红红的大火球，射出万道炽热的光芒。林杰夫带着阳光的味道，带着莫名的兴奋坐上接驳车前往隔离酒店。一上车，林杰夫便打开手机，发了一条微信："一坐上包机，我就感受到了国之伟大、家之情义！"

隔离酒店门外挂着"欢迎回家"的红色条幅，就连医护人员的隔离服上都写着"欢迎回家"的温暖字样。一进入酒店，"白衣天使"与"蓝衣骑士"就给他们表演《相亲相爱一家人》的手语舞蹈，舞毕，即送上心意卡。心意卡上写道："春光正好，欢迎回家！"

隔离房一人一间。茶几上摆放着康乃馨、苹果和体温计。少刻，酒店又送来了"爱心包"和"暖心餐"。"暖心餐"氤氲着饭菜的清香，传递着家的温暖。闻香知辣，嘴中识麻。林杰夫感叹道："回家的感觉真好！"

量体温，咽拭子，写隔离日记！林杰夫发现被隔离的日子其实是离自己最近的日子。

隔离结束的那天，林杰夫穿上亮黄色制服，戴上头盔，成了一名"饿了么"骑手。每天清晨，林杰夫都会骑着他的"快马"，风驰电掣般穿梭羊城的大街小巷。一路风驰电掣，林杰夫不由自主地想起自己在利比亚当"骑手"，跑运输时的情景……

辛卯年夏天，林杰夫与村里 6 名老乡一起到利比亚米苏拉塔一个建筑工地打工。林杰夫清楚地记得，通往建筑工地的是一条沙漠土路，路面布满沙子、碎石与土丘。

一个夏日的早晨，林杰夫拉了一车土石，从米苏拉塔出发赶赴工地。皮卡车一路风驰电掣直取米苏拉塔北端。车至半程，林杰夫发现前方出现了许多凹凸不平的沙丘。他一咬牙，猛踩着油门直向沙丘冲去。那知刚冲过去一半，皮卡车一歪就打旋了。试着加大马力硬是旋不出沙坑，而且越旋越深，越旋沙越多。铲沙，支千斤顶，挖轮胎，垫石头——林杰夫尽管耗尽了气力，但车子依旧深陷流沙之中。

天越来越黑，风越来越大，乌云也越来越密集。

就在这时候，"唰"地一声，一辆红蓝相间的沙漠救援车停在林杰夫的面前，下来了一个亚洲面孔的壮汉，他对林杰夫大吼："赶快接钢丝拖车，今晚有风暴！"

沙漠救援车的引擎轰鸣声骤然加大，整辆车如同离弦之箭向前冲了出去，皮卡车也随之冲出沙坑。踩离合，挂挡，加油，皮卡车急速冲出乌云，冲出沙丘。

皮卡车在风雨中飞驰，但一进入工地，利比亚就发生了战乱。"砰砰砰……"子夜时分，工地门外响起一阵剧烈的枪声。一个戴女式肩假发套的劫匪端枪率先冲进北楼，举枪就是一阵扫射。数不清的子弹朝工地飞过来，窗户玻璃都被打碎，墙上满是弹孔。劫匪将北楼仓库洗劫一空后，逃之夭夭。不久，抢劫的人来了一拨又一拨，他们抢现金、车辆、电脑，抢的同时还不停地打砸，一地狼藉。

"哔哔哔，哔哔……"工地响起了紧急哨音，那是紧急撤退信号。林杰夫与工友们仓皇撤退，躲进附近一个闲弃的大羊圈里。大羊圈不时传来鬼哭狼嚎的嘶叫声，仿佛里面困锁着无数被风沙、战乱吞没的灵魂，正在声嘶力竭的嚎叫，让人不寒而栗。凌晨时分，大羊圈外仍不断有枪声响起。那时，林杰夫的精神紧张到极点，外面一有什么声音，心立马就提到了嗓子眼。当晚，营地所有人没有合眼，每个人都裹着毛毯蜷缩在羊圈里，坐等天亮。

"天终于快亮了，黎明熄灭了天空的星星。"踏着第一缕晨曦，林杰夫与工友们深一脚浅一脚向港口码头方向走去，足足走了20多公里，才见到一间混凝土搅拌站。

一个小时过后，太阳猛地一跃，跃出了海面，出现在米苏拉塔上空。这时，搅拌站大喇叭响了起来："同胞们不要慌，祖国接你们回家！"登上"徐州"舰，工友们兴奋地抱在一起，激动得又蹦又跳，大喊大叫……

　　时间飞逝，转眼之间，己亥年过去了，庚子年也过去了。踏着辛丑牛年的蹄声，林杰夫回到了家乡。一进村，林杰夫就双膝下跪，双手撑地，亲吻故土。起身后，他紧紧抱住年逾八旬的老母亲："愿以己之生命，报国之庇护。"

　　"没有一个冬天不可逾越，没有一个春天不会到来。"腊八节刚过，村头村尾都挂起了中国结、红灯笼，让村里的年味一下子浓郁起来。"过年喽！过年喽！"孩子们那一声声清脆的嗓音，犹如一阵阵悦耳的银铃声，在村子上空回荡。有人说，孩子们欢笑声、田间的流水声、市场的吆喝声、杯盏的碰击声和村头的鞭炮声是村里人过年最动人的旋律。零点的钟声还没敲响，林杰夫就"哧"地点燃一捆冲天炮。"嘭嘭嘭！"冲天炮喷射着火焰，直冲云霄，然后在空中炸开，炸出一缕青烟，炸出一团花瓣。很快，礼花炮、旋转炮、刺花炮、红莲喜炮也腾空而起，噼噼啪啪，震耳欲聋。整个村庄顿时变成了鞭炮的海洋，欢乐的海洋。

　　望着绚烂的夜空，林杰夫引颈长啸："鞭炮炸开笑脸，笑脸炸开春天！"

　　　　　　　　　　　　　　　原载 2021 年 3 月 5 日《湛江日报》

徐
刚

"大黄"记情

颤抖在我生命中的那声犬吠

我生下三个月，父亲即因病去世，丢下了母亲、两个姐姐、我和一只大黄狗。母亲告诉我，儿时摸墙学走路，大黄狗便亦步亦趋，跟在我旁边，如我摔倒，正好倒在它毛茸茸的背上。这样的事情已没有记忆，唯一记得的是它的离世。在萧瑟寒冷的腊月，一个下午，母亲在纺纱，让我关上门并插上门闩。门外，堂哥呼叫我家的狗，他们似乎捉到了大黄狗，我觉得惊讶，母亲示意我不要开门，然后是宅门口沟边大杨树下传来的一声惨叫。母亲哭了，没有出声，只是眼泪不断地落到纺车边上。晚饭时飘来了烧狗肉的香味，母亲特意叮嘱我："不要开门。"少顷便有拍门声："弟弟，开门！""不开。""趁热，吃狗肉。""不吃！"我大声地说，"你还我大黄！"

这是我生命中听到的第一声惨叫。其实，有的惨剧在我出生不久便发生了——父亲的壮年早逝。父亲病危时示意要看看我，母亲抱着正在熟睡的我让他看，他看见了，双眼也永久地闭上了。那时，母亲及叔、伯、婶婶、姐姐已经哭声震天，我还在梦乡里浑然不觉。在幼时的记忆里，大黄狗的死却留下了模糊的、梦幻一般的、挥之不去的印象。

我在北大中文系做工农兵学员第一年的寒假，回家过年时与母亲闲聊，言及大黄狗，母亲惊讶地说："你怎么能记得呢？那时你才三四岁。"母亲告诉我，父亲喜欢狗狗，大黄狗与家里人、宅上的叔伯都很亲。父亲去世后，它守护在灵床边，出殡时它一直跟着，并在父亲的坟地上呜呜哭叫。母亲视大黄狗为父亲的遗物，还能帮着照看我，珍贵何比！那又为什么要吃它呢？"过年想吃肉，没钱买，大家都穷，便来和我商量，把黄狗吃了如何？"母亲未及回应，几个堂哥就动手了。当时这在乡间是一件很平常的事情，吃自家养的狗而已！更何况我们家孤儿寡母，几位堂哥多有关照。"虽然心里极不情愿，不让他们吃又说不出口。"这大黄狗便一命呜呼了。母亲洒泪以祭。

颤抖在我生命中的那声犬吠，隐隐约约地留在了记忆中。而在潜意识里，我一直在寻找大黄狗，也记住了母亲教我面对某种诱惑时的态度——"关门"！

又见大黄狗

我在读高中时应征入伍，部队在江苏溧阳种地瓜和水稻。生产队长迎接我们时，一只大黄狗突然飞奔而至，尾巴高翘，"呜呜"声不断，它不知道村子里为什么来了那么多陌生人。次日早起晨练，声音惊动了大黄狗，它匆匆赶来，看着一排明晃晃的刺刀，听着喊声阵阵，又怕又急，转身叫来了它的主人，生产队长摸了一下狗脑袋说："大黄，那都是我们的朋友，兵哥哥。""大黄"这个名字让我觉得亲切。

在班里，我岁数最小，又有爱狗的情结，因而大黄和我走得更近些。我写信给母亲细数了大黄的特点：一身金毛，唯头部有小块白毛，是母狗，体态略胖，腿长等。母亲让侄儿回信说："和我们家的狗极像，或许是转世的，你要善待它。"

狗狗不仅嗅觉灵敏，还会捕捉你的每个眼神，是友善还是敌意、恶毒，能听懂你的话，是赞美还是诅咒。我想，狗有足够高的智商和情商，是因为它们思考的范围、关心的事物是有限的：它们的情感只专注于主人、对自己友爱者及自己的后代（假如是母狗），并为此付出全部忠诚；它们不会钻营，不会贪腐，不会诬告，不会拍马屁，不会喜新厌旧。

吃饭的时候，大黄俨然是班中一员，会叼来自己的狗食碗放在我旁边，然后蹲下，等着我分它吃食。如碰上改善伙食吃肉，那便是大黄最高兴的时刻，我把碗里的两块红烧肉分给它一块，加上米饭汤汁，它会风卷残云瞬间吃完，舔得一干二净。训练时它在一旁看着，翻地瓜秧时在我后面跟着，插秧时在田埂路上趴着。夜间紧急集合急行军，穿过田间小道五六里地后，到达连部，黄狗一路紧随。连长点名完毕就地休息，大黄坐在我旁边，连长走过来玩笑道："徐刚，你有卫兵了？"

一次，我得了感冒躺在床上。大黄一看集合的队伍中没有我，急匆匆赶来踹开房门，在我身边转了几个来回，我对它说："大黄，你自己玩吧，哥哥不舒服，想睡觉了。"狗子听罢扭头出门，叫来了生产队长，他摸摸我的额头，烫手！倒上开水，要我多喝水。这时，班长带着连队的卫生员也到了，我打针吃药后便睡过去了。醒来已是中午，大黄正在我脚跟卧着。见我醒了，又出门，半个时辰后回来，后面是队长老婆，手里端着一大碗热腾腾的面条，里面卧两个鸡蛋。唯有这一次，我让大黄把它的狗食盆叼来它拒不从命，还"呜呜"有声。

这一年的岁末，部队要转移去南浔古镇。离别那日，眼看走了十多里地，大黄一路相随，全无离去之意。班长跟我说："你靠边待一会儿陪大黄说说话，告诉它不能再走了。"我出列坐在路边的一棵老槐树下，大黄挨着我蹲下，我抚摸着大黄的头，告诉它："我还得走，你已经送我们那么远了，队长在找你呐。"它扭头看了一眼，又往我身边靠了靠。我把包里的白馒头、米糕、花生、鸡蛋等分成两份，一份留给狗狗。我站起来，大黄也站了起来，"呜呜"连声，黄豆大的泪珠涌了出来。我抱着大黄的头，又让它坐下。我狠狠心挥手，狗狗大叫不已，转身间，我的眼泪也夺眶而出。我三步一回头，大黄始终目送我，不时呜咽几声。

近一年后我接到生产队长的信，大黄生了一窝小狗共六只，三男三女，极可爱，又说："逗大黄时，一说徐刚来了，大黄便奔至打谷场。"

宝田伯家的"狗儿子"

20 世纪 90 年代，回到我的故乡崇明岛，又见到了宝田伯和宝田妈妈的狗。

岛上的村落里，农户是由一条条田埂路连接的，我家在路的南头，宝田伯的家在田埂北头。宝田妈妈是村子里唯一的小脚，在田埂上一颠一晃地挪着小步时，大黄狗会放缓脚步在前面开路，且不时回头看一眼它的女主人。油菜开花的时节，蜜蜂飞来飞去，嗡嗡作响，狗狗跳将起来，"呜呜"地为宝田妈妈驱蜂赶蝶。有孩童在路边唱童谣："小脚船，摇呀摇，一摇摇到高家桥，上船容易下船难，一不小心跌一跤。"大黄狗会冲着这几个小屁孩叫，时而露出牙齿。于是，孩童星散。它会在干活的农人中迅即找到宝田伯，不停地摇尾巴，宝田伯一边摸它的头一边说："找你妈去。"农人之间好开玩笑："宝田，你那狗儿子和你一样干净利落。"宝田伯立即正色："不是狗儿子，就是儿子！"

有一年腊月，母亲让我送几幅老蓝布布料给宝田妈妈。因我在外工作很少回家，遂成稀客，宝田妈妈留饭，做了红烧肉。桌上有四个饭碗，都盛着白米饭。那一瞬间，大黄狗已跳上板凳，坐好，前爪捧着饭碗，目光盯着红烧肉。宝田伯先给大黄夹两块，又在它的饭碗里舀了一点肉汁。这是我从未有过的与狗同桌吃红烧肉的经历。大黄吃饱了便从凳子上跳下，走到宝田妈妈身边，宝田妈妈用它专用的土布毛巾给它擦嘴。不仅如此，家人洗脚，它也洗脚；家人洗澡，它也洗澡；每天早晨都要洗脸——乡人说是"揩面"；夜里就睡在二老床前的踏板上，一个草窝里。我和母亲说及与大黄狗同桌吃饭的事，母亲说，宝田伯家无儿无女，从小就把大黄当儿子养。

大黄狗少有地管了一次闲事。它碰到两个五六岁的小孩在打谷场上嬉闹，岁数大一点的把另一个推倒了，倒地的便哭叫："大黄救我！"大黄叼起小孩的衣领，一直把他送到家门口。小孩跟母亲告状："哥哥打我，是大黄救我的。"孩子家人来不及道谢，狗已溜之乎也。

又一次回乡，迟迟不见大黄狗，母亲告诉我，年关时，大黄不见了，可能是让人偷走了，也可能是被下了毒。

大黄狗丢失不到半年，宝田伯胃疼去县城中心医院看病，最后没能回家。办完后事，宝田妈妈由启东的亲人接走了，她说："宝田去寻狗了，等他寻到大黄，我再回来。"乡人无不泪目。

我出门沿着田埂往北走，田埂上多少代农人重重叠叠的脚印中，有宝田伯、宝田妈妈和大黄狗的痕迹，由泥土搅拌着，成了泥土的一部分。所有的生命——哪怕是最卑微的生命，都会在这个世界上留下各自的痕迹。

原载 2020 年 12 月 11 日《光明日报》

聂
尔

短暂的猫咪

妻子认为我们家厨房里钻进了老鼠。这是我的说法，妻子的说法是，怎么能说是我认为，明明就是有嘛！但她所发现的却只是老鼠活动的迹象，并非真的老鼠。紧接着，客厅里空调通向外面的那条管道里，传出咯吱咯吱的声音，有灰泥的小碎块掉落下来。这是我在深夜里亲耳听见和看见的。于是我基本同意了妻子的说法。

有一天，妻子下班回来，买回几团洗碗用的铁球，塞进空调管道里，从此客厅里无事。但厨房仍不太平，标志就是夹鼠板始终张开着，却完好如初。妻子认为这是老鼠不肯就范。卖夹鼠板的那个妇女对我妻子说，老鼠是意虫，对于它的任何意图都不可声张，只能悄悄地，仿佛没事一样，有一天你会终于发现，老鼠上了夹鼠板。我笑着说我妻子，你就是太能声张，你跟门房路师傅站在小天井里大声嚷嚷的那些话，老鼠岂能听不见。

我和妻子整天在厨房里遍查各种孔洞，以求得老鼠的来历，也无结果。我们几乎是异口同声地说出了在各自心中都曾酝酿过的一个办法，那就是只好求助于莫非家的那只猫了。第二天我发短信给莫非，询问猫的近况。那只猫是我和莫非在前年秋天从邢昊的故乡襄垣县南姚村带回来的，那时它尚在童年。为了带着它越过二百多华里的路程，而且中途转了一趟车，吃了一顿饭，其中的小小辛苦我至今仍然记得。但是，莫非却仿佛忘记了，他对我关心猫的情况感到困惑。当我说明意图之后，他才表示："非常乐意效劳，定当不辱使命。"当天傍晚，我在小区遇见莫非妻子，她说她已知道情况，正准备回家把猫抱下来。但她也不无忧虑，她说猫被楼下那家装修的声音吓坏了，怕见人，不敢出门，不知能否完全得了这个任务。

我说过，前天秋天时，猫尚处于瘦弱而无知的童年，是我陪同它从南姚村走进城里，上了莫非家的六楼。那以后，我并没有再见过它。此番重逢，令我大吃一惊。那天晚上，我外出应酬回来，问妻子，猫来了吗？答曰：来了。在哪呢？在床底。哪个床？中间卧室的床。妻子走到床前，猫咪猫咪叫了半天，并以食物相引诱，它终于亮相了。它踏着轻柔的虎步来到卧室门口，它全身的毛发长长地张开，粗尾巴竖立在空中，颇有意味地高高摇摆着。我不由得大声叫道，它怎么这么漂亮！妻子说，它是挺漂亮，但它胆小，来了就钻进床底不出来。说话间，它又重返床底。

晚11时以后，妻子好说歹说把它引进厨房，关住厨房门，让它与老鼠共处。约凌晨三四时，我和妻子都听见，它在厨房里一声又一声不停地叫：阿呜阿呜阿呜。打开厨房门，放它出来，仔细观察整个厨房，到处都没有它吃掉老鼠留下的痕迹。到底吃了老鼠没有呢？它不回答，它开始在全家各个角落里逡巡，它有时抬起虎样的头来，望一眼我们，更多时候它望都不望我们一眼，低下头独自在地板上来回走动，它低头捉摸着任何一块地板，捉摸着每一寸光滑而没有内容的地方。它的目光引得我也去看它所捉摸的地方，我却看不到任何东西。

随后两天，白天它仍钻进床底，不知在里面干些什么，随着夜色降临它才出来，并神秘地活泼起来了。我们敞开所有的门，包括厨房的门，任它走动。它的一个小爱好是穿越茶几下方的搁板，从药品，食品和调味品等乱七八糟东西形成的复杂道路上穿过，却能丝毫不改变那物品摆放的脆弱局面。有一回它跳上床头柜，从电话，台灯，烟灰缸，打火机和我的茶杯中间穿过，床头柜很小，而它却可以称之为是一只雄壮的猫，所以我特别担心我的茶杯，但事实证明我的担心是多余的。它喜欢行走在狭小而复杂的局面里，它来到这里，那里，并非有什么目的，它好像一切都只是为了经历过，就像我小时候去我们村附近的那些村庄一样，只为的是我已经去过了那里，并且两次三次无数次地去过了。它也是如此，它最常去的地方是窗台，它蹲在窗台上凝望着窗外的夜色，那若有所思的样子令我心潮为之起伏。有一回，我靠在床上看书，它进来了，它用头挑起窗帘，呼的一声跳上窗台，然后是一段令人心动的寂静的时光。我一边看书，一边用眼角的余光瞅着窗帘，但窗帘安然地垂下，仿佛后面没有一只猫，直到哗啦一声响，它从暖气片的隔板上滑下来了，证明它确实是在上面的。它对高处真是情有独钟。我数次看它如何跃上窗台和写字台。我把我的观察所得向妻子报告，她说它其实很想上柜顶，好几回蹲在沙发上望着柜顶，跃跃欲试，但它可能知道自己跳不了那么高而最终没有贸然尝试。而我觉得它蹲在写字台上的样子很好。我甚至设想，如果有爱伦·坡来为它在写字台上的身姿赋诗一首，那是何等的情致啊。我的写字台足够宽大，因为我长期使用电脑近年来较少走近它而使得它略显荒凉，如今有猫庄严而神秘地蹲坐其上，伴以旁边高高的书堆，和两侧森然的书架，以及窗户所透示出来的黑暗的夜色，令整个书房为之顿然改观。但它忽又蹿下，进了厨房。我在卫生间时，有时看它从厨房悠悠走来，以为它进卫生间有事，它也的确有事，它在卫生间远不够宽敞的地板上游刃有余地连打几个滚，呼一声又蹿出去，奔进了书房。它的这一连串的动作初看是围绕着有一个目的的，但究竟目的何在，却非我所能理解。

又一日，二哥全家来我们家闲坐，看到猫，自然夸奖了一番。二嫂说，这只猫不像猫，倒像只狐狸。这主要指的它尾巴粗大，并摇曳有致。二哥是插过队的，比我毕竟多见识。他讲起了有关的经验。他说猫吃老鼠是不留一点痕迹的，它要把最后一滴血都舔干净。这为厨房里老鼠的存在与否更增疑云。二哥小时竟然多次带领猫捉拿过老鼠，令我大为称奇，因我竟没有一次这样的经历。二哥说，领上一只猫，拍拍柜门，然后人离去，从门缝往里偷窥，看到的是，猫警惕地注视着柜门，等待老鼠出来，老鼠一出来，猫首先发出叫声，令老鼠变得迟钝，然后迅速出击捉住它成为易事。天生就是捉老鼠的呀！二哥感叹说。

但它到底捉住并吃掉厨房里的老鼠没有，成为一个谜。既然它吃与不吃都不留痕迹，这谜就一时无法破解。倒是它那锋利的爪子在我家沙发下部的棕色皮革上，留下了不可消失的印记。我几次看见它是如何对待那块无辜的皮革的。它以快速的节奏和无数的动作，令那块皮革发出嘶哑的叫声。我大声吆喝着赶走它，它却又在完全出人意料的时机里重做一遍。我以前就听说过，它这样做是为了磨短它的指甲，因为它是爱干净的。这倒使我无法过于怪罪它。而且，哪怕是在它刚刚做过这事的当时，它的样子也显得比那块棕色的皮革还要无辜得多。它总是显出一副悠闲而毫无负疚之心的样子，它难道知晓人心总是不欲深究罪恶，甚至是迷恋于犯罪的？

最后一天，妻子去上班，我外出开会，整整一天家中无人。到傍晚回家，家里猫臊味冲天。妻子大叫，你闻到味道了吗？我嗅一嗅，确实是有。她又说，你知道它在哪里睡觉了？我说，哪里？它在我的被窝里睡了一天！哎呀，送走它吧！恰在此时，猫主人莫非打来电话，问，我的猫表现如何？我答道尚可尚可。然后，莫非来我家要领回他的猫。彼时，它正端坐在我女儿房间的写字台上，莫非满面笑容进去，把它托在手上，高高举起，带它回了家。猫本来没有家园感，它在我家只呆了几天，已经能够表现得体并怡然自得，但我不能凭此一条，就否认猫是莫非家的猫。

只是从此我进家门，没有了猫咪可叫，我不再能够叫它一声，然后等着看它究竟从哪一个隐秘处走出来，给我一个惊喜。但无论如何，它毕竟来过我家了。几天来，它像一个神秘的存在主义者，带我勘探了：窗台以及其外别样浓重的夜色，茶几下搁板上那几乎是不可能的隐秘通道，地板上的每一条砖缝直至其每一寸光洁的空无之处，还有我那久已无人光顾的大写字台荒凉的表面，以及我家所有可能的角落及其相互之间的关联……多少年来，这些事物被我熟视无睹的目光和丑陋而实用的原则所扼杀，如今在它的注视之下，它们才重新返回到了存在的领域，并呈现出如同山峰一般不同的高度，就像夏季的即将来临的雷雨照亮了蚂蚁的通衢大道一样，尽管广大的天空前所未有地阴晦而恐怖，但正是在此时，各种各样的存在才反而能够尽逞其无尽的悲情和欢乐。

我记得，我在我的童年时代曾经有过这种对于存在的多样性的关注，但后来成长把它夺走了。现在我写出了上述的文字，可它顶多只是对早已走过的林间道路的眺望和怀想。那条路已经不可能再返回。

我只能写下此文，以表达我的纪念之情。

本文选自聂尔散文集《人是泥捏的》
北岳文艺出版社，2021 年出版

书案

张炜

两个主义和三次转向

在 20 世纪中国当代文学的 "繁荣期"，似乎全民都爱文学，人人想当作家，写作成为备受推崇的一种事业。一部优秀的文学作品会引起社会的强烈反响，可谓街谈巷议，争相阅读。那是一个令人难忘的 "黄金时代"。

时过境迁，文学再无当年那样的广泛关注，但许多写作者依然如故，似乎并未在意这些改变。也许是的，文学本来就不是什么群体事件。庄子有言："且举世誉之而不加劝，举世非之而不加沮。"就是说即使全世界的人都赞美你，也不必更加奋勉；即使全世界的人都非难你，也不要更为沮丧。该怎样还是怎样，只需依照常理去做，从心灵里来，到心灵里去。这种境界和状态谁能抵达？似乎很难。但要做好这个准备，蓄养和预备这种胸襟和气度。有定力有恒心，不为外物所役，其实是文学家必备之品质。

20 世纪 80 年代，我们是否遇上了中国文学的最好时代，还真不好回答，要说清楚可能也颇费口舌。80 年代人们普遍 "热爱文学"，并且真的产生了许多优秀作品。但是今天回头再看那些曾经引起 "强烈反响" 的文字，有的仍旧激动人心，有的却未免浅淡平俗。那个时期的文学在语言艺术、思想境界、文本结构等诸多方面，总体水准距离进一步解放思想打开眼界之后，尚存有不少差距。可见文学被全社会热情关注的"黄金时代"，也是得失互见。文学作为一种特殊的事物，在认识上会有一定的盲角和误区。实在说，读者的响应和关注，有时候与文学品质并没有深度的关联，起码关系不像想象的那么大。若以历史的眼光打量，几十年甚至上百年都是较为短暂的一段光阴，真正的文学家和思想家还需要经历更长的考验。所以我们的目光要放得更长更远。

以前讲到文学，常要说到"文章合为时而作"，说到它的当代反响，对其所以然并不深究。说来说去时代也是一本"书"，这本"书"不可以不看，不可以抄袭，不可以完全依赖它的声气，去做简单迎合。这本"书"如果陈旧，只可以作一种学习资料参考借鉴。谈到作家的气概，即体现在他与时代的关系上。当客观之物与主观世界发生交接、发生冲突的时候，如何应对，将决定其内在品质。对于来自读者的褒贬、奖赏，哪怕是万众拥戴的炙手可热的重大奖赏，都要心存一份冷定。功利之心要淡，市场观念要变。因为直白一点讲，这些与文学本身并没有那么深刻的关系。这种态度不是大话也不是敷衍之语，而应该是文学人士必备的理解和持守，更不是愿意不愿意和谦虚不谦虚的事情。略萨曾对马尔克斯讲，一个人从事文学写作之前，首先要问自己要当一个"好作家"，还是当一个"坏作家"。马尔克斯说当年对略萨这番话全无理解：既要写作，哪有不想当个好作家之理？他真的不能理解。后来他遇到了一个年轻作者，这人刚刚完成一部长篇，又极草率地写出新的一部，理由是自己反正是个新手，没人注意。马尔克斯就此得知，原来真的有人从一开始就不准备当一个好作家。我们从马尔克斯的这番话中，可以想到写作人的镇定和气概到底是什么。它是从容的气度、旁若无人的强大自我，是怎样独立自信地处理个人与时代、与客观世界的关系。

很多人在写诗，其实即便不写诗，也要从诗的角度去理解文学，因为它是文学之核。有人认为，文学的发生就是人类对客观世界的一种呈现、描摹和回应，所以"现实主义"的写作方法，既是唯一的上选，也必为起始之选和根本之选。我们谈到一些古典主义时期的文学，包括绘画等艺术，总要涉及创作者如何反映现实和描摹现实，考察是否真实深刻地反映了现实，是否掌握了"现实主义"的手法。在很长的一段时间，都在提倡和实践这种"主义"，所以某种恪守已成当然。文学与现实的关系，实际上是一个最基础最古老的命题，是文学与客观世界如何发生关联的必然之议。与"现实主义"相对应的，在当年是"浪漫主义"，后来又有了各种"主义"。两个概念都产生于西方，是"现代主义"之前的产物。实际上无论什么"主义"，都是在讲表现方法，讲创作者怎样对现实世界做出反应。因为每个生命的性质不同，采用的手法、表达和实现的途径就一定不同。那两个文学概念是一些研究者提出来的，所以在他们那儿更受肯定。但人性及才趣是纷繁复杂的，世界也是多元的，只有那两种"主义"显然还不够用。于是理论家们又分离出更多的"主义"。这说到底都是为了研究的方便，因为这样一来，文学研究就变成和其他科研工作相差无几的东西：一切皆可量化。

人类的审美活动，采用化学试剂那样的测试，一定会产生许多问题。比如，回到开头的话题，文学创作真的有定义中的"现实主义"吗？文学表达既然经过了作家对客观事物的淬炼，经过心灵透镜的折射，还怎么"忠实"地"呈现"？这里面想要不"变形"不"浪漫"都不行。看来凡是属于个人的想象，也只能趋向一个方向，那就是心灵的方向。后来法国巴黎出现了"超现实主义""自动写作""意识流""立体主义"等，就是强调了心灵的无羁、自由与力量。"超现实主义"不仅局限于文学领域，还波及音乐、绘画、电影等诸多门类，在诗歌、绘画、电影方面表现得更外在也更显著。各种"主义"多起来，不仅远离了"现实主义"，而且直接"超越"它。这些纷杂的"主义"形象化地标示和概括了从"现实主义"到"现代主义"，是怎么一步一步走过来的。诗歌艺术的发展，波德莱尔之后是瓦雷里和马拉美等人，他们越来越专注于表述自我，以至于变得晦涩之极。什么都可以写，而且不断地强化自我认知的过程。在这条路上，越是杰出的有才华的诗人和艺术家，就越是走得遥远。

人们谈论西方现代诗歌发展史，一定会谈到艾略特。艾略特首先敏锐地发现了西方"纯诗"发展所遭遇的困境，说瓦雷里和马拉美这类诗人，由于过度专注于语言和词汇本身，写到最后谁也看不懂了。这当然是大问题。"超现实主义"文学走得太远，以至于让人无法阅读。他们陶醉于实现"自我"的快意，所要抵达的目标反而变得不再重要。这是极端的语言狂欢或个人宣泄。而今有人常常把艾略特当成一个激进的"现代主义"标杆，实际上恰恰是他在当年发现了"激进"的困境，并身体力行，实践和尝试解决之道：让诗贴近阅读，变得质朴和具体，变得"日常"。

艾略特所谈问题的实际，是创作主体与客观世界、作家与读者之间的关系。他意识到当诗人过分专注于词语和自我认知时，就会迎来无法接受的悲凄命运。我们可以不赞成一般读者对文学那种直白的期待与误解，不赞同文学的工具化，但也不得不面对双重的现实：客观世界与读者的心理承受力。西方的"纯诗"在艾略特这里蜕变和生长。他的诗歌看上去很散文化，具体而直白，然而又是真正意义上的"现代诗"，即"纯诗"。他走向了诚实、可感、可知，得以亲近。这是艾略特的一个重要贡献和弥补。

从艾略特的现代变革，虑及今天的中国新诗。那种高度和维度，有时会被一部分人误读，做出外在的模仿和简化：诗的边界被无限扩大，变得格外琐屑无聊。这让所谓的"现代主义"走向了随性和松散，变为粗陋的口水、无可不可的语言游戏。这种瓦解与艾略特的衣钵毫无关系，不具备也不包含那种时代觉悟。艾略特的高度通俗与高度晦涩的统一，阻止了"纯诗"的拆毁，突出了现代诗歌的警示意义。

中国诗与文的传统源远流长，这是雅正的传统。有《诗经》《楚辞》，有节奏铿锵、朗朗上口的诸子百家，有被鲁迅先生誉为"无韵之离骚"的《史记》，有曹植、陶渊明、李白、杜甫、韩愈、白居易、李贺、杜牧、李商隐、苏东坡、陆游、辛弃疾等灿若星汉的诗人。中国古典诗歌的相当一部分属于"广义的诗"，但"纯诗"的元素并不稀缺，这与现代自由诗完全能够打通。比如李白和杜甫的部分诗作，特别是李商隐的无题诗，都可划入这类美章。不可小看中国"纯诗"的传统。古代诗人的文学修养丰富深厚，他们从小工诗善对，精通音律书画，其文字不仅具备韵脚平仄，且有旋律、色彩和气味。事实上中国传统与外国多有相似。只要有人即有文学，有不同的方向，如"超现实主义"，如其他种种"主义"，都不会是绝迹或空白。

文学与生活、与外部世界、与读者的关系，从古至今都有不同的处理方式。西方自艾略特之后出现了许多代表性诗人，延及当代，像墨西哥诗人帕斯、爱尔兰诗人希尼、波兰的米沃什、圣卢西亚的沃尔科特等。他们在中国的影响或大或小，无一例外地保有自己的纯粹性。从世界范围看，从我们已知的诗坛来看，松散直白的无意义、无聊的书写也在泛滥，可见"口水"无处不在。长时间以来，人们不会满足于它的过分散文化，对语言的放纵极为不安。诗人渴望固守诗的纯粹性，回到作为文学皇冠上的明珠所应具备的精致与高度。一些重要人物不断做出努力，如杰出的诠释者艾柯等。艾柯广涉哲学、历史、美学、符号学、阐释学、写作学、文学批评、中世纪神学研究、大众文化研究和小说写作等。他年轻时曾在都灵大学学习法律，不顾父亲反对而辍学，改学中世纪哲学与文学，并与当时一些前卫艺术家关系密切。艾柯的书不好懂。另一个不好懂的人是法国诗人雅贝斯。雅贝斯完全是以超现实主义诗人的姿态，君临一切文学问题和思想问题。我们会说艾柯、雅贝斯读来"鬼话"连篇，归总无用。"我们"是谁？是长期接受和倡导"雅俗共赏"的一拨人。"我们"看艾柯和雅贝斯，会发现世界上还有这样一种文学理论和文学实践，然后大惊失色。但惊愕之后也会变得活络一些。认识的两极之间既有这样的开阔地带，那就不妨打马驰骋。

艾柯和雅贝斯，诗人帕斯，智利诗人聂鲁达，他们都是某个方面的代表。还有一个叫保罗·策兰的德语诗人，也许像当年的艾略特一样重要。保罗·策兰是在艾略特提出现代诗面临困境之后，"诗"的边界无限扩大以至于松散溃散的时刻，让"纯诗"发生了转向和反拨的贡献至大者。他将纯粹化与个人化的高度强调到极致。保罗·策兰对中国当下"纯诗"的发展产生了重要影响。中国新诗发展到现在，基本上以译诗为范，所以西方诗坛发生的许多事件，都多多少少有所折射和叠印。从古典主义到"现代""后现代"，艾略特等人的前后影响，其痕迹都是无法抹掉的。

各个阶段的范式和趋向几乎同存并置。在当代，更激进的转向可能会包括保罗·策兰直接间接的影响：晦涩之极，不停地断句，词语本身成为意义和主体，大有艾略特所深忧的那个时期的风尚。这导致有人重提"皇帝的新衣",但细细看来,似乎并不那样简单。保罗·策兰的大量诗作译成汉语,瑕瑜不能互掩,因为移植极难。更多地翻译保罗·策兰的诗作,对于中国自由诗、纯诗的写作太重要了。他深刻地代表了现代诗的又一次转向,或不可避免地成为后现代诗人中的指标式人物。

在保罗·策兰还没有被大面积介绍过来之前,有些中国诗人已经受到了影响。汉语自由诗中那些高度艰涩的"纯诗",正在汇入世界诗潮。在西方诗界,保罗·策兰可以说是无人不晓,他的影响深入而有效,这一切正弥散到汉语诗的写作中。其中有部分诗人能够读到原著。保罗·策兰的意义已经影响了当代汉诗。尽管如此,从农耕文化出走的文学仍旧滞后,误读和隔膜,盲目和沉沦,一些极端化的表现都是自然而然的。

谈论这些,无非要归结到一个预测和结论,就是汉诗写作的第三次转向能否发生。这种自觉性也许是重要的。怎样转向?路径如何?与前两次转向的关系是什么?价值、意义和缘起又在哪里?这需要总结正反两个方面的经验。就我们眼前闪过的小小窗口,第一次是艾略特,第二次是保罗·策兰。前一次引出了汉诗创作中"纯诗"边界的混乱,导致过分的口语化松散化;第二次则趋向极度内向和自我,跌入以词语为本体的谵妄。汉语"纯诗"脱离了传统的土壤,日益显现羸弱和萎败。一个民族的文学艺术之核仍然是"诗",它是根本性与核心性的指标。从中国现代诗发展的脉络考察隐忧,会波及到整个的文学精神。

中国现代诗第三次转向的可能,建立在根本的忧虑之上。它需要接通根脉,寻找生存和发展的基础。中国当代自由诗要与民族源远流长的传统相衔接,尽管这是一件极其困难的事。我们总不能把那种四言、五言、七言的句式和平仄格律等直接植入，那会不伦不类。这到底有多难，还要上路再看，但不能半途而废。

今天强调写作者与读者、与时代、与传统的关系，将催生真正的"现代"。其实所有杰出的文学，必然是"先锋"和"现代"，必然处于一个时代艺术与思想的最前沿。当然这里不包括"伪先锋"和"伪现代"，不包括肤浅的模仿和因袭。

保罗·策兰之诗正是苦难命运的折射。他出生于犹太家庭，父母惨死于纳粹的奥斯维辛集中营，他在朋友掩护下才幸免于难。当时流亡美国的犹太裔哲学家阿多诺曾说："奥斯威辛之后写诗是野蛮的，也是不可能的。"策兰的《死亡赋格》发表后，阿多诺更正说："长期受苦更有权表达，就像被折磨者要叫喊。因此关于奥斯维辛之后不能写诗的说法或许是错的。"他就是那样的一个灵魂，他的诗不是一种风格，而是一种命运。这是他的诗境，他的言说，他的"现实"。所以他人仅仅将其当成一次技术的牵引，是不可能抵达彼岸的。

原载《万松浦》2022 年 1 期

赵丽宏

走进这座巍峨的大山

　　二十多年前，曾经有报刊给我出题，要我推荐人类有史以来最伟大的十部小说。中国的小说，我首先想到的是《红楼梦》，外国的小说家，第一个出现在脑海里的就是列夫·托尔斯泰，《战争与和平》《安娜·卡列尼娜》《复活》，三部小说难分高下。"伟大"这样的词，曾经被人用得很随便很泛滥，用来形容托尔斯泰，却是妥帖的。

　　托尔斯泰的形象和他的小说，似乎有些对不上号。照片和雕塑中那个满脸胡子的老人，更像一个普通的俄罗斯农夫。托尔斯泰是贵族，是大地主，但对贵族的头衔和田地钱财看得很轻。他把土地分给农奴，自己常常穿着粗布衣衫，操着农具，和农民一起在田野里劳动。但是，他的小说表现的，却是那个时代知识分子最沉重最深刻的思考，那些宽阔雄浑的场景和丰富多彩的人物，让人叹为观止。他是一个小说家，也是一个哲学家。不是所有的小说家都在这样锲而不舍地寻找真理，探索人类的精神。他追求的是人与人之间的平等，希望人心向善，希望正义和善良能以和平的方式战胜邪恶。他是一个理想主义者，并用自己所有的生命和才华去追求这理想，尽管这理想在他的时代犹如云中仙乐、空中楼阁。他的向往和困惑，在小说中化成了有血有肉的人物，化成了让人叹息沉思的曲折人生。

如果认为托尔斯泰只写长篇小说，那就大错特错了。托尔斯泰一生写的中短篇小说，和篇幅不长的散文、特写、随笔、日记，不计其数。人民文学出版社这次出版的《草婴译列夫·托尔斯泰中短篇小说全集》，有洋洋洒洒七卷之巨。第一册《回忆》，是托尔斯泰的自传文字，可以让人了解托尔斯泰最初的才华展露和精神成长。第二册《高加索回忆片段》，所选篇目都与托尔斯泰在高加索的经历有关——他在高加索亲历的战争生活，他对高加索问题、对战争问题的思考。第三册《两个骠骑兵》，作品多为军旅主题，表现俄罗斯贵族在军营中的哀怒喜乐，是了解俄国社会生活的一个特殊视角。第四册《三死》，所选作品都与死亡有关。思考死亡，表现死亡，也是对生活和生命的思考。第五册《魔鬼》是以欲望为主题的选篇，写的是情欲、财欲和权力之欲，思考的是人类的生存境况和命运走向，也传达了托尔斯泰的人生观。第六册《世间无罪人》，既有对俄国社会问题的关注，也有对人性的思考。第七册《苏拉特的咖啡馆》是哲思主题的选篇，以丰富多彩的故事、日记、人物对话以及别具一格的寓言，体现作家对生命之旅、对生活之道的探寻求索，对人类终极问题的深邃沉思。

列夫·托尔斯泰的中短篇小说，还是第一次如此完整系统地呈现给中国读者，通过这些作品，我们可以对这位文学巨匠有更全面和深刻的了解。托尔斯泰是一位创作态度极为严谨的作家，作品无论长短，他都用心对待。他曾经在为莫泊桑小说集写的序文中宣示自己的创作观，认为对任何艺术作品都应该从三个方面去评判：一是作品的内容，必须真实地揭示生活的本质，"作者对待事物正确的，即合乎道德的态度"；二是作品表现形式的独特和优美的程度，以及与内容的相符程度，"叙述的畅晓或形式美"；三是真诚，即"艺术家对他所描写的事物的爱憎分明的真挚情感"。他用这三个标准评判他人的作品，也用这三个标准指导自己的创作。读托尔斯泰的中短篇小说，和读他的长篇小说一样，我们都能感受到他所遵循的这三条原则，感受到他的正直、独特和发自灵魂的真诚。

中国读者能如此完整地读到托尔斯泰的中短篇小说，要感谢翻译家草婴先生。"草婴"这两个字，在我心里很早就是一个响亮的名字，在小学时代，我就读过他翻译的俄苏小说。长篇巨著《一个人的遭遇》和《新垦地》，让中国人认识了肖洛霍夫。草婴的名字和很多名声赫赫的俄苏作家连在一起——莱蒙托夫、托尔斯泰、巴甫连柯、卡达耶夫、尼古拉耶娃……在中国的俄罗斯文学翻译家中，他是坚持时间最长、译著最丰富的一位。

四十年前，我刚从大学毕业，分在《萌芽》当编辑，草婴的女儿盛姗姗是《萌芽》的美术编辑，她告诉我，她父亲准备把托尔斯泰的所有小说作品翻译过来。我当时有点儿吃惊，这是何等巨大的工程。托尔斯泰小说的很多中译本，并非直接译自俄文，而是从英译本或者日译本转译过来，便可能失去了原作的韵味。草婴要以一己之力，根据俄文原作重新翻译托翁所有的小说，让中国读者读到原汁原味的托尔斯泰作品。草婴先生言而有信，此后的岁月，不管窗外的世界发生多大的变化，他都安坐书房，把托尔斯泰浩如烟海的小说文字，一字字、一句句、一篇篇、一部部，准确而优雅地翻译成中文。

2007年夏天，《世界文学》原主编、翻译家高莽在上海图书馆举办画展，他请我和草婴先生作为嘉宾出席活动。在参观高莽的画作时，有一位中年女士拿着一本书走到草婴身边请他签名，轻声说："草婴老师，谢谢您为我们翻译托尔斯泰！"她手中的书是草婴翻译的《复活》。高莽曾和草婴交流过翻译的经验。草婴说，托尔斯泰写《战争与和平》用了六年时间，修改了七遍，要翻译这部伟大的杰作，不反复阅读原作怎么行？起码要读十遍二十遍！翻译的过程，也是探寻真相的过程，为小说中的一句话、一个细节，他会查阅无数外文资料，请教各种工具书。有些翻译家只能以自己习惯的语言转译外文，把不同作家的作品翻译得如出自一人之笔，草婴不屑于这样的翻译。他力求译出原作的神韵，这是一个精心琢磨、千锤百炼的过程。其中的艰辛和甘苦，只有认真从事翻译的人才能体会。

托尔斯泰在天有灵，应该也会感谢草婴，感谢他的这位中国知音。他用一生心血创作的小说作品，被一位中国翻译家用一生的心血翻译成中文，这是怎样的一种深缘。

我很多年前访问俄罗斯，有一个很大的遗憾，就是没有去看看托尔斯泰的庄园，祭扫一下托尔斯泰的墓。托尔斯泰的墓，被茨威格称为"世界上最美的、最感人的坟墓"。这位大文豪的归宿之地，"只是树林中的一个小小长方形土丘，上面开满鲜花，没有十字架，没有墓碑，没有墓志铭，连托尔斯泰这个名字也没有"，但这是世上最宏伟的墓地，因为，里面长眠着一个伟大的灵魂，他在全世界都有知音。

在当时的苏联作家协会的花园里，有一座托尔斯泰的雕像，他穿着那件典型的俄罗斯长衫，坐在椅子上，表情忧戚地注视着每一个来访者。我在他的雕像前留影时，感觉自己是站在一座巍峨的大山脚下。现在，用中文阅读托尔斯泰这些展露心迹的中短篇小说，感觉是走进了这座巍峨的大山，慢慢走，细细看，可以尽情感受山中的美妙天籁和浩瀚气象。

本文是为人民文学出版社出版的《托尔斯泰中短篇小说全集》所撰序文，原载 2021 年 8 月 20 日《光明日报》

祝勇

汉字书写之美（节选）

汉字是世界上最具造型感的文字，而软笔书写，又使汉字呈现出变幻无穷的线条之美。中国人写字，不只是为了传递信息，也是一种美的表达，于是在书写中，产生了"书法"。书法透射书写者的情感、精神，线条不仅是线条，更是世界。

只有中国人，让"书"上升为"法"

"书法"，原本是指"书之法"，即书写的方法——唐代书学家张怀瓘把它归结为三个方面："第一用笔，第二识势，第三裹束。"周汝昌先生将其简化为：用笔、结构、风格。它侧重于写字的过程，而非指结果（书法作品）。"法书"，则是指向书写的结果，即那些由古代名家书写的、可以作为楷模的范本，是对先贤墨迹的敬称。

只有中国人，让"书"上升为"法"。西方人据说也有书法，我在欧洲的博物馆里，见到过印刷术传入之前的书籍，全部是"手抄本"，书写工整漂亮，加以若干装饰，色彩艳丽，像"印刷"的一样，可见"工整"是西方人对于美的理想之一，连他们的园林，也要把蓬勃多姿的草木修剪成标准的几何形状，仿佛想用艺术来证明他们的科学理性。周汝昌认为，西方人"'最精美'的书法可以成为图案画"，但是与中国的书法比起来，实在是小儿科。这缘于"西洋笔尖是用硬物制造，没有弹力（俗语或叫'软硬劲儿'），或有亦不多。中国笔尖是用兽毛制成，第一特点与要求是弹力强"（周汝昌：《永字八法——书法艺术讲义》）。

与西方人以工整为美的"书法"比起来，中国法书更感性，也更自由。尽管秦始皇（通过李斯）缔造了帝国的"标准字体"——小篆，但这一"标准"从来不曾限制书体演变的脚步。《泰山刻石》是小篆的极致，却不是中国法书的极致，中国法书没有极致，因为在一个极致之后，紧跟着另一个极致，任何一个极致都有阶段性，江山代有才人出，各领风骚数百年，使中国书法，从高潮涌向高潮，从胜利走向胜利，自由变化，好戏连台。工具方面的原因，正是在于中国人使用的是一支有弹性的笔，这样的笔让文字有了弹性，点画勾连，浓郁枯淡，变化无尽，在李斯的铁画银钩之后，又有了王羲之的秀美飘逸、张旭的飞舞流动、欧阳询的法度庄严、苏轼的"石压蛤蟆"、黄庭坚的"树梢挂蛇"、宋徽宗"瘦金体"薄刀般的锋芒、徐渭犹如暗夜哭号般的幽咽顿挫……同样一支笔，带来的风格流变，几乎是无限的，就像中国人的自然观，可以"万类霜天竞自由"，亦如太极功夫，可以在闪展腾挪、无声无息中，产生雷霆万钧的力度。

我想起金庸在小说《神雕侠侣》里写到侠客朱子柳练就一身"书法武功"，与蒙古王子霍都决战时，兵器竟只有一支毛笔。决战的关键回合，他亮出的就是《石门颂》的功夫，让观战的黄蓉不觉惊叹："古人言道'瘦硬方通神'，这一路'褒斜道石刻'当真是千古未有之奇观。"以书法入武功，这发明权想必不在朱子柳，而应归于中国传统文化造诣极深的金庸。

《石门颂》的书写者王升，就是一个有"书法武功"的人。康有为说《石门颂》："胆怯者不能写，力弱者不能写。"我胆怯，我力弱，但我不死心，每次读《石门颂》拓本，都让人血脉偾张，被它煽动着，立刻要研墨临帖。但《石门颂》看上去简单，实际上非常难写。我们的笔触一落到纸上，就不是那么回事了。原因很简单：我身上的功夫不够，一招一式，都学不到位。《石门颂》像一个圈套，不动声色地诱惑我们，让我们放松警惕，一旦进入它的领地，立刻丢盔卸甲，溃不成军。

书法作为艺术，价值在于表达人的情感、精神

对中国人来说，美，是对生活、生命的升华，但它们从来不曾脱离生活，而是与日常生活相连、与内心情感相连。从来没有一种凌驾于日常生活之上、孤悬于生命欲求之外的美。今天陈列在博物馆里的名器，许多被奉为经典的法书，原本都是在生活的内部产生的，到后来，才被孤悬于殿堂之上。我们看秦碑汉简、晋人残纸，在上面书写的人，许多连名字都没有留下，但他们对美的追求却丝毫没有松懈。时光掩去了他们的脸，他们的毛笔在暗中舞动，在近两千年之后，成为被我们仰望的经典。

故宫博物院收藏着大量的秦汉碑帖，在这些碑帖中，我独爱《石门颂》。因为那些碑石铭文，大多是出于公共目的书写的，记录着王朝的功业（如《石门颂》）、事件（如《礼器碑》）、祭祀典礼（如《华山庙碑》）、经文（如《熹平石经》），因而它的书写，必定是权威的、精英的、标准化的，也必定是浑圆的、饱满的、均衡的。其中，唯有《石门颂》是一个异数，因为它在端庄的背后，掺杂着调皮和搞怪，

比如"高祖受命"的"命"字，那一竖拉得很长，让一个"命"字差不多占了三个字的高度。"高祖受命"这么严肃的事，他居然写得如此"随意"。很多年后的宋代，苏东坡写《寒食帖》，把"但见乌衔纸"中"纸"（"帋"）字的一竖拉得很长很长，我想他说不定看到过《石门颂》的拓本。或许，是一纸《石门颂》拓片，怂恿了他的任性。

故宫博物院还收藏着大量的汉代简牍，这些简牍，就是一些书写在竹简、木简上的信札、日志、报表、账册、契据、经籍。与高大厚重的碑石铭文相比，它们更加亲切。这些汉代简牍（比如居延汉简、敦煌汉简），大多是由普通人写的，一些身份微末的小吏，用笔墨记录下他们的工作，他们的字不会出现在显赫的位置上，不会展览在众目睽睽之下，许多就是寻常的家书，它的读者只是远方的某一个人，甚至有许多家书，根本就无法抵达家人的手里。因此那些文字，更无拘束，没有表演性，更加随意、潇洒、灿烂，也更合乎"书法"的本意，即："书法"作为艺术，价值在于表达人的情感、精神（舞蹈、音乐、文学等艺术门类莫不如此），而不是一种真空式的"纯艺术"。

在草木葱茏的古代，竹与木几乎是最容易得到的材料。因而在纸张发明以前，简书也成为最流行的书写方式。汉简是写在竹简、木简上的文字。"把竹子剖开，一片一片的竹子用刀刮去上面的青皮，在火上烤一烤，烤出汗汁，用毛笔直接在上面书写。写错了，用刀削去上面薄薄一层，下面的竹简还是可以用。"（蒋勋：《汉字书法之美》）烤竹子时，里面的水分渗出，好像竹子在出汗，所以叫"汗青"。文天祥说"留取丹心照汗青"，就源于这一工序，用竹简（"汗青"）比喻史册。竹子原本是青色，烤干后青色消失，这道工序被称为"杀青"。

面对这些简册（所谓的"册"，其实就是对一条一条的"简"捆绑串联起来的样子的象形描述），我几乎可以感觉到毛笔在上面点画勾写时的流畅与轻快，没有碑书那样肃括宏深、力敌万钧的气势，却有着轻骑一般的灵动洒脱，让我骤然想起唐代卢纶的那句"欲将轻骑逐，大雪满弓刀"。当笔墨的流动受到竹木纹理的阻遏，便产生了一种滞涩感，更产生一种粗朴的美感。

其实简书也包含着一种"武功"——一种"轻功"，它不像飞檐那样沉重，具有一种庄严而凌厉的美，但它举重若轻，以轻敌重。它可以在荒野上疾行，也可以在飞檐上奔走。轻功在身，它是自由的行者，没有什么能够限制它的脚步。

那些站立在书法艺术巅峰上的人，正是在这一肥沃的书写土壤里产生的，是这一浩大的、无名的书写群体的代表人物。我们看得见的是他们，看不见的，是他们背后那个庞大到无边无际的书写群体。他们的书法老师，也是从前那些寂寂无名的书写者，所以清代金石学家、书法家杨守敬在《平碑记》里说，那些秦碑，那些汉简，"行笔真如野鹤闻鸣，飘飘欲仙，六朝疏秀一派皆从此出"。

如果说那些"无名者"在汉简牍、晋残纸上写下的字迹代表着一种民间书法，有如"民歌"的嘶吼，不加修饰，率性自然，带着生命中最真挚的热情、最真实的痛痒，那么，我在《故宫的书法风流》一书里面写到的李斯、王羲之、李白、颜真卿、蔡襄、欧阳修、苏东坡、黄庭坚、米芾、岳飞、辛弃疾、陆游、文天祥等人，则代表着知识群体对书法艺术的凝练与升华。唐朝画家张璪说"外师造化，中得心源"，我的理解是，所谓造化，不仅包括山水自然，也包括红尘人间，其实就是我们身处的整个世界，在经过心的熔铸之后，变成他们的艺术。书法是线条艺术，在书法者那里，线条不是线条，是世界，就像石涛在阐释自己的"一画论"时所说："此一画收尽鸿蒙之外，即亿万万笔墨，未有不始于此而终于此。"

他们许多是影响到一个时代的巨人，但他们首先不是以书法家的身份被记住的。在我看来，不以"专业"书法家自居的他们，写下的每一片纸页，都要比今天的"专业"书法家更值得我们欣赏和铭记。书法是附着在他们的生命中，内置于他们的精神世界里的。他们才是真正意义上的书法家，笔迹的圈圈点点，横横斜斜，牵动着他们生命的回转、情感的起伏。像张旭，肚子痛了，写下《肚痛帖》；像怀素，吃一条鱼，写下《食鱼帖》；像蔡襄，脚气犯了，不能行走，写下《脚气帖》；更不用说苏东坡，在一个凄风苦雨的寒食节，把他的委屈与愤懑、呐喊与彷徨全部写进了《寒食帖》；李白《上阳台帖》、米芾《盛制帖》、辛弃疾《去国帖》、范成大《中流一壶帖》、文天祥《上宏斋帖》，无不是他们内心世界最真切的表达。当然也有颜真卿《祭侄文稿》《裴将军诗》这样洪钟大吕式的震撼人心之作，但它们也无不是泣血椎心之作，书写者直率的性格、喷涌的激情和向死而生的气魄，透过笔端贯注到纸页上。他们信笔随心，所以他们的法书浑然天成，不见营谋算计。书法，就是一个人同自己说话，是世界上最美的独语。一个人心底的话，不能被听见，却能被看见，这就是书法的神奇之处。我们看到的，不应只是它表面的美，不只是它起伏顿挫的笔法，而是它们所透射出的精神与情感。

他们之所以成为今人眼中的"千古风流人物"，秘诀在于他们的法书既是从生命中来，不与生命相脱离，又不陷于生活的泥潭不能自拔。他们的法书，介于人神之间，闪烁着人性的光泽，又不失神性的光辉。一如古中国的绘画，永远以45度角俯瞰人间（以《清明上河图》为代表），离世俗很近，触手可及，又离天空很近，仿佛随时可以摆脱地心引力，飞天而去。所谓潇洒，意思是既是红尘中人，又是红尘外人。中国古代艺术家把"45度角哲学"贯彻始终，在我看来，这是艺术创造的最佳角度，也是中华艺术优越于西方艺术的原因所在。西方绘画要么像宗教画那样在天国漫游，要么彻底下降到人间，像文艺复兴以后的绘画那样以正常人的身高为视点平视。

我们有时会忽略他们的书法家身份，第一，是因为他们在其他领域的光芒太过耀眼（如李斯、李白、"唐宋八大家"、岳飞、辛弃疾、文天祥），遮蔽了他们在法书领域的光环。比如李白《上阳台帖》，卷后附宋徽宗用他著名的瘦金体写下的题跋："太白尝作行书，乘兴踏月，西入酒家，不觉人物两忘，身在世外，一帖，字画飘逸，豪气雄健，乃知白不特以诗鸣也。"根据宋徽宗的说法，李白的字，"字画飘逸，豪气雄健"，与他的诗歌一样，"身在世外"，随意中出天趣，气象不输任何一位书法大家。黄庭坚也说："今其行草殊不减古人"，只不过他诗名太盛，掩盖了他的书法知名度，所以宋徽宗见了这张帖，才发现了自己的无知，原来李白的名声，并不仅仅从诗歌中取得。第二，是因为许多人并不知道他们还有亲笔书写的墨迹留到今天，更无从感受他们遗留在那些纸页上的生命气息。从这个意义上说，我们应该感谢历代的收藏者，感谢今天的博物院、博物馆，让汉字书写的痕迹，没有被时间抹去。有了这些纸页，他们的文化价值才能被准确地复原，他们的精神世界才能完整地重现，我们的汉字世界才更能显示出它的瑰丽妖娆。

人们常说"见字如面"，见到这些字，写字者本人也就鲜活地站在我们面前。他们早已随风而逝，但这些存世的法书告诉我们，他们没有真的消逝。他们在飞扬的笔画里活着，在舒展的线条里活着。逝去的是朝代，而他们，须臾不曾离开。

原载 2021 年 3 月 12 日《光明日报》

林
岫

说说书画家的字学功

千秋读书人恪守"读万卷书，行万里路"是博览兼阅历的修行铁门限，这与禅修所言"学养是人生旅途远行必备的资粮"（赵朴初语），等无差别。没有"资粮"的腹内空空，步入人生旅途后，欲行万里路的诸多梦想如何实现？有志于深造，灵慧和勤奋之外，书画炼技，学养祛俗，识见正雅，缺一不可。这种艺苑常谈，今天的书画家未必入耳印心。

相较古贤论艺高论，还是清乾嘉年间大画家沈宗骞（1736-1820）《芥舟学画编》言"求格之高，其道有四"，说得精警实在。

"四道"无它，"一曰清心地，以消俗虑；二曰善读书，以明理镜；三曰却早誉，以几远到；四曰亲风雅，以正体裁"。据沈公自道，倘能"具此四者，格不求高而自高矣"。几，通"冀"；希冀，即期望。

若以传统"知行观"探讨当今书画家人才高格的陶铸之路，沈公的"四道"可以当作书画笔耕的《菜根谭》，也可以看作是在功夫技能要求之外，学知践行都比较精准到位的诠释。然而，言说易，知行难。况且信者未必践行，践行者又未必都能像《中庸》所要求的那样，"博学之，审问之，慎思之，明辨之，笃行之"，所以千秋文化史中喜好书画者多如牛毛，而陶铸大成者凤毛麟角。

当然，书画家践行沈公"四道"，还需要扩充眼界，恢廓胸襟，富养学识，否则，也只能一技自封，鼓捣小成而已。

首先，从字学功看，容易被今人忽略的一点，古今汉语言文字文学传播久远，论评的眼界皆不得以国门为限。

戊寅（1998年）夏六月，日本著名女书道家高田香坡在中国美术馆隆重举办个展。日本文部大臣町村信孝，日展常务理事成濑映山等为此展赐序，中日方参观者甚多，展况空前。高田香坡在20世纪50年代就是"日展"的入选书家，至北京展已经入选过25次"日展"，创作实力不让须眉。北京展近一半作品选写的是中日古代著名汉诗文，内容皆正平典雅，格清不俗。

展览非常成功，唯行书《龟鹤斋寿》大字作品引起现场中国参观者的议论，原因在高田香坡将"齐"字写作了"斋"。笔者闻之，当即向议论者作了解释，古汉语的"斋"通"齐"；又举《秦会稽刻石》开篇文字有"宣省习俗，黔首齐莊"（广泛考察民间风俗，黎民对始皇帝恭诚仰重），说"齐庄（齊莊）"即是"斋莊（恭诚仰重）"，议论者仍然犹疑不信。

古汉语的"斋"通"齐"，算不上汉语言文字学的难题。《易·系辞》有"聖人以此齊戒"；"齊戒"即"斋戒"。又《礼记·王制》的"天子齊戒受諫"，《释文》："齊，本作斋"。

"龟鹤齐寿"，庆寿吉语，中华自古有之；用倒语法解读，即"寿齐龟鹤"。历代诗书画家多以"寿等龟鹤""龟年鹤算""寿永龟鹤"等恭祈长寿。唐刘禹锡有"并进夔龙位，乃齐龟鹤年"，宋苏轼有"太公不吾欺，寿与龟鹤永"，王十朋有"阁中高隐岁华深，龟鹤精神老不侵"，明徐应秋有"寿等龟鹤"，清厉鹗《樊榭山房集·诗序》记，曾得一枚"古厌胜钱"，文曰"龜鹤齋壽"。中日韩三国传统绘画素有"松鹤、灵龟、芝桂"题材，以为"龟鹤在侧，如寿星之像"，皆奉信为兆吉。

此展之前，乙亥（1995 年）初夏，温州举行"鹿鸣杯"全国诗词大赛评选活动时，陕西师范大学古典文学教授霍松林先生曾以行草书"龟鹤精神不老松"于友人册页，明借宋人王十朋诗意，实以"龟鹤齐寿"和"不老松"勉励自己。

《龜鹤齋（齊）壽》大字作品引发的议论，很容易联想到日本明治时期汉诗诗人宫岛诚一郎（1838-1911）书赠给黄遵宪（中国驻日参赞）的那首七律。诗中"幸然文字结奇缘，衣钵偏宜际此传"，道出东亚邻国间因汉语言文字缔结的千秋文化情缘。在东亚文化圈中，不仅东瀛日本，韩国、越南等历代录著的诗书画等汉语言文史资料都非常丰富。所以，熟悉汉语言文字学等学人有机会看到日韩书画家书写的"齋明衷正"（见《国语·周语》）、"齋莊德洋"（见唐《南岳云峰和尚塔铭》）等，皆知"齋、齊"相通，应该不会意外。

高田香坡个展后 5 年，癸未（2003 年）秋，笔者应韩国国际书艺会赵守镐会长之邀，赴庆州参加"韩中书艺交流大会"，看到韩国书法家一件书写北宋苏轼诗《法惠寺横翠阁》的行书作品，颇有兴趣。此诗本东坡古风代表作，首二句"朝见吴山横，暮见吴山从……"，"横从"即言"横纵"。值得钦佩的是，连很多中国书画家都不大清楚的"从（從）、纵（縱）"相通，韩国书家竟然落笔无误。言谈中，他不但能将诗法分析得头头是道，还用窗外溪水东流（横向）和小树年年长高（纵向），形象化地解释了"横从（纵）"的关系。不论书艺水平，单就喜爱或选书汉诗而言，能从诗法和文字学上如此体味东坡诗，应非简单的抄录行为。借用南宋学者赵彦卫（曾辨识过"《十八学士图》

乃钦宗画赐张叔夜、李纲，误题为阎立本"，史称"言有根据，足资考核"）的话说，就是"仅此一字，便见所学"。

看来，汉语言文字的文化辐射已然是东亚文化圈文学艺术无法消释的历史印痕。当年宫岛诚一郎曾经以"相将玉帛通千里，可喜车书共一家"的诗句，坦陈过 1500 年间汉语言文化海外传播者共同心声，应该不是外交官场惯见的奉承言语。我们的文化自信，需要这样的眼界和胸襟。知史预来，高瞻远瞩，深信只有共同不渝的守望，方得东亚文化艺术的香火共盛，诗墨长存。

跟"斋齐"相似的近形通假，字例甚多，诸如"个箇個""直值""籍藉""胃谓""尉慰"等。

丙寅（1986 年）春，北京劳动人民文化宫举办"首届农民书法展·妇女书法展"后，郊区房山有位中年书家持落选作品请教柳倩先生。正好笔者携两位外地诗社的书画家前去拜访，柳老遂邀请我等一起评议。原作行书五尺条幅，书写杜诗《绝句》，"两个黄鹂鸣翠柳，一行白鹭上青天。窗含西岭千秋雪，門泊東吳萬里船"，笔墨不俗。落选原因，看工作人员在洒金纸作品背面下角的"记录"："'个'，简化字。'領'，错字"。

其次，书画家字学功的修行不能偏颇狭隘，既要了解古字通假的历史大致变化，也要横向把握一些汉语同类属古今字的变化发展规律。看"个"字是"箇、個"简化字的，都认为"繁简不宜同幅，'个'字应该写'個'"。此评断有误，误在不识同源古今字所致。遗憾的是，至今各级展览评选仍然以"个"为简化字，将"白鸟向人飞个个，好山当户立苍苍"（元卫仁近句），"逐字笺来学转难，逢人个个说曾颜"（宋林希逸句），"行行塞雁青天外，个个轻鸥白浪中"（元郏韶句）等列入"不规范书写类"。殊不知，"个"字自古有之。

"个"，作为量词，例如汉《史记·货殖列传》有"竹竿万个"，唐李白《秋浦歌》名句"白髪三千丈，緣愁似个長"。"个"，作为助词，后蜀韦縠《才调集》中唐王泠然《题河边枯柳》的"河畔時時聞落木，客中無个不沾裳"，"無个"即"没有一个"；又唐彦谦《春深独行马上有作》的"年来與問閒游者，若个傷春向路旁"，"若个"即"哪个"；明有"南董北米"之誉的书画家米万钟《勺园碧鲜寮秋怀》的"竹鮮月好陰个个，蕭碧寫窗夢初破"，王冕《墨梅》的"我家洗砚池头树，個個（个个）花开淡墨痕"，"个个（個個）"即枝叶合称。

"个"字确非当代始有，援引可证的古诗文例甚多，恕不一一。惯常以为"个"乃竹叶的形画（象形字），或是取舍"箇"的竹字头而来（篆文用"箇"，意取"竹一枚"），所以《说文·竹部》曰"箇，竹枚也；从竹，固声"。至于"個"字来历，可据北宋丁度等奉敕所撰的《集韵》，其中《箇韵》讲得非常清楚："箇，或作个，通作個"。现今确认"个"作为简化字，不单为牵系古今，在识读书写上也是图个方便而已。

书画过眼，容易强化记忆。印象中，首都图书馆收藏有清乾隆年间金石书画家钱大昕（号竹汀）一幅隶书七言联。联曰"月寫'个'文疏映竹；山行'之'字曲通花"，巧借"个、之"字形写画月光映竹又山路曲径通幽的视觉感受，奇语撰构，加之他那特色汉隶笔势，观后料也难忘。清康雍年间书画家方士庶（号环山）《夏山欲雨图》（临米元晖原名山水图轴，日本吉泽家族藏品）题诗七绝，"變滅煙雲不計層，虎兒絕調古今能。何人得解無聲句，三昧難傳个裏鐙"，"个"字亦未以"箇、個"出之。

"个"，在古汉语归属俚俗字，即使变脸写成"箇、個"，亦是文家慎用的通俗字。中唐杜甫诗属于正雅一类，然而熟悉杜诗者，都知道老杜并不忌用"个"字。诸如"两个黄鹂鸣翠柳","峡口惊猿闻一个","却绕井边添个个"等，俗字入诗，生趣别裁，真信大笔无碍。

乙亥（1995年）秋在韩国首尔参加"国际书艺学术研讨会"，闲时曾去书店购书，翻检一些古代朝鲜诗人编著的"汉诗精选"之类，见过李德懋（1741-1793）行书自撰《红蜻蜓戏影》的"牆紋細肖哥窰坼，篁葉紛披个字青"，又大约在此400年前的李穑（1328-1396）行书自撰《詠竹》的"此君真箇是虚中，冬笋淚斑隨意通"，金时习（1435-1493）楷书自撰《老梅》也有"數个冷花香暗淡，一條橫幹影培堆"等；彼等皆研习唐诗的汉学学者，"个、箇"并用，皆不以"个"字为别类。

言及"个"字，不妨顺便说说"窗含西岭千秋雪"的"岭（領、嶺）"字。丁亥（2007）夏在展览会上见过湖南某书家行书曾国藩七言联，"湖上三更邀月饮；天边万領挟舟行"，六尺大幅气势与联语内容恰得。请教"万領"，书家答曰"不知。是照一本楹联集萃抄写来的，校对过"。围观者闻之，顿发议论，猜测"万領"应是"万嶺"误笔，建议书者速去借展览馆笔墨添加"山"头。

此为诗联，实从曾国藩《岁暮杂感》七律诗中截来。二句因为时空经营法和反客为主法运化精彩，可以作为诗家讲法的例句。"三更、邀月"，写时间；"湖上、天边、万岭、舟行"，写空间。不说水中舟行，反言万岭挟舟而行，令客体为主体；跟唐钱起的"一叶兼萤度，孤云带雁来"，南宋陆游"铁马冰河入梦来"，清陈沆的"好山无数上船来"等，诗用"反客为主法"，皆有反手矫奇之妙。

诗联佳善，没有问题，但此联"天边万領挟舟行"的"領"字是误写吗？

山峻，曰"領"（形声兼会意字），后来加特征字符"山"，隶变后楷书写作"嶺"。简化汉字借用了"岭"字，从山，令声。东晋王羲之《兰亭序》的"崇山峻領"（即"崇山峻嶺"），汉《史记·商君列传》有"魏居領厄之西"（魏的位置在山岭险隘之西），又宋杨万里的"山領渠侬无一物，镂冰剪雪竹新篇"，元胡祇遹的"小臣愿献南山領，长从衣冠拜冕旒"等，"領"皆通"嶺"，"嶺"字后出，毋庸置疑。

至于脖项和衣衫之"領"何以加冠成了"嶺"字，明王世贞《弇州四部稿》评王羲之《兰亭序》的"領"字来路，说得清晰合理。"右军'崇山峻岭'与《张耳传》'南有五領之戍'同，盖古字也。（南朝梁）《真诰》中亦云'領'。注：山領。凡山有长脊，有路可越，如马之项領，故古俱作領字'"。此释解挈領形象，与陶宗仪《说郛·領字》的说法相同，都认为山脊瘦削为"領（嶺）"是借脖領衣領而来。明焦竑的《俗书刊误》，对"領、嶺"二字的关系分析也比较明确，曰"領，即山嶺之嶺。《汉书》有'梅領''隃領'是也。《兰亭帖》'崇山峻領'，《十七帖》'汶領'，犹用此字"，认同古本字"領"通"嶺"，推求溯源，解析都相当成功，但说"（唐）褚遂良加'山'作'嶺'；赘也（纯属多此一举）"，未免臆断当然。

至清乾间，金石经学家王澍《淳化秘阁法帖考证（卷七）》言《七十大庆（堂）帖》也有"'領'即'嶺'字。《禊帖》'崇山峻領'，正作'領'"的说法，形画生动，渊流有绪，再次印证了前人说法。

上举数例谈文字来历，辨析稍细，意在说明唯有探赜索隐，苦心淘漉过后，方得过目不忘。艺者喜好书画，固然期望成功，若文字文学二功肤浅，时出谬误，岂止风致不然，亦是才誉自贬。

今人读写，但逢疑惑字，多不深究来历，已经"学而不思则罔"，如果长期"思而不学则殆"（《论语·为政》语），最后概以《现代汉字简化方案》或眼前所学所见判断正误，难获学界认可，也难以为训。纵其它专业姑妄奈何，唯以文字书写为专业当行的书画家不得放任擅作。书画家敬畏文字，恭恪书写，既是专业责任，其思接千载，悉往知今，也是致敬前贤，尊敬历史，如果对民族文字的过往缺乏深知审慎和尊重，又将如何发轫当今，寄望未来？

原载《艺术市场》2020 年第 9 期

陆春祥

学 而

"学而"有 2570 多岁了，公元前 551 年 9 月 28 日，它和孔子一起诞生。

学而时习之，读书人终生的使命。

我问：学习并且时常温习，是一件快乐的事吗？

百分之一百零一的同学回答：复习考试，一点也不快乐。

夫子应该不会说错，否则，古今读书人一定不会将它当作使命的，使命是什么？使命就是责任，强烈的责任，使命就是需要耗尽你毕生的心血去完成的任务，没得讨价还价。

那我们理解一定有误。

时，偶尔；习，实践。将学到的东西，偶尔用到实践上，那不是一件快乐的事吗？嗯，这还差不多。屏幕上常见各种名人演说，听听蛮激动，飞机上挂水壶，高水平，细细一考究，原来，都是将学到的东西，贩卖一下而已，贩古贩今，贩东贩西，他们的本事在于，"学而时习之"。大把大把的银子进账，自然"不亦悦乎"啦。

巧言令色，鲜矣仁。

巧言令色的人，你身边找找，一下子会冒出不少。怎么脸型都有点相似呢？皮笑肉不笑，或者，挤出的笑容，堆在窄脸上，足有几斤重。

敲重点，鲜矣仁。缺少真诚的心意，这就击中了要害，一个缺乏诚意的人，你还能指望他什么，他只能讲讲你喜欢听的话，而这些话，大多如草原上跑动的浮云，一会儿遮东，一会儿盖西，就是不落下雨点。

曾参出场了。

这位小孔子四十六岁的曾学生，一张嘴，就说出了千古名言：三省吾身。

三省，也就是三问吧：为人做事有没有尽到心？和朋友交往有没有失信？老师教的东西有没有复习好？

是一日三次反省自己吗？肯定不止，必须每日多次，从早省到晚，周而复始，这样反省累吗？你说累吗？起先累，后来就不累了，再后来，不反省，就浑身难受。蒙族作家鲍尔吉·原野和我说，他每天晨起跑步，无论何时何地，无论寒暑风雨，我赞叹：哥，您真有毅力啊。他笑：不跑难受。

我去江西婺源江湾，那里有一座"三省堂"，老屋很大，房间很多，清中期的古建筑，如果不是这个堂号，这样的老房子，人们是不太会关注的。况且，这房子也不是曾参的后人建造，但人们来此，大多是为了曾参。我猜测，中国各地，以"三省堂"命名的房子，应该会有不少，它是优秀品格铸造必不可少的原材料。

曾子是如何炼成的呢？

说来话长长的，我慢慢讲。

《先进》篇的最后一节，子路，曾皙，冉有，公西华，在夫子面前各言其志。

最潇洒的曾皙，他的志向最著名：暮春三月，春服既成，冠者五六人，童子六七人，浴乎沂，风乎舞雩，咏而归。

曾皙显然比子路他们志高一筹，他将天时地利人和全融合在一起，自得其乐，随遇而安，夫子大赞，原因就是，曾皙的志向，是全方位的，儒家需要这种充满人间烟火味的情怀。

曾皙比孔老师只小了六岁，虽是洒脱之人，但性格上显然比较成熟。

这么个温文尔雅的人，教育他的孩子，却严厉得很。

某次，曾皙让儿子去瓜地锄草，儿子不知道怎么回事，一边锄草，一边还想着其他的事，也许，昨天晚上的功课还不熟练，他的心思还在课本上呢，锄着锄着，就将一棵瓜苗给锄掉了。这下不得了，曾皙随手拿起一根棍子，重重地打了儿子一棒，儿子当场昏死过去。

曾皙是恨铁不成钢，老子打儿子，天经地义。

儿子也不是那么好惹的。

儿子苏醒过来后，也不埋怨父亲，他平静地理了理散乱的发髻，走到瓜地边，从容地坐下来，"鼓瑟而歌"，父亲是弹瑟高手，儿子自然也会。也就是说，曾皙的儿子，在遭到父亲暴打后，依然平静弹瑟唱歌，像什么事也没有发生一样。

曾皙看着儿子的举动，一时竟不知道说什么好。

孔老师听说这件事后，评论道：父亲打儿子，轻轻的打，那就算了，如果重重的打，儿子一定要跑开，曾皙的儿子，被父亲暴打却依然受之，这是陷曾皙于不义呀，这不是孝顺的做法。

曾皙想来还比不过这个儿子呢。

该儿子还有更让人不解的举动：曾皙极喜欢吃羊枣，他儿子就忍着不吃。枣不好吃吗？肯定不是，一定是枣太好吃了，儿子觉得，老爹这么喜欢吃，咱做儿子的，就别和他抢着吃了，让他多吃点，多吃点。

有一天，风和日丽，曾皙家的织布机有规律地响着，门前却突然热闹起来，有人跑来告诉曾皙的妻子：哎呀，不得了了，你儿子在街上杀了人，因为和人吵架。曾妻头也不抬，依然两手紧握布梭，一下一下地织着。她相信，她的儿子，绝对不会杀人，绝对不会。

曾皙去世后，他的儿子，为父亲举行了简单的葬礼。儿子认为，父亲活着，好好待他，父亲死了，咏而归，薄葬就可以嘛。

这个儿子，就是曾参，"三省吾身"的道德模范。

父子都成为孔门的七十二贤弟子，极为难得。

曾参是有资格做子思老师的，虽然"参也鲁"（有点鲁钝，布衣以为只是表面而已），以前成绩不太好，但他勤奋刻苦，深得孔门真传，教教孔老师的孙子，绰绰有余。孟子有没有受过子思的教诲，无法准确考据，但孟子受教于子思的门生，一定可以成立。

孔孟，就这样相连起来了。

孔老师，还有比学习更重要的事情吗？

孔老师摸摸下巴，笑笑说：傻孩子，自然有了。

要孝顺父母，要尊敬兄长，行为要谨慎，不说谎话，关心别人，亲近有善行的人，这一些，都比读书重要！

孔老师讲完这几条，和蔼地看着问他的门生：这几条做好，行有余力，可以学文。读书学习，分分钟的容易，最重要的是做人。

嗯，《大学》开宗明义就讲了大学之道：在明明德，在亲民，在止于至善。国家的高级学校中，培养什么样的人才呢？能彰显人的品格，要亲近老百姓，人格一定要完善。

孔老师站在遥远的高岗上，面对着鳞次栉比的大学，那一群进进出出忙乱的各国大学生，那一群进进出出忙乱的各科教授，一面摇头，一面感喟，怎么就本末倒置了呢？唉，唉！

小屁孩子夏，卫国人，小孔子四十四岁。

不过，子夏和曾参一样，都很老练，就如以前我教书的班级，坐在前排的几位小个子同学，年龄小个子矮，但脑子却比大同学好使。

这一天的课堂上，子夏发出了成人般的感叹：

娶妻嘛，（小同学一张嘴，大同学齐齐地讪笑），假如噢，你们别笑，我没碰过女人，不代表我不知道女人。娶妻嘛一定要重品德，容貌是次要的，我妈以前这般漂亮，我爸说的，但现在不是黄脸婆了吗？女人的容颜就是一朵花，含苞时最亮，开了就要谢，我家的小院子里有许多花，我观察十多年了。侍奉父母，必须尽心尽力。（小同学讲这句时，大同学一脸的真诚），我每天上下学，但一点也不影响我侍奉父母，以后，我希望我的孩子也这样对我（大同学听到此，频频点头称是）。和朋友交往，绝对要真诚，讲信用，答应的事，必须信诺。

大同学闻此，开始闹哄哄的交头接耳起来。

陆布衣闻此，脑子里立即出现了尾生的形象。

男青年尾生，不知长相，不知年龄，庄子只提供了这么一点点信息。那尾生，看上了某年轻女子，他们相约，在村东头的桥下面约会吧，那里僻静，一棵千年大樟，将桥掩映得错错落落，桥下面，人迹罕至，那里绝对安全。

尾生其实早早就到了，站在桥柱下面，他在模拟与心爱的人相见的场景。等啊等，没等来女子，却等来了一场大暴雨，雨如注，不，简直如柱，不一会儿，水就涨起来了。河窄水急，洪水咆哮着上涨，尾生抱着桥柱，就是不离开，他想，他这会儿离开了，那姑娘来了怎么办呢？不是见不着他了吗？堂堂大丈夫，怎么可以没有信用呢，水涨到尾生的腰，涨到了尾生的胸，涨到了尾生的头，最后，漫过了他的顶，尾生"抱梁柱而死"。

尾生的死亡原因，法医专家诊断：为情而死！

你们说尾生傻吗？好多姑娘却说，一点也不傻，尾生是守信的典范。

现在哪里去找尾生呢？婚前信誓旦旦，婚后没过多久，就离开了那座桥，有男尾生，也有女尾生。别指望他（她）抱柱，他（她）们抱的是新人，抱的是新鲜，当然，还要抱财富。

子夏今天的演讲很过瘾，因为他看见孔老师站在门边不断地点着头呢。

孔老师一肚皮的为政思想，不，只能说理想，因为一直得不到实践，51岁好不容易开始做官，他的官也做得相当不错，鲁国大治，人民富裕，道不拾遗。但还是少了许多变通，短暂的为官生涯，不得不中止。从55岁起，他开始周游列国，这是好听的说法，难听的呢，他自己就认为，他是一条丧家狗，一条没有家的流浪狗。

他不是一个人丧家呢，他带着一大群学生呢。个中艰辛，甘苦自知。不过，他对学生们的讲课，却一直没有停止，课堂变大了，变宽了，东风西风都可以任意在教室出入。

小同学子禽，陈国人，小孔子四十岁。

子禽是个爱思考的同学，他一路随老师丧家，却见老师神情自若，无论到哪里，都是一副先知的模样，他就很奇怪。

有一天，他终于忍不住，抓住子贡同学的肩膀，使劲地摇了摇，发出了他的疑问：我们的孔老师，每到一个国家，一定会得到很多该国的各种资料，这是他自己找来的呢，还是别人主动给他的？

子禽这个问题，已经酝酿好久了，他看到孔老师，即便到一个非常陌生的国家，也会对这个国家了如指掌，他怎么会知道的呢？他难道真是神人吗？

子禽问完，喘了一大口气，即便没有答案，他也释放了。

子贡显然见多识广，他和蔼地看着这位小同学：老师为人温和，善良，恭敬，自制，谦逊，我以为，正是因为老师具有了这样的品质，他才会得到那些东西。而我们普通人，大多要靠问，才能得到这些知识。

嗯，嗯，子禽不断点头，他觉得子贡要比他懂太多了。

陆布衣听完子贡的回答，觉得还不满意：孔老师，应该是将各种品德、储备的知识、强大的理解力数者融合，才有了这些先知。

举一个例子。

孔老师五十岁才开始学《周易》，他颇为后悔，要是早点看到这本书，他不至于在黑夜里盲走许多路，就是说，他要聪明许多。

陆布衣一到知天命的年纪，迅速找来《周易》，乾、坤、震、巽、坎、离、艮、兑，这八个，简单，记一下就可以。两条线来了，一短，一长，然后，我开始背乾三连，坤六断，震仰盂，艮覆碗，离中虚，坎中满，兑上缺，巽下断。完了完了，数学本身就不好，背了多遍，被那两条长短不一的线，折腾得头晕脑胀。这还没有生成六十四卦呢，每卦再加上六爻，三百八十四爻，彻底放弃。本来，我还有个小理想，古稀之年时，穿个布褂，白胡子爷爷，给人算几卦，装装样子总是像的，因为我还有长长的人生经验呢。

算是小告诫吧，数学不好，你还是别碰《周易》了。

我以前做班主任，每晚每早，都要去班级督查，晚自习，早自习，背着手转来转去，偶尔会接受一下学生的提问，那时，我判断学生是不是好学，主要是看成绩，另外也看平时爱不爱提问。进了《论语》课堂，才发现自己的浅陋，孔老师早就有判断"好学"的标准了。

君子食无求饱，居无求安，敏于事而慎于言，就有道而正焉，可谓好学也已。

前两条，应该是为颜回量身打造的。一箪食，一瓢饮，在陋巷，人不堪其忧，回也不改其乐。颜回为什么不讲究吃，不讲究住？他心中只有一件事，读书，不断的读书，修身。凭颜回的本事，做个官应该没什么问题，但他不愿意，他对孔老师说：俺在城外有五十亩田，足够供应我要吃的稀饭；我在城内还有十亩田，足够生产我要穿的丝袜。摸清颜回的家底后，布衣感觉，颜回其实不是穷死的，他只是不讲究吃住而已。

《雍也》中，就有这样的对话：

有一天，鲁哀公问孔老师：您的学生中，谁最好学呀？

孔子老师回答：有一个叫颜回的最好学。他很有修养，从不把怒气发在不相干的人身上，也从不犯同样的过错。只是太遗憾了，他年岁不大，已经死了，现在已经没有这样的学生了，我也没有听说过有爱好学习的人了。

颜回死的时候只有四十一岁，孔老师大他三十岁。

孔子感叹完后的两年，自己也去世了。

继续说"好学"。

办事勤快，说话谨慎，这也是"好学"的要求。

子路办事勤快，但说话不谨慎，不算好学。

其实，在不同的场合，孔老师对"好学"的阐释还是有不一样的地方。

有一天，子贡问孔子：老师，卫国那个大夫，孔文子，他凭什么得到了"文"的谥号呢？孔老师答：孔文子敏而好学，不耻下问，所以得到这个谥号。

这里，孔老师的好学，又回到了聪明爱好学习的意义上来了。

还有一个前提，不耻下问。在古代，放下身段，并不是一件容易的事，贵族阶层，有着十分优裕的自我感，一般耻于和身份低于自己的人打交道，那些下人，怎么可能有"智"呢，他们只配被奴役。但孔老师认为，他们大大地错了，他们错过了获取智慧的途径。他看得很明白，人非圣贤，每个人都有值得学习的地方。

其实，孔老师自己就是好学的典范，他骄傲地宣称：即便如十户人家这样的小地方，一定有像我这样做事尽责又讲信用的人，但是，"不如丘之好学也"。

是的，如果不好学，三岁死爹，十七岁死娘，又没读过什么正规学堂的孔子，怎么会三十来岁就开始授徒呢？

人的一生，谁也不能准确预判，贫和富会在什么时候发生。不过，这不影响对贫富的理解，作为有文化的读书人，必须要有情怀，贫来了，如何处置，富来了，如何对付。这实在是个大问题，会影响人生的。

子贡以自己的亲身经历咨询孔老师：

老师，贫穷，但不谄媚；富有，但不骄傲。这样的态度如何呀？

孔老师答：应该是不错的态度。但是，贫穷而乐于行道，富有而崇尚礼义，显然要高于你刚才说的表现。

子贡似乎有点大悟的样子：老师，您给我们讲《诗经》的时候说到：如切如磋，如琢如磨，是不是说的同一相道理呀？

孔子笑了：端木赐呀，现在，我们可以来讨论《诗经》了！告诉你一件事，你已经可以自行发挥，并且领悟到了另外一件事。

孔老师回答子贡的标准，显然不是空穴来风，因为他的另一个好学生颜渊就是这样的良好践行者。那几句表扬颜渊的话，这里不再述了。

《诗经·淇澳》，出自卫风，全诗共三章，每章九句，借物起兴，以绿竹赞美君子的高风亮节，其中著名的"如"字比喻，除了子贡说的，还有：如金如锡，如圭如璧。这些喻体，和前面的一样，修整骨角与玉石，浇铸青铜器皿，需要不断切磋琢磨，精益求精，这些比喻告诉我们，君子之美，在于后天的修养，在于道德的磨砺。

孔老师的含义，其实还是明显的，乐道与好礼，和无谄无骄相比，显然境界更高，情怀更广。

不患人之不己知，患不知人也。

不担心别人不了解我，只担心我不了解别人。

别人不了解我，我已有的才学与品德，不但不会缺失，反而会更加促使我努力学习，别人不了解我，总是有原因，各种方面都还没有达到足以让别人了解我的高度，这不就有了差距了嘛。

我不了解别人，带来了许多问题。志同道合的朋友，太少了，因为不了解别人，一直找不到合适的伙伴，一起承担要做事情。

孔老师这一说，解了我多年的困惑。我的困惑在前一句，别人一直不了解我，连表面也不了解，我这一身的本事，我是明珠投暗呀。

后一句，说的是知人善任吗？嗯，应该是的，孔子如果做鲁国的组织部长，一定会选用更多的人才。

不己知，不知人，连起来看，互为前提，互为基础。不知人，两眼一抹黑，一个人走夜路到天明，还一定能到天明呢，极有可能在黑夜中死去；不已知，找个山水好的地方隐起来，孔老师偶见一路高歌的楚狂舆，立即下车，想与他交谈，狂舆招呼也不打，扭头就跑。

原载《北京文学》2021 年第 11 期

陆建德

私恩与公帑

——从一个"涌泉相报"的故事谈起

历史上一度流行的概念，随着文化转型和现代化进程的逐步深入，似已边缘化了，但是又不尽然，私人之间的"报恩"就是其中之一。

"报恩"往往指困顿或落难时受人恩惠者为施恩者的利益效力，如武松醉打蒋门神。在有的场合，"报恩"以不成比例的物质回报为基本特征，韩信早年曾受漂母一饭之恩，封为楚王后找到那位洗衣妇，"赐千金"。这一类"报恩"与"礼尚往来"和激励普通人向善的"感恩"是有所不同的，受恩者必须具备由卑贱而腾达的经历，始于清朝前期的吴六奇对查继佐"涌泉相报"的几种传说也属于此类。查继佐（1601-1676）号伊璜，浙江海宁人，明崇祯六年（1633）举人，工书画。据说他在杭州黄泥潭的真修庵遇到来自广东的乞丐吴六奇，判断他不是凡人，惠以酒饭，并出资让他购置衣履，回粤中老家。吴六奇（1607-1665）是广东丰顺人，字鉴伯，别字葛如，在刘禹轮民国年间编撰的《潮州府志》有传："幼读书，有雄略，慷慨尚气，家故饶以财，以博中落贫乏，为邮卒，历山川厄塞，皆心识之。落魄于浙，海宁查孝廉伊璜，见而奇之，资而归。"吴六奇回到广东后，清军人关，一路南下。他因当过"邮卒"，熟悉地理形势，协助清军平定粤东以及东南沿海一带，深受新政权的赏识，官至广东水陆师提督，死后叙功加官少师兼太子太保，谥顺恪。笔者无意查考吴六奇生平事迹的真伪，也不对他在易代之际的选择作价值判断，却想请读者关注他"涌泉相报"的故事如何在几种文本中呈现。

人民文学出版社的《清文选》（刘世南、刘松来选注，2006 年）收有王士禛的《吴顺恪六奇传》。文章的起首叙述了查继佐如何与"铁丐"吴六奇在杭州相遇：

海宁孝廉查伊璜继佐，崇祯中名士也。尝冬雪，偶步门外，见一丐避庑下，貌殊异，呼问曰："闻市中有铁丐者，汝是否？"曰："是。"曰："能饮乎？"曰："能。"引入发酤，坐而对饮。查已酩酊，而丐殊无酒容。衣以絮衣，不谢径去。明年，复遇之西湖放鹤亭下，露肘跣行。询其衣。曰："入夏不须此，已付酒家矣。"曰："曾读书识文字乎？"曰："不读书识字，何至为丐耶！"查奇其言，为具汤沐而衣履之。询其氏里，曰："吴姓，六奇名，东粤人。"问何以丐，曰："少好博，尽败其产，故流转江湖。自念叩门乞食，昔贤不免，仆何人，敢以为污？"查遽起捉其臂曰："吴生海内奇士，我以酒徒目之，失吴生矣！"留与痛饮一月，厚资遣之。

这些文字里也有些众人熟悉的套路。铁丐善饮，是狂士的标配之一；"露肘跣行"，更得先贤真传，根据常见于诗文的醉感美学，即使"千金裘"也"呼儿将出换美酒"，夏日里把一件过冬的棉袍典当给酒家，当然带几分神韵。

想不到吴六奇回乡不久就为清军立下勋业。他当上新朝大官，知恩图报，派手下一位牙将专程从广东赶到江南拜谒查继佐。这位军官一见到自己上司的恩主，就用拜寿的名目送上三千两银子，并邀请他南下将军的地盘。一路上查继佐像是钦差大臣，受到场面隆重的接待，过了梅岭，吴六奇之子在路边迎候，众多部下则全副武装开道。抵达惠州，"吴躬自出迎，导从杂沓，拟于侯王。至戟门，则蒲伏泥首。"吴六奇泥首谢罪，表示自己忘恩失义，然后他立即让查继佐见识到他不受制约的权力。晚间备有盛宴，除了美酒，还有歌舞乐团助兴，竟闹了个通宵。查继佐在粤居留整整一年，各种款待自不待言，还收到礼物无数（"装累巨万"），准备回浙江了，吴六奇再次动用各种可以想得出的资源，水陆师提督库房里的贮存应有尽有，而且还像古斯塔夫·克里姆特某作品里的金块，喷涌不息：

将归，复以三千金为寿，锦绮珠贝珊瑚犀象之属，不可訾计。查既归数年，值吴兴私史之狱，牵连及之。吴抗疏为之奏辩，获免于难。初，查在惠州幕府，一日游后圃，圃有英石一峰，高二丈许，深赏异之。再往，已失此石。问之，用以巨舰载至吴中矣。今石尚存查氏之家。

编选者在此文后作注："有关吴六奇与查继佐之间的传奇交往，吴骞《拜经楼诗话》曾引继佐语予以否认。是否属实，不得而知。"至于"吴兴私史之狱"，倒是真有其事，指发生在清顺治、康熙年间的庄廷鑨明史狱。清初大兴文字狱，私修明史惹祸，导致近百人重辟、凌迟或磔尸。查继佐在案中究竟是何种角色，并非本文的关注点。吴六奇报恩兴师动众，礼数尽到，甚至还在私史案发后不怕引来杀身之祸，上奏为涉案者抗辩，确实可以传为美谈了。查继佐从私史案中安全脱身，文章似已完毕，王士禛却补上一笔，将报恩的故事推向顶点，那就是关于英石一峰的细节。查继佐无非是在将军府署赞赏一番这峰英石，吴六奇就悄悄派巨舰把它运送到杭州，人力物力，也是所费不赀。

吴六奇功成名就后对恩人涌泉相报，成为好几位清初文人书写的对象，而且每位作者都会根据自己对美好生活的想象修饰装点这则故事。渔洋山人渲染吴六奇报恩之举，不必问那些银子和各色贵重礼物来自何处。建功立业了，自然有资财无数，霸占窃取都是理所当然，公帑也成了私房钱，可以任意调遣。公私不分是吴六奇报恩故事讲述者的共同特点。

王士禛这则笔记的写作时间，或在《聊斋志异》中的《大力将军》一文之后。《聊斋志异》的主要部分在康熙十八年（1679 年）已经基本完成，《大力将军》或在其中。书初成后，周围士人争相借阅，王士禛可能为其中之一。《大力将军》不像《聊斋》中多数作品，不涉及花妖狐媚。故事讲的是查继佐在一个僻远的寺院里见到殿前地上有一口古钟，奇重无比，却像是有人曾经将它掀开，留下了手印。他出于好奇，俯身窥探，发现里面竟有一个不小的竹筐，后来继续观察，见一位健壮的"乞儿"时常掀起古钟，往竹筐里存放食物。查继佐见这位乞丐力大无穷，食量也是五六倍于常人，就与他交谈，劝他入伍，并送五十两银子。十几年后，查继佐已经淡忘此事，受惠者却念念不忘。《大力将军》的框架与王士禛所讲故事非常相像，只是几个要素稍有出入，比如主角名字为吴六一，做将军的地方在福建而非广东，向查继佐转达邀请的是查的"犹子"（侄），等等。恩人到了福建，吴六一待之如君父，却不允告辞（"投辖下钥，锢闭之"），原来他是在清点聚敛的数万两银子以及"堂内外罗列几满"

的财物，包括众多姬婢仆佣，欲与查继佐平分。蒲松龄这一版本的特殊之处，是查继佐进了将军的"私廨"，得见"群姬列侍"的场面。将军在内室，也是威仪凛然，一声令下，"百声悚应"。这些女子和男仆都属于主人的动产，可以随意处置，他们真正的身份更像奴隶。在《大力将军》的末尾，蒲松龄以"异史氏"的语气评论道："厚施而不问其名，真侠烈古丈夫哉！而将军之报，其慷慨豪爽，尤千古所仅见。如此胸襟，自不应老于沟渎。以是知两贤之相遇，非偶然也。"查继佐施不望报，固然君子，但是吴六奇的高墙大院和"慷慨豪爽"，却会令今天稍有公共意识的读者生出许多疑问，首先个人荣达后回报昔日施恩者的举动就不能以"贤"字来概括。如果吴六一感动于查继佐热心帮助陌生"乞儿"的事迹，那么自己居于高位时就应该把这一善举的意义从个人恩惠的局限中解放出来，尽他所能救助贫苦无告者，哪怕是路人。然而《聊斋志异》的评点者一律从个人之间的施报来欣赏《大力将军》，这种夸张的报恩未被慈善的精神照亮，终究是无助于社会和共同体的。

金庸在《鹿鼎记》第一回就派祖上查继佐和吴六奇出场。他引了钮琇《觚賸》卷七《粤觚上·雪遘》起首描述查继佐风度的文字，接着根据晚清之后形成的政治正确立场把以往私人间报恩的故事变成民族反抗的英雄叙述。钮琇多年游宦，据《清史列传·文苑传》，他在广东高明县做知县时成《觚賸》一书。《雪遘》中的细节与《吴顺恪六奇传》基本雷同。在《鹿鼎记》中，吴六奇居广东省通省水陆提督之职后，也是铭记当年一饭一袍之惠，派军官领兵四名，赴杭州查家送两只朱漆烫金圆盒，一只礼盒装的是五十两黄金，另一盒是六瓶洋酒，酒瓶上缀有明珠翡翠。过了数月，吴六奇侄子又到他府上，请他去广东盘桓数月。查伊璜入住将军府，成为贵客，广东的巡抚不知他底细，以为是朝廷钦差大臣，送了厚礼，其他文武百官也纷纷送礼，数日之间，提督府中礼物有如山积。查伊璜在提督幕中住了六七个月，回到杭州，旧宅旁边冒出好大一片新屋，"原来吴六奇派人携了广东大小官员所送礼金，来到查家大兴土木，营建楼台。"

王士禛、蒲松龄和钮琇都出生于明末清初，他们所记载的吴六奇的事迹，至多不过发生在四五十年之前。相隔这么一段时期，要如实记述这个故事已非常困难。不过这是题外话。如果这类涌泉相报的故事依然有人津津乐道，或者是隐含的传统价值观已进入集体无意识并且支配着当今某些感激"知遇之恩"和"提携之恩"的腐败行为，那就要引起警觉了。

原载《读书》2021 年第 6 期

孙郁

青青草木　亦有人间旧绪

——由《古典植物园》说起

从前在博物馆系统工作，见到不少植物标本展，曾好奇那个缤纷的世界，但因专业的隔膜，却不能说出什么道理。后梳理鲁迅抄录的《南方草木状》《释虫小记》《岭表录异》《说郛》等古籍，曾叹他的博物学的感觉之好。那文本明快的一面，分明染有大自然的美意，让深隐在道德话语里的超然之趣飘来，很少被人关注的传统就那么复活了。花草进入文人视野，牵动的是人情，慢慢品味，有生动的东西出来。在大地的草木间觅出诗意，深知风物岁时之美，作家中有类似修养的，不多。今人汪曾祺，要算其中一个。

眼前这本《古典植物园——传统文化中的草木之美》，让我很惊喜。作者汤欢是研究古代戏曲出身的青年，竟写出如此丰饶、美味的书来，以文章学的眼光看，已是耐人寻味。汤欢沉浸于此，不只是趣味使然，还有学术的梦想，除一般自然名物的素描，本草之学的拾遗，也有自己独特行迹的体验。梅兰竹菊，河谷间的丛莽，本是五光十色的自然的馈赠，与我们的生命不无关系。由此去看历史与文化，自然有别样的景致。沿着这条路走下去，曾封闭的知识之门也就打开了。

古人袒露情思，不忘寄托风土之影，已成一个时隐时现的传统。大地上的各类植物，在古人眼里一直有特别的诗意。《诗经》《楚辞》已显露先人感知世界的特点。借自然风貌抒发内心之感，是审美里常见的事。但中国人之咏物、言志，逃逸现实的冲动也是有的。六朝人对于本草之学的认识已经成熟，我们看阮籍、嵇康、陶渊明的文字，出离俗言的漫游，精神已经回旋于广袤的天地了。《古诗源》所载咏物之诗，散出的是山林的真气。唐宋之人继承了六朝人的余绪，诗话间已有林间杂味。苏轼写诗作文，有"随物赋形"之说，他写山石、竹木、水草，"合于天造，厌于人意"，将审美推向了高妙之所。所以，这是古代审美的一条野径，那气味的鲜美，提升了诗文的品位。

汤欢是喜欢六朝之诗与苏轼之文的青年，在自然山水间，与万物对视间，觅得诸多清欢。趣味里没有道学的东西，于繁杂的世间说出内心感言。《古典植物园》是一个让人流连忘返的世界，作者在东西方杂学间，勾勒了无数古木、花草，一些鲜活学识带着彩色的梦，流溢在词语之间。打量不同植物，勤考据，重勾连，多感悟，每个题目的写法都力求变化，辞章含着温情，又不夸饰。看似是对各类植物的注疏，实则有诗学、民俗学、博物学的心得，文字处于学者笔记与作家随笔之间。汤欢有不错的学养，却不做学者调，自然谈吐里，京派学人的博雅与淡泊都有，心绪的广远也看得出来。在不同植物中寻出理路，又反观前人记述中的趣味，于类书中找到表述的参照，伶仃小草，原也有人间旧绪，趣和爱，就那么诗意地走来，汇入凝视的目光中。

花草世界围绕着人类，可尘俗扰扰之间，众生对其知之甚少。偶从其形态、功用看，知其是我们生活不可须臾离开的存在。饮食、药用、相思之喻和神灵之悟，在那古老的传说里足以让我们生叹。文明的交流史、地理气候的变迁，都能够在这个园地找到认知的线索。在大千世界面前，我们当学会谦卑，拒绝人类至上主义，才会与万物和谐相处。

古人许多著述，对于今人研究博物学都是难得的参考。《淮南子》《齐民要术》《楚荆岁时记》《尔雅注疏》《本草纲目》《清稗类钞》等所载内容，不可多得，也是民俗研究者喜爱的杂著，因为在儒学之外的天地，人的思想能够自如放飞，不必蹙眉瞪目，于山川、江湖间寻出超然之思。

汪曾祺曾感叹吴其濬《植物名实图考长编》对于自然现象的敏感，其植物图录里有许多科学的成分。这类研究与思考最为不易，需有科学理念和自然精神方可为之。何况又能以诗意笔触指点诸物，是流俗间的士大夫没有的本领。

为植物写图谱，一向有不同路径。汤欢似乎最喜欢闻一多的治学方法，于音韵训诂、神话传说和社会学考证诗经名物，能够发现被士大夫词语遮蔽的东西。在那些无语的世界，有滋养人类的东西在，而发现它，也需诗人的激情和学科的态度。我们素常喜欢以诗证诗，以文证文，不免走向论证的循环，汤欢则从物的角度出发，因物说文，以实涉虚，在花花草草世界，窥见人类历史的轨迹、审美意象的流脉，澄清了种种道德话语的迷雾。

早有人注意到，这种博物学式的审美，也是比较文学的话题之一。这一本书提示我想了许多未曾想过的问题，发现自己过去的盲点。我特意翻阅手中的藏书，古希腊戏剧里对于诸神的描摹，常伴随各种花草、树木。阿波罗之于桂树，雅典娜与棕榈叶，都有庄重感的飘动，欧里庇得斯的剧本写到了此。弥尔顿《失乐园》描述创世纪的场景，各种颜色的鸢尾、蔷薇、茉莉以及紫罗兰、风信子，被赋予了神意的光环，圣经里的箴言和神话中的隐语编织出辉煌的圣景，与作者的信念底色关系甚深。我年轻时读到穆旦所译普希金诗歌，见到高加索的孤独者与山林为伍的样子，觉得思想者的世界是在绿色间流溢的。这些与古中国的文学片段也有神似的地方。诗人是笼天地之气的人，生长在大地的枝枝叶叶也有心灵的朋友。那咏物叹人的句子，将我们引向了一个远离俗谛的地方。

五四运动后的新文学作家凡驻足谣俗与民风者，不过两条路径，一是目的在于研究，丰富对于自然的理解；二是作品里的点缀，乃审美的衣裳，别带寄托也是有的。周作人是前者的代表，汪曾祺乃后者的标志之一。独有鲁迅，介于二者之间，故气象更大，非一般文人可及。

汤欢是一个有心人，他学会了前人审视世界的方式，也整合了古代笔记传统，又能以自己的目光敲开通往自然的大门，且文思缭绕，给读者以知识之乐。玩赏的心境也是审美的心境，法布尔《爱好昆虫的孩子》，将在田地间观察花草的孩子看成有出息的一族，因为被好奇心所驱使，认知的空间是开阔的。由此看来，万物皆有灵，天底下好的文章，多是通灵者写就的。对比古今，过去如此，现在也是如此。

原载《人民日报海外版》2021 年 05 月 27 日 第 07 版

阿莹

读张问德之书

我走过古风荡漾的腾冲小城，几乎被碧绿莹莹的翡翠包裹了，似乎到处都是玉石的传说，也时常会在喧闹的街市看到充满幻想的老料，我想这不应该是这座古城的精神吧？

果然，在城里一面山坡下，我看到一个"国殇墓地"的门额。显然，这是为纪念那个烽火连天的时代兴建的。然而，走进这个被影视渲染得慷慨而夸张的故事，一组组震撼人心的雕塑，默默竖立在漫漫绿地之上，震慑得人不能自已了。

有一雕塑刻划了一位铮铮老者面对国难，怒目圆睁，绝食而终，令人感慨不已；有一雕塑表现了一位支前妇女，宁肯饿毙，不食军粮，令人心酸不已；有一雕塑反映的是远征军的小战士，宽大的衣裤，无邪的笑脸，令人忘怀不已；有一雕塑是中美两位将军气定神闲，运筹帷幄，指挥远征，令人敬佩不已；然而，我在一位面容刚毅的老者雕像前停住了脚步，这位老人身穿对襟长衫，右臂前展，气势凛然。旁边注释告诉我，这尊雕塑是一位县太爷的形象。我多少有点诧异：张问德，清末秀才，腾冲县长，面对劝降，果敢复函，表现了高尚的民族气节。必须坦言，我对老人家无有所闻，复函之说更是不得而知。

然而，我随后在"滇西抗战纪念馆"里，不但窥见了当年中国远征军鏖战的悲壮，还见到了张问德回复侵华日军田岛的信函。一名官吏能因几行文字流芳后世，背后一定存在感天动地的事迹。我不由地上前阅览，读着读着血液便沸腾了，浑身细胞像注入了澎湃的激情，不由地为中国有这样的县长而击掌称许。这些年江湖上提及仕人，时常会引起令人捧腹和唏嘘的感叹，而这个堪称伟大的形象却是令人久久感怀的。

那是一九四三年，张先生本已回归田园，又受命于腾冲县长时，日军已攻占了滇西的畹町等地，驻守此处的边区行政长官和腾冲县令竟闻风逃遁，一座秀美的边陲古城，未有抵抗便落入了敌寇之手，张先生可谓受命于危难之际矣。从此，先生携带一面国旗，组织腾冲人投入了抗战，曾经六渡怒江，八越高黎贡山，把抗日的县政府牢牢地扎在了敌后。这些卓有成效的工作，一定让敌人感到了难堪和威胁，也让日军发现了张问德强劲的号召力，于是侵略者虚伪地向先生发出了会谈之邀，字里行间似乎古韵习习，彬彬有礼，给狰狞的面目披上了文雅的面纱。其实，那是城下之约，笑里藏刀，且请朋友与我一起来阅读吧！

崇仁县长勋鉴

久钦教范，觌晤无缘，引领北望，倍增神驰。

启者：岛此次捧檄来腾，职司行政，深羡此地之民殷物阜，气象雍和，虽经事变，而士循民良，风俗淳厚之美德依然具在，诚西南之第一乐园，大足有为之乡也。唯以军事未靖，流亡未集，交通梗阻，生活高昂，彼此若不谋进展方法，坐视不为之，所固恐将来此间之不利，其在贵境如未见为幸福，徒重困双方人民，饥寒冻馁坐以待毙而已，有何益哉？职是之故，岛甚愿与台端择地相晤，作一度长日聚谈，共同解决双方民生之困难问题，台端其有意乎？如不我遐弃，而表示同情，则岛兹先拟出会晤办法数事，证求台端同意解决：

一、会晤地点定在小西乡董官村之董氏家宗祠；

二、谈话范围绝不许有一语涉及双方之军事问题；

三、为保证第二项之确实起见，双方可用监事员一人在场监视谈话。

右列三事，如台端具有同情予以同意时，请先期示复。会集日期，可由台端决定示知，以便岛先时候驾。

至台端到达此本境以后，生命名誉之安全，由岛负完全责任。最妥请不带兵卫，不携带武器为好。如万一必须带武装兵士侍卫时，亦无有不可，则兵数若干？枪械子弹若干？请预先示知，以免发生误会。总之，兹事双方系诚恳信义为前提，请不须少有疑虑。岛生平为人，百无一长，唯不欺不诈、推诚接物八字，则常用以自励。凡事只要出岛之中心乐从而诸口者，虽刀锯在后，鼎镬在前，亦不敢有一字之改移。苍苍在上，言出至诚，台端其有意乎？临颖神驰，不胜依依，伫盼回玉。

大日本腾越行政班本部长上

昭和十八年八月三十一日具

似想，拆开这样一封貌似亲善的邀约，张先生可以当众烧毁，也可以置之不理，一样可以表现民族气节，但老人家面对"苍苍在上，言出至诚"之诡异，面对落款露出的"大"獠牙，一定踌躇了几日，感觉若不予以驳斥，不仅仅会让敌人耻笑，更会让世人怀疑抗战之决心；若不戳穿侵略者谦谦的伪善，也会让自己如芒在背，纠结终生的。于是，张问德正襟危坐，铺纸研墨，提笔写下了义正言辞的《答田岛书》，既使今日捧读这八十多年前的信札，依然感到酣畅淋漓，依然会被先生的浩然风骨所感动，这里且请朋友一起欣赏吧！

田岛阁下：

来书以腾冲人民痛苦为言，欲借会晤长谈而谋解除。苟我中国犹未遭受侵凌，且与日本能保持正常国交关系时，则余必将予以同情之考虑。然事态之演变，已使余将可予以同情考虑之基础扫除无余。诚如阁下来书所言，腾冲士循民良，风俗淳厚，实西南第一乐园，大足有为之乡。然自事态演变以来，腾冲人民死于枪刺之下、暴尸露骨于荒野者已逾二千人，房屋毁于兵火者已逾五万幢，骡马遗失达五千匹，谷物损失达百万石，财产被劫掠者近五十亿。遂使人民父失其子，妻失其夫，居则无以蔽风雨，行则无以图谋生活，啼饥号寒，坐以待毙；甚至为阁下及其同僚之所奴役，横被鞭笞；或已送往密支那将充当炮灰。而尤使余不忍言者，则为妇女遭受污辱之一事。凡此均属腾冲人民之痛苦。余愿坦直向阁下说明：此种痛苦均系阁下及其同僚所赐予，此种赐予，均属罪行。由于人民之尊严生命，余仅能对此种罪行予以谴责，而于遭受痛苦之人民更寄予衷心之同情。

阁下既欲解除腾冲人民之痛苦，余虽不知阁下解除之计划究将何如，然以余为中国之一公民，且为腾冲地方政府之一官吏，由于余之责任与良心，对于阁下所提出之任何计划，均无考虑之必要与可能。然余愿使阁下解除腾冲人民痛苦之善意能以伸张，则余所能供献于阁下者，仅有请阁下及其同僚全部返回东京。使腾冲人民永离枪刺胁迫生活之痛苦，而自漂泊之地返回故乡，于断井颓垣之上重建其乐园。则于他日我中国也不复遭受侵凌时，此事变已获有公道之结束时，且与日本已恢复正常国交关系时，余愿飞往东京，一如阁下所要求于今日者，余不谈任何军事问题，亦不携带有武器之兵卫，以与阁下及其同僚相会晤，以致谢腾冲人民痛苦之解除；且必将前往靖国神社，为在腾冲战死之近万日本官兵祈求冥福，并愿在上者苍苍赦其罪行。苟腾冲依然为阁下及其同僚所盘踞，所有罪行依然继续发生，余仅能竭其精力，以尽其责任。他日阁下对腾冲将不复有循良淳厚之感。由于道德及正义之压力，将使阁下及其同僚终有一日屈服于余及我腾冲人民之前，故余谢绝阁下所要求之择地会晤以作长谈，而将从事于人类之尊严生命更为有益之事。痛苦之腾冲人民将深切明彼等应如何动作，以解除其自身所遭受之痛苦。故余关切于阁下及其同僚即将到来之悲惨末日命运，特敢要求阁下做缜密之长思。

大中华民国云南省腾冲县县长张问德

大中华民国三十二年九月十二日

是的，这已不是张问德答田岛之书了，而是中国人民告日寇之书，回函义正辞严，历数日军攻入腾冲后的种种劣迹，"父失其子，妻失其夫，居则无以蔽风雨，行则无以谋生活"，一桩桩事实揭露了侵略者的罪行，也一层层撕开了敌寇之伪善。接着，先生笔锋一转，毅然提出唯有日军返回东京，才可与其进行会谈，否则敌寇必将"等待即将到来之悲惨的末日命运"，这无异于豪壮的泣血誓言啊！我注意到，回函落款是"大中华民国三十二年九月十二日"，此处一个"大"字，应对来函之"大"字，当使先生的豪迈和必胜信念跃然纸上，读到此处不禁仰天长啸：先生者，中华脊梁也！

我想，任何一个正直的中国人，都会被文中充盈的凛然正气所感染。华夏民族所以生生不息，是不断有大写之人每遇国难，无所畏惧，中流砥柱。此篇浩气长存的旷世大作，当可洗涤人之内心，净化人之灵魂，我们不是常要探讨教科书的编选吗？我以为这篇《答田岛书》，却是比多少美文都要生动和深刻，因为文中洋溢的风骨，是中华民族的优秀基因，应该永远活跃在民族的血液里的！

原载《美文》2021 年第 2 期

习习

关于散文：阅读、发现和表达

1

此文有感于我给《广州文艺》杂志主持的"散文实力榜"栏目，该栏目从 2016 年 11 期开设至今，很受国内散文家和评论家关注。

2019 年和 2020 年，我有幸主持这个栏目，阅读了活跃于当下国内散文界的不少散文家的作品。两年间，栏目依次推出了阿舍、杨献平、南子、耿立、甫跃辉、闫文盛、人邻、李万华、杜怀超、庞余亮、盛文强、安然、陈元武、蒋蓝、海男、陈小虎、李达伟、王新华、陆春祥、宋长征、许实、汪漫、储劲松、刘梅花的 48 篇散文作品。加上之前和正在进行的这个栏目，散文家阵容几乎覆盖了全国南北东西各地。

一本杂志的好栏目，持续推进，势必带来源远流长的效果。而文学的特异性，决定了此类栏目集束又开放的张力，这一效果还源于杂志的视野和努力挖掘。之外，像《广州文艺》"散文实力榜"这样的栏目，所构成的散文实力阵容，也给散文创作者和批评者提供了较大体量的整合素材。于我个人言，主持这个栏目，几乎每读一位作家的作品，都被点点滴滴触动，通过深入阅读和书写"主持人语"，也更理清和确实了我对散文的一些想法。

主持和表达一个文学栏目，主持者势必流转于三种身份：读者、批评者、写作者。当我跳出先前单纯的散文书写者身份，先要完成的是阅读和批评。作为一个编辑工作者，阅读散文来稿，有时是艰难和煎熬的，遴选之痛犹如清水出芙蓉的前奏，这也反映了目下散文之庞大的虚肿。而阅读散文的迷人之处，是融通于作者的表达欲求，与其一起呼吸。相较于其他文体，这种阅读感觉犹然。

"读汪漫两篇散文，感受很多，且说说文章的节奏和气息。都是很微妙的东西。比如《川沙：水木作》，文字行进得像前涌的浪，有厚度的浪，层层铺排相衔中，慷慨沉郁之情渐次迸发……不急不慢、稳当扎实的推进里时而夹杂着有力的顿挫和徘徊，这些都显示着汪漫操持文字'作头'般的精工和娴熟，但事实上，对真正的'作头'而言，如文中的'杨斯盛'，技艺对其已是等而下之，覆盖技艺的是沉淀自身体内部的挚诚和深情。可以感受得到，生发自内心的节奏和气息潜伏于文字，又似乎掌控着文字。"是的，阅读这样的散文，仿佛能感受到远道而来的微风如何条分缕析地让树林颤动。

而批评是要剥离和跳出，进行分析、解码、诠释等诸种。批评者意图给作品的特色和浮动的意义尽可能给予确定。好的作品让批评者像发现音乐复调般那样看到环绕于文本之上的多重意义，甚而发现作者本人未曾预料到的潜藏于内部的东西。在《所有日子的璎珞》这篇散文中，"庞余亮钻探时间，将那些有硬核的东西连缀，又在其间不断闪现命运之玲珑、柔软、纤弱，使文章的况味更为繁茂，在此之上，作为形式的行文的技巧似乎仅隐现为一条貌似可有可无又环环相衔的线，让文字像河床里的河在流淌。"这是在跳出文字后，再环顾和回望时所看到的，也是阅读者作为一个批评者身份后深味到的，这是批评的迷人之处。

阅读、探勘，再到最后一个过程：写作。将看到的感受到的和隐约闪现的东西捕捉过来表达出来。相较于繁冗的批评文字，精简的"主持人语"，似乎可以尽可能地剔除赘肉，展现筋骨。

在我看来，读者、批评者、写作者，这三个身份最尊贵的结合和呈现是：让文学回归文学，不迷信权威，不甜言蜜语，所表达的，只和内心及真切有关。

2

散文，这个庞大的家伙，批评者想洞穿它，谈何容易？庖丁解牛，"动刀甚微，謋然已解，如土委地"。刀子不只懂技艺，它掌控思想，才能游刃有余。它不单知道哪里畅行无阻，更知道哪里终究逾越不过。散文有先天的沟壑，每一篇看似完美的散文都有不足，当然，这一定是有能力进入文本肌理感受到行文之微妙后才能窥见得到的。我不专事散文批评，但从某个角度看，有个道理颠扑不破，那就是，庖丁的本事一定来自他数千次解牛。

如上所述，阅读成熟的散文作品，会产生神异之感，仿佛无形地滑入某个磁场，在这个场域中，文中的关节、弯曲、顿挫这样的微细之处皆能触摸得到感受得到，甚而一些极尽节制的语词，有时也动人心魄。我时常在想，为何会有这样一种感受？阅读者，或者说带些批评意向的阅读者和文本到底怎样产生着微妙的关系？或者说这样的阅读会不会让我们更可能地深入到文本内部？就如阅读"甫跃辉的两篇散文，仿佛能看到他俯下身去，细密注视每一样事物的姿态。这种注视纯粹、朴实、深怀情感又不事张扬。少有凌空的评判和议论，一切都那么流畅，像一小片一小片阳光，亲密而又自然地洒在往昔里。我能看到一个人精神里滋长的很多根须——它们发芽的地方。"

"对于篇幅较大的散文，我喜欢靠文本自身的分量'泥沙俱下'，而倦烦于那种精磨细炼的长篇累牍。大的体量要做到一以贯之、一路不散泻，在'大'中聚合精气，这些需要全盘操控能力。若在表达中过于在意细小的精美，常常会将文本拉得稀薄，甚而模糊了路线。"

"散文实力榜"要求主持语精短，但我很愿意不失时机地表达一些我对散文的理解，诸如下面要说的。

3

我一直觉得，散文是要有散文气质的作家来书写。散文气质是怎样的？

一是诚挚，二是自由烂漫，三是文本中随处隐现"自我"。等等。

在我看来，诚挚是基本的文学能力，更是散文创作特别需要的能力。诚挚是对表达的虔敬、对外部世界的虔敬、对自己的虔敬。诚挚之心消殒，文字就渐离了真正的书写和书写者。里尔克在他的长篇《布里格手记》中讲到一位法国诗人，他在临死前听到一位护理他的人说错了一个单词字母，他立即予以纠正，从而把死亡延宕了一瞬间。这是作家的诚挚。

书写者的精神和文本的精神浑然一体，生成动人之力、发人深省之力。如果根基茁壮，已然呈现的文本，依旧可以在纸页上生长、在不同的读者那里产生多层次多角度的可理解性。好的作品可供读者在其间探索。

因为主持《广州文艺》"散文实力榜",通过比较集中的阅读和观察,我觉得,相较偏于感性的历史悠久的传统散文,散文还该有更加自觉的理性冲宕,这也是一种更加向内更加纯粹的诚挚。感性的东西有时会习焉不察地进入表演,而到了"理",就不易作假。

之外,散文最具水的气质,硬可穿石,软若丝帛拂面,它随物赋形,不放任漫漶,却可烂漫恣肆。美好的散文,自由的气息渗透于表达。若《庄子》"吹呴呼吸,吐故纳新"般的自由。自由包括形式和内容两方面。纵横开阖,极目四野,游刃而自在,深浅而随性,是我觉得散文可以抵达的一种迷人之境。比如陆春祥的"《花城四记》,看似随意,但断不随散,他将与所到之处勾连起的中外古今和萌生的感官情思全部折叠于广州的辛亥末庚子初,内外呼应、自由自在地向细微处蛰入,呈现的内容饱满新鲜。《庚子食单》最有古典雅士气,文质兼具。正嘈嘈切切活色生香地陈述着,密不透风间,忽地杀出一刹的恣意和畅快来。"我想,自由关乎作者的精神底子,也源于作者的智识和经验。

之三,散文气质断不能少了这一样:"我"——那个作为表达者的他者,"我"在文中随处隐现,"我"用"我"的手法掌控文字,自在闪现或抽身,在"我"在与不在之间,促成散文独特的风格和气质。我主持过的"散文实力榜"的24位散文家,各自气味独然,现在想来犹历历在目。

"许实的散文《黑水白水》,文字仿佛被河流裹挟,奔流而下。在祁连山、戈壁大漠,两条河流带着各自的宿命,与人类缠绕出漫长的历史印迹。在这种鸟瞰般的叙述中,黑水白水几乎没了水的柔软,它们粗粝地跌宕冲撞,文字几乎也以奔流的速度流淌,迅速、密集、目不暇接。"

"无疑，阅读阿舍的文字，无法在其间轻松游弋，需要停顿琢磨，需要在那些类似树瘿的文句里踟蹰，这是阿舍散文常有的特质所致，这种特别的智性在当下散文中显现出独特的可贵。"

"当下，缺乏清晰的个体面目的乡土散文铺天盖地，而作者们又仿佛归乡心切，在这种散文境况下，我觉得耿立的《乡村布鲁斯》提供了一种值得琢磨的范式。他借由家乡的'瞎腔'返回故乡。我们看到，瞎腔——这种命运一样扎根于家乡土壤中的'方言'里栖息着故乡。"

"作家的文学面貌断然不会因一次被相中的题材而模糊，在蒋蓝的《摩托叙事》中，依然有他随处信手一笔的迂回、左右相迎文采斐然的旁证。就算改头换面，我依旧能看出，他就是蒋蓝，这就是蒋蓝的文字。他的《好一条哲学狗》中西、文史、思辨相融一体。有智识，有骨头，有个人的确定。我再次确信文学畛域中有一个叫蒋蓝的人的独特的存在。"

"杨献平《中年的乡愁》和《兰若寺：梦境的忧伤》，在表述上正好构成反差和互补。一个贴地，一个凌空。一个呈现大地的沉实，一个凝聚露珠映射的诗意。它们被一个相同的主线串接：时间。一个着意于时间的作家，文字里总会浸染焦虑、忧伤、甚至绝望。"

当然，作为一个从事近二十年编辑工作的编辑，对于主持杂志，我一直告诫自己，断不能过于将自己主观的喜好强加于杂志和别人，比如对于散文，我不喜精于雕琢，不喜沉湎于黯然神伤，不喜嘹亮得一览无余，不喜胆汁血气匮乏，不喜小里小气的斯文，不喜熟烂至于油滑……

原载 2021 年 4 月 26 日《文学报》

鲁枢元

当代医学史的镜鉴

纪实文学作品集《协和大院》是一部写医院、医生、医学、医学教育、医患关系的书。且不说当下蔓延全球的新冠肺炎疫情中唱主角的除了诡异的病毒就是悲壮的医生，就以平常年头论，没有哪一个人一辈子没进过医院、没看过医生、没有吃过药打过针的。所以我说，要想了解当代医院、医生、医学的往世今生，最便捷的就是读读韩小蕙的这本书，走进这个"协和大院"看一看。

书中写到的协和医院，从清代末年创建已历经百三十年的岁月，试想，即使是一位百岁老人，历经皇朝、民国、共和国，一生之中该有多少故事？就是一棵百年老树，历经春夏秋冬、风雨雷电，活到如今又当是何种气象！何况是这样一座横立于阴阳两界、游走于生死之间、闻名中外、活人万千的著名现代医疗机构？

更引人入胜的，作者呈现的还不是"医院"，而是"大院"，是医院的后院，相当于舞台的后台，即作为医院主体的医学界的名医或"大神"们的日常家居、平生情愫、喜怒哀乐、命运遭际。

更生动鲜活的是，作者韩小蕙本人就是"协和大院人"，生于斯，长于斯，长年与这些大神们左右为邻、悲欢与共。书中写的既是这个大院里的历史沧桑，也是她记忆中的天光云影。

书中写到协和医院的"两位华人第一长""三位大医女神""四位世家子弟""五位寒门大医""大院里的三十朵金花"，甚至还写到大院里的芳草佳木、鸟兽虫鱼，这些都是要读者自己走进去一一察访、细细观看的。我这里只想谈谈自己读后的感受与思考，其实是一些我自己面对现实纠结不解的问题，心情并不轻松。

首先是医生与病人的关系，现在统称医患关系了。始建协和大院的人无论如何没有想到医生与病人间竟演变出如此凶险的关系。

《健康时报》刚刚发布的一则新闻：6月23日上午郑州大学第一附属医院发生"暴力伤医"事件，两名医护人员受伤，行凶的病人下手凶狠，在医生的面部、颈部、手臂连砍12刀！稍前，从5月25日到5月28日，在"两会"召开期间，首都北京竟然接连发生两起"暴力伤医"事件。殴打医生者，一位是男性青年，一位是竟是年轻女性。据国内医疗法律界专业团队统计，2017年全国医疗损害责任纠纷案件竟达7683件。其中现代化水准较高的省份江苏、山东、湖北、河南发案率位列前茅，均在千件以上。

在韩小蕙的笔下，五十年前当小蕙还是小小蕙的时候，人们对医生有着普遍的尊敬与崇拜，大院里那些优秀的医护人员是真正的"高大上"，在她的心目中皆非"凡人"，而是万人敬仰的"大神"。书中记载，50年代初，贵为总理夫人、元帅配偶前来协和看门诊，对待医护人员也无不礼仪有加。在中国民间，医生并不像西方那样被唤作doctor，仅仅视为博学之士或人体修理师，而是统称"先生"与"大夫"。相对于"庶民""大夫"是高阶；相对于"后生""先生"是长辈。在我的老家，市井中有一位田姓年轻医生，一条腿还有些残疾，我家年迈的老祖母见面也总是恭恭敬敬地称他"小田先生"。

曾几何时，医生与病人之间的关系竟变得如此恶劣，医生竟成了一种"高危"职业！至于如何改善，有人好心提出医院要设立警务室，加强"安检"，必要时医生身边要有警员"陪诊"。有人提出加强立法维稳，加重惩罚力度，"袭医"与"袭警"同罪，敢打闹的抓起来，敢杀医生的就杀了他！

当前似乎也正在这样做。据媒体报道，今年上半年的三个月内，在北京市以及江苏靖江、山东莱芜、甘肃兰州共有3名杀医者被处决，1名被判死刑！据说，伤医、杀医事件已经开始有所收敛。如此医院维稳，不知能够维持到几时？医学界发声：在告慰亡灵的同时，我们却有难言的哀伤！

但也还可以听到这样轻描淡写的发声：伤医杀医者毕竟是少数人，不代表主流。天哪，真不知道还要杀多少人才能让他们动心，真不知道这些人居心何在！

其次，是医术与医德的关系。"悬壶济世"、"妙手回春"这些美好的成语，不但蕴含着对于医生高超医术的赞美，同时也饱含着对于医生们职业道德的颂扬。在《协和大院》这本书中，我们看到那些作为某一领域开拓者、某一学科奠基人、某一处室创建者的医护界"大神"，不但医术卓绝，同时又都宅心仁厚、情怀高远。他（她）们敬畏生命、珍惜万物，不计私利，慷慨奉献。

妇科肿瘤专家潘凌亚大夫，一生秉承"老协和"的施爱传统，"像父母爱孩子、老师爱学生般的从心里'爱病人'"，"特别是对来自农村边远地区的弱势病人，更是格外和善，细致周到"。她领导的科室曾收到患者26封表扬信、89面锦旗。名门出身、中国儿科医学界先驱周华康大夫一生廉洁自守，不但时常接济一时困难的同事，还"常常悄悄地往贫困病儿家长兜里塞些钱"。90岁的劳远琇大夫、90多岁的郭玉璞大夫耄耋之年仍不忘救济天下苍生，坚持外出门诊。吴阶平大夫贵为院士仍然坚持每周一天到医院参加查房。

协和医院的前身是教会医院，早先的医生护士是一手拿着手术刀或听诊器，一手高举着《圣经》的；《圣经》可以扔掉，换做《论语》《道德经》也一样有效。甚或，《圣经》《道德经》都可以丢下，但精神与道德的旗帜终归不能不要。我当然知道医疗队伍中多数人员是好的，但像莆田系那些黑心烂肺的"恶医"也不在少数，而且总能够轻易得逞。从整体状况看，近年来医疗技术在飞快提升，医疗道德同时在急剧滑坡。正如某位哲人所说："我们的灾难在于物质与精神、技术与道德之间的平衡被破坏了"，"在不可缺少强有力的精神文化的地方，我们则荒废了它。"

《协和大院》第80页记述了这样一则历史往事：1928年6月，冯玉祥送给北京协和医院一块匾额，上面有冯将军亲笔题写的大字"在国家种族之上是人道"。言外之意，"医道"本就应该属于"人道"，应该是至高无上的。一位常常自谓粗人的"丘八"，尚且有此襟怀！这里多说几句：当年冯玉祥主政河南，在我的家乡、当时的省府开封曾留下不错的口碑。据开封地方志书记载，冯玉祥曾经向我们同院的以擅写魏碑著称的前清举人周贯一太爷请教过书法，我猜想他的这块匾额也该是方方正正魏碑体的。

在市场化大潮的裹挟下，医药界的诸多实力人士，一只手里拿的是手术刀，另一只手里拿的是算盘，最不应该市场化的医界滑落为商界，这或许才是问题的根源！医生原本是救人性命的人，这样的人在底层民众眼里就是云彩眼里的"活神仙"；如今医院成了商铺，病人变身为买家。在商言商，在商界顾客是"上帝"，于是病人也就无形中成了上帝，或自以为成了上帝。遇上一些不好伺候且道德低劣的"上帝"，医护人员就注定要"倒血霉"了！

如何改变这种恶性循环，道理其实再浅显不过，难的是下决心从根本上实施变革。

第三，是关于归来与出走的关系。《协和大院》写到的医院里一批早期领导与骨干，清一色的都是"海归"，他们是"精英"，同时又是真诚的"爱国主义者"。

协和第一位华人院长李宗恩，青年时代就读于格拉斯哥大学医学院，于伦敦大学卫生与热带病学院获得学位，归国后任协和医院院长。胡正详病理学家，毕业于美国哈佛医学院，协和副院长。李克鸿，毕业于芝加哥大学医学院，协和医院副院长。聂毓禅，毕业于美国哥伦比亚大学，被誉为中国"护理之母"，协和副院长。以上四位被称作协和医院的四根台柱子。其他由海外学成归来的"大腕"不胜枚举，如中国"核医学之父"王世贞在新中国刚刚成立之际拒绝了美国方面的极力挽留，回归祖国效力，临行变卖了全部家产采购了300多件医疗用品与海外新药捐献给祖国。流行病学家王善源教授曾留学法国、英国、荷兰，精通英、法、德、意、日等八国文字，1956年当新中国最需要人才的时候，他毅然从待遇优渥的欧洲返回祖国，不但带回一位荷兰籍的夫人，还带回40箱珍贵的医学资料与精密医疗器械。

遗憾的是在后来连续不断的政治运动中，他们的海外经历都成了历史污点，许多人一再受到严酷整治。李宗恩、聂毓禅、李克鸿在1957年均被打成右派解除职务下放到边远地区劳动改造；胡正详在1966年那个炎热的夏天被抄家、毒打，他不堪受此侮辱与虐待，最后自己用刀片割断腹股沟大动脉血尽而亡，不久夫人也随之而去。协和的"四根台柱子"终归无一幸存。

与老一代毅然回归成为鲜明对比的是，老海归们的子女纷纷出走成了西方的新移民。不但医院专家教授的子女，包括许多党政干部的子女，凡是读书读得好的，也都移民海外"成了别的国家的精英"，如李伯伯家的六个小姐妹，有 5 个去了美国或日本。

关于回归与出走，从大的方面说，地球本是一个生命共同体，人口流动乃自然规律，如果都不流动，说不定我们至今还在非洲丛林里采浆果呢！从小处说，那也是个体生命的自由选择。但问题并不如此简单。最近看到社会治理研究院一位专家指出：人才的凝聚自古就是一国兴衰的重要指标，看一国兴衰最靠谱的不是看其经济指标，而是人口流向。一个国家如果出走的人才总比回归的多，而且出走的还总是优秀人才，那么肯定是在哪个环节出了问题。

社会治理的一个重要环节是如何对待社会中的"知识精英"。我是 1963 年考进大学读书的，出身于社会底层的我的父亲并不为此高兴，反而忧心忡忡。当时他说下的一句话至今还在我耳边回荡：你看看我们街道上被"劳改"的那些右派，哪一个不是大学毕业！是啊，协和医院那四根高大威武的"台柱子"以及大院里众多海外归来的"大神"级别的医生、医护不都是在那一年造的劫吗？父亲已经去世三十多年，如今，知识精英们的名声似乎又在下滑，在铺天盖地的互联网上，专家成了"砖家"、教授成了"叫兽"，"公知"这个本来神圣庄严的称谓在我们这里变成一个人人避之唯恐不远的"屎盆子"。精英与民众原本并非对立的两个阵营，而是一个整体的两个相辅相成的层面。在"精英"无端再受排斥的当下，不难看出韩小蕙的这本书是站在"精英"一边的，不知读者意向如何，我倒愿意真诚地为此点赞，这就是作为一个知识人的"初心"，也是"良心"。

在中华民族的传统理念中，"医人"与"医国"有着共通之处。"上医医国，中医医人，下医医病"，据说这是老子的弟子、与孔子同时代的文子说的。国家的稳定、和谐与个人的健康、祥和也拥有相似的道理。《协和大院》精心记述的一个医院百多年的沧桑变幻、几代人的风云际会，不仅可以视为医学界的一部史学档案，还可以作为一面民族历史的镜鉴，来映照当下诸多社会问题的成败得失。我相信，这本书的读者绝不局限于医疗卫生界。

原载《女作家学刊》2021 年第 2 期

李元胜

我的八十年代阅读（节选）

20 世纪 60 年代出生的人，都有年轻世代难以想象的读书史。

除了连环画，我读的第一本小说是竖排的繁体版《水浒》（我们把连环画以外的书统称为字书）。那书是小学三年级时，偶然在家里灶台旁发现的——我父亲给祖母孝敬的消遣之物。她做家务时，我可以读。或者那不叫读，只能叫猜，因为不认识的字比认识的字还多。

五年级时，我已经读完了家里所有能找到的书，因为父母都读过大学，我们家的藏书已经是邻居家的十倍。其中一些书并无封面，甚至内容也残缺，书页边缘还有烧灼的痕迹，很可能来自某个火堆，然后故意撕去了封面——那是一个藏书和读书都可能引发飞来横祸的年代。

我们家居住的那幢平房，虽然有好些房间，但只有我们一家人常住，相当于独占了一个长着夹竹桃、梅花和柚子树的院子。一些淘气的孩子，模仿电影《地雷战》的情景，用铁丝和绳子在枝叶浓密的柚子树上搭建了所谓的秘密观察哨。这是一个成年人不知道的去处，最终，它成了我一个人的隐蔽点。父母禁止我接触的书，我拿到那里，逍遥地躺着读。然后，看到他们下班回家，才从容从树上下来。

其中一本在树上读完的书，主角是男孩，一个耍把戏的老人带着他到处流浪，让我两眼放光的是，同时流浪的还有三条狗和一只猴。那是一个难以想象的世界，我读得如痴如醉，以致暴雨来临竟没有察觉。瀑布一样的雨把我冲回眼前的世界，本来就残缺而且烤得焦黄的书，在我下树的时候彻底碎了。故事的后续和结局消失在雨水中。

好些年，我都在那个奇异而艰难的故事里徘徊，猜想着这个故事后面会如何进行。后来，成为大学生的我，在翻阅重庆大学图书馆的外国文学类书目（那时没有方便的网上搜索，书目是一列列串在细铁棍上的纸质卡片）时看到《苦儿流浪记》，直觉让我相信应该就是这本书。续读儿时迷恋的小说，没有了怦怦心跳，却有着无限的温暖和对法国作家埃克多·马洛的感激。

大学二年级时，还是在学校图书馆，在书架上看到刚到的新书、上海文艺出版社出版的《外国现代派作品选》。是第一册，上下卷叠放在一起。我随手取出上卷，回到座位上漫不经心地翻开了。那是晚自习的尾声，我做完当天的功课后，大约还有半小时左右的空闲。我习惯在这样的时间里，漫无边界地阅读和我的工科学业完全没有关系的人文图书。我完全没有意识到，正是这一次闲读改变了自己的一生，直至走上不敢想象的陌生之旅。

袁可嘉先生主编的这套书的第一册上卷，开篇就是几位外国诗人的作品：艾青译的维尔哈伦、卞之琳译的瓦雷里、冯至译的里尔克。这是我与外国诗歌的第一次相遇，之前，只是在收音机里听过普希金的《茨冈》。为了纪念这次对我个人极有纪念意义的相遇，我后来想方设法买到了初版《外国现代派作品选》第一册，慢慢翻阅，逐渐还原了当时的细节。

当时，我略过了前言和每个作家的概述，直接读的诗歌。维尔哈伦的作品，我只草草翻过，然后在瓦雷里那里停了下来，更具体一点说，是卡在了他的名篇《石榴》里，这是我第一次有这样的阅读感受：能读懂它的每一行，但诗的整体似乎仍在浓雾中，你只能看出大致的轮廓。和我之前读过的咏物诗太不一样了。我反复读了好多遍，感觉很有意思，原来不整齐的现代诗也还是意趣横生。接下来的《海滨墓园》，我也很快略过，只想看看后面是否还有类似于《石榴》的诗歌作品。

我就这样翻到了 41 页，伟大的 41 页，里尔克的《秋日》就在那里。很顺畅、舒服地读完前面两段后，我进入第三段：

> "谁这时没有房屋，就不必建筑，
>
> 谁这时孤独，就永远孤独，
>
> 就醒着，读着，写着长信
>
> 在林荫道上来回
>
> 不安地游荡，当着落叶纷飞。"

18 岁的我，坐在那里，呆如木鸡，未曾体验过的某种人生经验，如此清晰、丰满而又充满画面地展现在我的面前，给了我极大的震撼。我忍不住读了第二遍，第三遍……铃声响起，其他同学都站起身来，在身后留下一本不重要的本子或空书包占位。我也只好起身，把书放回原处，有点懊恼，为什么没有先把这首诗抄下来，我一直有着边阅读边抄录的习惯，而今天竟然没顾得上抄。

怎么来形容和这首诗的相遇呢？我觉得那是阅读的一次脱轨，有着类似火车腾空而起时的失重感，在那惊喜、疼痛而又略有晕眩的过程中，你知道落下来时，车轮接触的已经是新的轨道。整整一周，在我繁忙学习的空隙里，脑海里都悄无声息地回放着这首诗的最后几句。

终于，在一个作业较少的晚上，匆匆吃完晚饭，我就赶到图书馆抢占座位。放下书包后，立即奔向那个书架，但是《外国现代派作品选》第一卷两本都不见了。我不死心，又把附近的书架搜索了一遍，还好，在书架旁一摞整理好的书里发现了它们。

"老师，我可以读一下这两本书吗？"我问旁边的工作人员。

蹲在地上的她，惊讶地抬起头，看了我一眼，似乎有点犹豫。但最后她笑了一下，点了点头。

我的抄录本早就准备好了，打开上卷，直接翻到 41 页，先把《秋日》抄了，再继续阅读，然后抄下了《豹——在巴黎动物园》《爱的歌曲》。多年后，我重读冯至先生译的这组诗，发现我当时还真的很机智，或者说很幸运，我抄到了那组诗中最好的三首。

然后，我往回翻，又抄了瓦雷里的《石榴》。本来还想往后继续看，发现已过了一个小时，我必须做作业了。我的阅读，停留在这本书的 57 页。如果往前再翻一页，我就能读到袁可嘉译的叶芝。结果，翻这一页我用了十年，20 世纪 90 年代初，细读叶芝给我带来了很多快乐的时光。如果我跳过叶芝，我还能读到艾略特和他的《荒原》，这些当时未曾发生的阅读，想起来也令人震惊。

现代诗的窗子，是德语诗人里尔克的《秋日》为我打开的。维尔哈伦的批判性以及对城市的复杂感受没有打动我，瓦雷里的优雅也一样。《秋日》是一首向所有人敞开的诗，不管你处在哪个文化和年龄的维度上，都能感受到那溪水般自然流淌的情绪，以及一派丰收景象中的个人孤独。事实上，年轻的我，未必读懂了里尔克的深意，但是那美妙的语言效果，已足够能展示现代诗作为一种文体的力量。比如，冯译《秋日》结尾的倒装句，初读不习惯，但越读越回味无穷。它是真的接近了一个人的思绪和独白，还原了诗意触发的现场，当他沉浸在某个心境里的时候，那些词语会不太依循某个秩序冷静依次蹦出，恰恰是这样的即兴和恰到好处的凌乱。

我再也没能在图书馆重逢《外国现代派作品选》，阅览室没有了，借阅部能查到它的书目卡片，书却永远云游在外。我在重庆的几个书店也没有找到它的踪影，那个年代，很多书在书架上都是待几天就卖光的。我的有些书，还是在书店门口排上两个多小时才买到的。只好经常把抄录本翻出来，重读那晚抄下的几首诗，越读越觉得过瘾。

在图书馆，我只读文学期刊上的小说和散文，此后，很自然地开始读诗歌，甚至是先读诗歌，再读其他。期刊上的中国当代诗歌居多，说来奇怪，可能是因为某种缘分，那两年，再也没有读到令我有脱轨感觉的诗歌。

读到的那些作品，从另一个方向鼓舞了我。我产生了一种盲目的乐观，如果我也提笔写诗，会不会比所读到的更好？我就这样开始了写作，那更像是一个奔赴某种竞技，而不是缘于内心深处涌出来的写作冲动。

1984 年的时候，我面临一个困难的抉择，是留在厂里当工程师，还是改行去《重庆日报》文艺部当文学编辑？这个抉择，某种程度来说，是我读到里尔克的《秋日》等作品带来的。我最终决定离开工厂，放弃自己四年所学的专业。因为，我已明白了自己的兴趣，犹豫是不够自信，不知道自己是否能够胜任文字工作。

毕业后的一年多，相当于读了另一所速成的大学，我从工厂的角度读到了城市生活的丰富和人的复杂性。校园学术生活和工厂亚文化生活的落差，加速了我对自己和创作的审视。我有一个强烈的愿望：

尽快开始一种全新的写作，或者说真正的写作，它们必须和我心里日日泛起的涟漪有着紧密的联系。

所以，我换一个工作的同时，必须从零开始，刻苦读书，让自己获得新工作和新写作的专业能力。我很庆幸21岁的自己中断了自以为是的写作，开始了三年左右的苦读。为了减少干扰，我时常在无采访任务的周末，带上军用水壶和挎包（里面有馒头和一本书），坐班车辗转上南山，在山间小道上毫无顾忌地读书。有时朗读，有时写几句评语或者划上重点线，有时，读到妙处一个人哈哈大笑……也有不想读时，就在山上闻着草木的芬芳散步。如果有人在林中看到我读书的情形，一定以为看到了一个疯子。

因为有一个迫切的应用需求，这个阶段的读书，和大学的课程以及闲读都不一样。我自己称之为技术性阅读，更关注文本的技术性细节，看一个写作动机，在小说里如何布局结构、层层演进，在散文里如何在不同时间的材料里穿梭自如，在诗歌里如何高效率地展开和推向某个高处或远处。这就是我一两个月时间，只精读一本书的原因，只有细读才能看清我最需要的关键点。我的挎包里，永远只有一本书和一个本子。

细读《猎人笔记》，而不是托尔斯泰的《战争与和平》或《安娜·卡列尼娜》，是我仔细推敲后的选择，《猎人笔记》有着那一代俄国作家的共同天赋——写乡村的能力，特别是把辽阔的乡村风景包括它的声音、气味以及大地的细枝末梢写进故事的能力。俄罗期文学一直是我的一个重要阅读线索，后来我还细读过阿赫玛托娃、曼德尔施塔姆、帕斯捷尔纳克等诗人的作品，甚至这个线索扩大到了音乐和美术，扩展到了拉赫玛尼诺夫和俄罗斯巡回画派。再后来，俄罗斯流亡作家们又成了我的阅读重点。

《罗丹论》，则是我被动的选择，这是当时我在书店里唯一能买到的里尔克的书。这是梁宗岱先生的译本，非常薄，魅力无穷。你能发现，在他的笔下，词语以最完美的方式被组织起来去完成极有难度的表达，就像凌乱的砖石被组织成一幢建筑，没有一个词不是用得恰到好处。如果你从这些美妙的技艺里抬起头来，再退后几步，你会发现，还有一些几乎看不见的词也被他有效地征用了。它们构成了建筑的背景和天空。在后来的岁月里，我收罗到很多里尔克的书籍。里尔克的作品极耐读，在不同的人生阶段读，都能有不同的收获。

海明威的小说，是新闻界的一个前辈向我推荐的。那时刚进入《重庆日报》就独立当记者，感觉很吃力，我把原因归于没有经过系统新闻采编学习。有次，聊到这个话题，前辈给我推荐了两个学习路径，一是海明威的小说，二是《参考消息》上的新闻作品。真的很有用，海明威能以最少的文字叙述出事件的骨架，《参考消息》则有着世界一流记者的各种新闻写作套路。海明威是要读上瘾的，但是和他的长篇比起来，我更喜欢他的短篇。当我走在南山的山道上时，也走在海明威的故事中，它们有着类似的崎岖和不动声色。当你结束这一次散步，你仍能感到景物和故事依然追随着你，进入你的下一程日常生活。

如果说海明威在尽量隐去人物的内心世界，让你自己根据他提供的蛛丝马迹去猜测，茨威格就完全相反，他专门展开各式人物的内心隐秘，就像把黑暗中的地图徐徐摊开在阳光下。这是一个残酷的不忍直视的过程，但从头到尾全是闪闪发光的写作技术活。

在这个书目中，阅读《人类的群星闪耀时》时，我会时常忘记初衷，忘记我是来学习技艺的，那些故事太好看太震撼了，你没法冷静，没法去研究叙述的技巧，即使你读第二遍第三遍仍是如此。这是我情绪低落时的必读书，它有一种神奇的力量。当你的内心变得像午后的餐桌一片狼藉，这本书的能催促你完成整理工作，为自己换上一块全新的桌布。

那个阶段的最后研读，是读博尔赫斯，那是另外一段奇遇。淘书的时候，一直比较喜欢泡两个区域，一是新书，二是特价书。1984年，我在特价书架上，看到了《博尔赫斯短篇小说集》标价三毛钱，只是原价的零头，便顺手放进了我收罗的一叠书里。半年后，我有一次分门别类整理藏书，进程过半时，一脸茫然地注意到这本书，我很奇怪为什么自己会有这样一本书，作家名字是如此陌生。我的清理工作就在打开它的一刻宣告失败，因为从中午到天黑，我都坐在那里纹丝不动。

博尔赫斯最迷人的部分，却是他所理解和描述出来的世界。我们的日常生活，仅仅是这个庞大而神秘的世界的可见部分。他的小说和诗歌，特别善于把生活的粗野甚至血腥与学究气的讥讽结合在一起，形成奇特的文学景观。所以，读他，你得退后，再退后，你才能看清楚他花园里的交叉小径。

我详细介绍了书目里的外国作家诗人部分，并不意味着那几年我只读他们。事实上，包括文本细读在内的心得，我也同时用来研读唐诗宋词及明清笔记。不管怎么说，三年多的苦读，让我学会了阅读、审视和发掘自我，也有了写作和胜任文学编辑工作的最初一点自信。1987年，我重新开始诗歌创作，再也没有中断。

原载《世界文学》2021 年第 4 期

吴
佳
骏

薄田泣堇的独乐园

——读薄田泣堇《旧都的味道》

我很早就想写一写薄田泣堇了。自从多年前我第一次读到他的那本《旧都的味道》（百花文艺出版社，2011 年 1 月出版）的书，便有了写他的冲动。但后来几次提笔，犹豫再三，还是放弃了。我怕自己如果写不好，会辜负他的文字。像薄田泣堇这样优秀的作家，是不该随意去触碰的，只需静静地阅读他笔下的文字就够了。否则，任何的评说和分析，都有可能是对其作品本身的冒犯。

既然如此，那为何我还是鼓足勇气，决定来写写这位日本作家呢？究其缘由，是因为他的书对我个人的意义实在太重大了。可以这样说，每当我的心情遭遇苦闷和彷徨之时，他的文字都能够抚慰我，将我从悲凉中拯救出来，让我重获希望。要知道，无论古今中外，能够真正使人内心获得宁静，读后有顿入禅境的书是不多的。而薄田泣堇的书无疑是可以归入这为数不多的好书之一的。

尤其是他这本《旧都的味道》，文章篇幅均很短小，多则千余字，少则数百字。但就是这些短文却暗藏着大格局，有一种静水流深的境界。这种境界，很多作家都难于达到，包括那些名声很响，来头很大的作家。特别是在不少作家都越写越油滑，越写越故弄玄虚的当下，薄田泣堇的作品就愈加凸显出他的价值和魅力。他的这些散文，清新婉约，流利质朴，充满宁静之美和安静之力。他在短文中营造出来的氛围和意境，更是令人神往。我每次读这些文字，都有蝴蝶飞入菜花丛中的感觉。他笔下的每个字，都落满了春天的讯息。

薄田泣堇原名淳介，1877 年出生于日本冈山县浅口郡。他早年写诗，后转入散文写作。可能正是因为他有过长时间的诗歌写作训练，使得他的散文也诗性弥漫，有着诗歌的品质，审美性极强。薄田泣堇幼年时，家庭条件是相当不错的。他的父亲笃太郎也是个诗歌爱好者，酷爱俳句写作。只要他每次写出新的诗句，就会得意洋洋地念给儿子们听。薄田泣堇也因此受到他父亲的熏陶，在年幼时就在心里播种下了文学的种子。那时，他的父亲给自己取了个俳名——胡月庵清风，过着半农半俳的生活。父亲的逍遥状态，给了薄田泣堇非常大的影响，也为他日后的人格成长和性格形成起到至关重要的作用。然而，好景不长。没过多久，他的父亲便与祖父分了家，独自带着他一起生活。分家后的父亲经济状况日趋拮据，朝不保夕，连供薄田泣堇上学的钱都拿不出。笃太郎不愿意变卖田产，继续供薄田泣堇读书。而薄田泣堇也不愿使父亲为难，加之他那时已经开始对学校教育深感怀疑，于是，当他在冈山中学读到初中二年级时就主动退学，从此走上了独立的道路。

对于一个作家来说，也许越是坎坷的经历对他的发展越有帮助。退学之后，薄田泣堇仍然没有放弃自学。在他看来，学习并非一定要在课堂上，在生活和大自然中一样可以学习。而且，说不定，通过这种方式所收获的知识和技能，还会比在课堂上和书本里收获到的知识更多、更丰富。果不其然，短短几年时间，薄田泣堇便展现出他超强的自学才能，尤其是在数学和英语方面取得了惊人的造诣。

　　成年后，在友人的鼎力推荐下，薄田泣菫进入东京汉学塾，当了一名助教。他很珍惜这份工作，也懂得充分利用已有的平台充实自己。在这期间，他除了讲授数学和英语，几乎把业余时间全都花在了图书馆里。他像一个求知若渴的人，埋首于古籍名著中，广泛涉猎日、中、西文学著作，这大大地扩大了他的文学视野，提升了他的文学修养。他最爱读盖茨的诗和歌德的《少年维特的烦恼》，他不断地在前辈作家的作品中吸收养分。那时，他已经在开始为自己日后的创作做准备了。1897 年，薄田泣菫初试锋芒，以杜甫"花密藏难见"诗句为题，写了一组共 13 首诗，发表于《新著月刊》。这一组诗赢得了当时的文坛大家后藤宙外、岛村抱月的高度赏识。1899 年，他的处女诗集《暮笛集》问世，更是好评如潮。这部诗集为他接下来的发展起到了关键性的作用。1900 年，在众多读者和评论家的关注下，他赴大阪担任文艺杂志《小天地》主编。命运开始垂青于薄田泣菫，这让他身心俱悦。其后两年，他相继发表诗集《已逝的春天》和《站在公孙树下》。这两部诗集使他在日本诗坛的地位更加稳固，成为继岛崎藤村之后，日本现代诗坛的重镇。

　　然而，命运有时总是喜欢作弄人。正在薄田泣菫创作势头正健的时候，疾病却像寄生虫一样找到了他。1903 年，在健康状况十分糟糕的情形下，他不得不被迫移居京都。到京都后，他以为自己的病情会有所好转。不想，京都的气候并未给他带来惊喜。1904 年，他又被迫从京都返回乡下静养，且结识了作家纲岛梁川，沉湎于"内省静观"的世界。但对于那些具有创造力的人来说，疾病是不容易把他们打倒的。在薄田泣菫生病疗养期间，他仍然潜心创作，试图用毅力将病魔打败。1906 年，他出版了长篇叙事诗《白羊宫》，达到了他诗歌创作的最高峰，在当时的日本诗坛引起轩然大波。

按理说，一个诗人写到如此份上，完全可以名利双收，坐享其成。然而现实总是残酷的，在诗歌艺术上取得的成功，并未给薄田泣堇带来经济上的减负。病魔依然在折磨着他。加上他那时已经结婚，生活的重压使他捉襟见肘。为给家人一个好的生活环境，他只好停止了诗歌写作，转向小说和散文随笔创作。1912 年，待他的病情刚刚有所好转，他便即刻再赴大阪，在大阪新闻社任编辑。同时，开始在晚刊上开设专栏随笔"茶话"。这些随笔文字发表后，反响强烈，以至于读者已经淡忘了他的诗人身份，而理所当然地称他为"随笔作家"，这大概是薄田泣堇自己都没有想到的。在随笔上的成功，使他的写作一发而不可收，不少作品已属精品。这之后不久，他即升任报社的学艺部长。如此一来，他的生活窘况得到了缓解，基本不会再为吃饭发愁。可遗憾的是，正当薄田泣堇的事业如日中天的时候，他却不幸患上了帕金森症。那年，他刚好四十岁。这一厄运使薄田泣堇心灰意冷，他感觉自己的人生快走到头了。但是他还没有最后绝望，他每天躺在床上与病魔抗争。他暗暗发誓，只要自己尚有一口气，就不会停止创作。

薄田泣堇的确是条硬汉，在命运反复的踩躏之下，他仍颤抖着拿起笔来写他的随笔。虽然他患帕金森症后的创作数量明显下降，但创作的质量却没有丝毫减弱。有时实在无法拿笔，他就采取口述的方式创作。短短几年时间，他主要出版了《茶话》《新茶话》《日熏草香》《独乐园》《草木虫鱼》《树上石下》和《泣堇小品》等随笔集，给日本文坛留下了一笔宝贵的精神财富。1945 年，薄田泣堇病势加重，只好投笔缄口，彻底告别了创作，最后郁郁而终。

薄田泣堇一生为人正派、宽厚、严谨，他一直独善其身，自患病以来，更是将自己孤立于文学圈子之外，埋首写作随笔，与他笔下的自然风物、山河虫鱼相守，寄物于情，抒怀自适。他的汉文功底深厚，喜欢假古人以言事，写出的随笔安静，妙手天成。

《旧都的味道》几乎收录了薄田泣堇的随笔代表作。书中篇章最多的，是写草木和动物的。这些小随笔，心气浮躁的人是读不进去的。只有心静时，你才能体会到他文字的妙处。他写的文字都是他心境和人格的外化。让我们来看看他是怎样写茶花的：

——"今夕，我独坐一室直到天黑。灰色的薄暮，黑猫一般蹑手蹑脚悄悄从屋子的一个角落爬到另一个角落。阴影叠映在墙上，摇曳于壁龛的柱子上。那里悬着一只花篮，从厚厚的墨绿的叶丛中，两三朵杯形的小白花，微微吐露着气息。"

这是多么具有灵气的文字，鲜活而干净。再让我们看看他是如何写树的：

——"秋的黄昏渐渐降临。嘴里没说，头脑已作如是想。节奏昂扬，线条明快。静静的十月夕暮，薄紫的晚霭悄悄从草叶上滑过，慢悠悠在树与树之间渗透、弥漫。潮湿阴冷的大气里，草木入定一般纹丝不动。不知不觉间，它们渐渐进入我的心中，尽情地扩展着柔软的枝叶，蜷曲着粗笨茎，飘散着浓郁的花香。"

文笔的清新，勾勒出环境和画面。要是文字修为差的人，是断然写不出这样细腻、生动的语句的。又让我们看看他是怎样写动物的吧：

——"燕归来。紫黑的羽衣，雪白的前胸，勤奋的身影，迅疾地穿梭于城中的大道上空。看到这幅情景，一种未曾感知的青春的新鲜之情袭上心头。阳历三四月间，繁花似锦，万物静寂，诱人睡意。人们沉浸于一种迷醉和慵懒的状态，甚至那久欲一尝的春之芳醇都激不起其一点兴味。然而，一旦燕归来，看到那灵巧的羽翼，沉滞的春心迅速鼓涌起来，硬化的血管跃动着新鲜的血潮。世界一下子明朗了，春的悒郁转化为春的快乐。"

这便是薄田泣堇文字的魅力和光辉。随便翻开书的任何一页，你都可以享受到文字带给你的奇妙感受。让你忘掉生活中的烦忧和不如意，获得美的熏陶和重塑，减少各种欲望和功利，培养自己健全的人格和心理素质。

在这本书中，除了写草木和动物，还有不少作者追忆友人的篇章。诸如他写尾崎红叶、森鸥外、德富芦花、岛村抱月等，人物个个活灵活现，用近似白描的手法刻画人的精神世界和内心情愫，给人印象深刻。

薄田泣堇是一位不可多得的散文随笔大家。他的文字既是他自己的"独乐园"，也是世界上所有追求美的人的"独乐园"。

2021 年 7 月 18 日《安徽商报》